ハートに火をつけないで

ジャナ・デリオン

JN095618

シンフルの町に身分を偽り潜伏中のスパイであるわたしフォーチュンは、いろいろあって保安官助手カーターとのディナーの日を迎えていた。ところが、そこにカフェの店員アリーの家が火事だと連絡が入る。幸い彼女は無事だったが、原因が放火と判明してはほうっておけない。アリーはこの町で初めてできた、大事な同年代の友人なのだから。けれど、誰からも恨まれそうにない彼女がなぜ？　カーターの警告を無視して、わたしは町を知りつくした年上の友人ふたりアイダ・ベルとガーティとともに行動を開始する。大好評に応えて贈る〈ワニ町〉第四弾！

登場人物

レディング（フォーチュン）……CIA秘密工作員
アイダ・ベル……地元婦人会SLSの会長
ガーティ・ハバート……アイダ・ベルの親友
アリー……カフェの店員、フォーチュンの友人
シーリア・アルセノー……アリーのおば
フロイド・ギドリー……アリーの隣人
デイヴィッド・レジャー……消防士
ロバート・パターソン……不動産業者
バックショット・ビリー……〈スワンプ・バー〉の客
マーコ……〈スワンプ・バー〉の客
ビッグ・ヒバート……マフィア
リトル・ヒバート……ビッグの息子
フランシーン……カフェの店主
ウォルター……雑貨屋の店主

ベン・ハリソン……………………ＣＩＡ工作員
マートル・ティボドー……………保安官事務所の通信係
リー…………………………………保安官
カーター・ルブランク……………保安官助手

ハートに火をつけないで

ジャナ・デリオン
島 村 浩 子 訳

創元推理文庫

SWAMP TEAM 3

by

Jana DeLeon

This book is published in Japan
by TOKYO SOGENSHA Co., Ltd.
Japanese translation published by arrangement with
Jana DeLeon c/o Nelson Literary Agency, LLC
through Tuttle-Mori Agency, Inc., Tokyo

ハートに火をつけないで

第1章

「あんたね、顔はかみそりで当たるもんじゃないよ！」アイダ・ベルが腰に手を置いて、わたしをにらみつけた。「まったく、あたしは女っぽい女じゃないけどね、それでも、剃ったら毛深くなるだけだってことは知ってるよ。唇の上が毛深くなるなんて、嫌だろう」

わたしはため息をつき、キッチンチェアに座ったまま、ぐったりした。今夜カーターとディナーデートに出かけると、アイダ・ベルとガーティに話したことを激しく後悔していた。わたしをふつうの女子らしく見せるには助けが必要、そう確信したふたりに、朝食後まもなく襲撃されたからだ。ふたりと意見が異なるわけではない。ただ、アイダ・ベルとガーティが状況の改善に貢献してくれそうには思えなかった。

いまわたしは自宅キッチンにとらわれの身となっている。ピンクのペディキュアを塗り、アイダ・ベルによれば肌に潤いを与えるので、乾くまでじっと座っていなければならないという油っぽいローションを顔に塗布した状態で。いますぐテーブルクロスをはがし、頭から首まで拭いてしまいたくてうずうずしていた。

「ごめんなさいね」ガーティが言った。「このワックス、温めるのにものすごく時間がかかって」鍋に入った黄色くねばねばしたものを木のスプーンでつつく。

「唇の上に毛が二、三本生えてるからって、本当にここまで面倒なこと、する必要ある？」

「ある」ふたりが同時に声をそろえて答えた。

わたしはふたたびため息をついた。

「ワックスを使うか、あたしが毛抜きで抜くかだよ」とアイダ・ベル。「あたしは器用なタイプとは言えないからね。ワックスのほうが選択肢としていいはずだ」

「あたしが抜いてもいいけど」ガーティが申しでた。

「それはなし！」アイダ・ベルとわたしがそろって答えた。ガーティときたら、うるさく言われつづけているにもかかわらず、何年も眼鏡を作りかえていない。ガーティに毛抜きを持たせたら、わたしはむだ毛の代わりに唇を失う羽目になりかねない。

「そんな大きな声をあげなくたっていいでしょう」とガーティ。

わたしは窓の外に広がる美しく晴れたルイジアナの景色を見つめた。太陽が輝き、涼しいそよ風がバイユー（アメリカ南部特有の濁った川）の上を渡り、庭のハンモックを緩やかに揺らしている。わたしの新たなルームメイト、マーリンという名の黒猫がよい天気を最大限に活用し、アザレアの茂み近くの日だまりに寝ころんでいる。

マーリンと一緒に住んでみて、わたしはもし生まれ変わることがあったら、猫となって戻ってきたいと思うようになった。猫は無愛想だし、何かに参加することを求められたりしない。それでいて、必要なものはなんでも、人間からまんまと手に入れることができる。誰でも、なんでも、それこそ猫さながらに疑ってかかるわたしのような人間にとっては完璧な生き方だ。

「これ、もっとあとでやるわけにいかないの？　まだ朝の十時だし、カーターが迎えにくるのは七時なんだけど」

「ワックスを使うとちょっと火傷《やけど》したみたいになるのよ」ガーティが言った。「赤みが引くのに時間がかかるの」

「火傷？」わたしの背筋がぴんと伸びた。「火傷するなんて、聞いてない」

「火傷じゃないよ」アイダ・ベルがガーティを非難の目で見た。「ちょっとちりちりするってだけだ。煮えたった湯を浴びるわけじゃあるまいし」

わたしは目玉をぐるりとまわした。「わたし、あなたたちにお礼を言うべきなのかしら？」

「皮肉は支持もされなきゃ、歓迎もされないよ」とアイダ・ベル。

「あたしは歓迎するわよ」ガーティがほほえんだ。「皮肉な人は頭がいいっていうのが、あたしの持論だから」

アイダ・ベルが片方の眉をつりあげてガーティを見た。「あんた、あたしのこと頭がいいって思ってないよね」

ガーティがうるさいと言うように手を振った。「分別がありますから」

アイダ・ベルの愕然とした表情を見て、わたしはもう少しで噴きだしそうになった。人をこんな目に遭わせた報いだ。食事に行くってだけの話なのに。サボテンにありつくため、気温四十度の砂漠を三キロ以上這って移動したことのあるわたしが言うんだから、いまのは重みのある言葉である。

「それじゃ」とアイダ・ベル。「あんたとあたしは二階へ行って、着るものを選ぼうかね。あたしたちが戻ってくるまでには、ガーティにもコンロの使い方がわかるかもしれないし」

アイダ・ベルが大股にキッチンから出ていった。彼女をガーティがにらむのを見ながら、わたしは勢いよく立ちあがった。でも、急いで出ていっても、アイダ・ベルの側についたとか、そんなふうに見えないように祈る。でも、服を見るのと火傷しそうに熱いワックスを顔に塗られるのの二択だったら、間違いなく服を見るほうの勝ちだ。運がよければ、ワックスは冷たく硬い塊のままで、例の五本――にしろ何本にしろ――の毛は健やかかつ幸せに生きつづけられるかもしれない。

わたしの前に立って二階へあがり、寝室のクロゼットのドアを開けたアイダ・ベルがため息をついた。「あっという間に終わりそうだね。あんた、こっちへ来てから新しい服を一枚も買ってないのかい？」

「買いました。でも、ナンバー・ツーへ着ていったあと、全部燃やしたの」

シンフルに来てまもなく、わたしはアイダ・ベルとガーティが行方不明になった友人を捜索するのにつき合わされた。捜索は、湿地にあって、地元住民からナンバー・ツーという適切な呼び名（〝ナンバー・ツー〟は幼児語でうんちの意味）がつけられている島まで及んだ。島は全体が下水道よりもひどいにおいを放っていた。

　わたしの首に賞金をかけている武器商人アーマドがシンフルまで追ってきたら、ナンバー・ツーは身を隠すのに最適な場所だと、アイダ・ベルは指摘した。わたしはたとえ地獄から放たれた猟犬に追われようとも、あの島から一キロ以内には近づかないと心を決めている。絶対に。

「狩猟用の服の話をしてるんじゃないよ」アイダ・ベルが先を続けた。「あたしが言ったのはふつうの服……ほら、若い娘が着るようなやつのことだよ。サンドレスとか、スカートにブラウスとか」

「言っておくけど、わたしはこの町に来て、まだ三週間なの。たぶんずっと前からいるみたいに思われてるのは知ってる。わたしは間違いなくそう感じてるし。でもね、まだ一カ月もたってないの。ネイルサロンに無理やり行かされ、エクステをくっつけられ、若い娘らしく振る舞うようにと指示されて、スーツにハイヒールという格好でシンフル行きのバスに押しこまれてから。わたしは暗殺者なのよ。ふつうサンドレスなんて着ない人種」

　アイダ・ベルが憐れむような表情になった。「つらいのはわかってるよ。あたしもヴェトナムにいたときはか弱い女を演じて、ばかな男どもに媚びへつらわなきゃならなかった。相手が油断するようにね。こっちのほうが賢いってことをちらっとでも見せたら、任務を成功させられなかった」

「あなたはスパイだった」わたしは反論した。「潜入してばれずにいることが仕事だった。

今夜のことは、わたしにとって仕事じゃない。男の知り合いとディナーを食べるだけ」いまだに〝デート〟という言葉を口に出して言うには抵抗があった。

アイダ・ベルはうなずいた。「そういう見方もできるし、あんたは上司に命じられた役を演じてるんだって見方もできる。任務を帯びてるわけじゃなくても、ここへは多かれ少なかれ仕事で来てるんだ。潜入してばれずにいるってことは、まさにあんたが受けてる指示だろう」

「つまり、頭の悪い女を演じて……男を追っかけることが、上司の指示だって言いたいのね」

「あんたはカーターを〝追いかけて〟なんていないだろう。向こうがディナーに誘ってきたんだから。で、あんたはイエスと答えた。シンフル程度の大きさの町だと、断るほうがずっと注目を集めちまう。それにだよ、なにもおかしいことなんてないじゃないか、若くて魅力的なふたりがディナーへ出かけるんだから」

クロゼットのドアの内側にある鏡にわたしが映っていた。わたしは自分を魅力的だと思ったことが一度もない。殺傷能力が高い、ならぴったりの言葉だ。でも、魅力的というのは、もっと違う女性たちにふさわしいレッテルだと思う。人を殺すことが生業だったりしない女性に。女性の暗殺者は数が少ないし、かなりタフな一団だ。

「自分じゃわからないんだろう?」アイダ・ベルが訊いた。

わたしは勢いよく首をめぐらせた。「え?」

「自分が美人だってことを、あんたはわかってない」

わたしはうなずいた。首からのぼってきた赤みに、消えろと心のなかで命じながら。「ありえないもの。ていうか、自分のことをそんなにひどいとは思ってない。でも、美人っていうのは、わたしとはぜんぜん違う人を描写する言葉だから」

「あんたのお母さんみたいな人ってことかい?」

わたしは胸がきゅっと締めつけられた。あまりに早く逝ってしまった母のことを考えると、いつもこうなるのだ。「母は美しかった。そう言うのはわたしだけじゃない。母を知っている人はみんなそう言うもの」

「で、その人たちに、あんたはお母さんによく似てるって言われないかい?」

鏡に映った自分をもう一度ちらりと見て、わたしは勢いよく息を吐いた。アイダ・ベルが何を指摘しようとしているかはわかるし、シンフルに来てからというもの、鏡に映った自分を見て一度ならず驚いたと認めなければ、嘘をつくことになる。ブロンドの長いエクステとリップグロスをほんの少しつけて、ふつうの外出着を着ると、わたしはかなり母に似て見える――わたしの記憶のなかの母に。でも、それについてじっくり考えてみる心の準備が、わたしはまだできていない。母について考えると、必ず父について考えることになり、そこには楽しいことなんてひとつもない。

「そうね、言われる《ビューティフル》」ややあってそう答えながら、わたしはこれでこの話が終わりになるよう期待した。

アイダ・ベルは満足げにうなずき、服のほうに向きなおった。「カーターはカジュアルって言ったんだろう？　青いサンドレスなら、夏のカジュアルなディナーにぴったりだし、あんたの目の色ともよく合うよ」青いサンドレスへと手を伸ばした。

「火事よ！」

ガーティの声が家中に響きわたったので、わたしは凍りついた。でも次の瞬間、寝室から飛びだすと階段を駆けおりた。すぐ後ろからアイダ・ベルもついてくる。キッチンの光景は、当惑と恐怖を呼ぶものだった。コンロの奥の火口《ひぐち》に、わたしが朝食に食べたベーコンの脂が残ったフライパンがのっている。そこから十五センチはあろうかという炎があがっていた。見るからにうろたえているガーティが、コンロの火力調節ダイヤルを急いでまわしている。そうすれば炎が消えるかのように。

わたしはシンクへと走り、水差しをつかんだが、アイダ・ベルに腕をつかまれた。「油に火がついたら、水じゃ消せない。小麦粉が必要だ」

「わたしはケーキとか焼かないし！」わたしは叫んだ。「それを勝手口から外へ投げて」

ガーティがふきんをつかんだので、わたしは勝手口へ走った。勢いよくドアを開け、脇に寄ったところへ、ワックスの入った鍋を持ったガーティが突進してきた。

「ワックスじゃなくて！」とわめいたが、彼女の前進をとめるには遅かった。

ガーティはすでに速球を投げるようなかまえに入っていて、ドアのかなり手前でワックスを鍋ごと力いっぱいほうり投げた。わたしは身をすくめ、白状しよう、ドアの後ろに逃げこんだ。ガーティが狙いを完全にはずして、キッチン中にワックスが飛び散るものと予想して。

ところが、今回はめずらしく、運がわたしに味方してくれた。鍋はわたしの前を飛びすぎ、戸口から出ていった。

アイダ・ベルが古い小麦粉の袋を見つけだし、燃えさかるフライパンにぶちまけようとしていた。手伝おうとわたしがダッシュしたとき、外から怒鳴り声が聞こえた。すでに小麦粉をぶちまけかけていたアイダ・ベルがたじろいだ。粉の半分は燃えさかるフライパンにかかり、残りの半分はわたしの顔を直撃して、まだ乾いていなかった油っぽいローションにすぐさまくっついた。

「ああ、嘘」ガーティが言った。

わたしがくるっと振り返ると、今夜のディナーデートの相手であるカーター・ルブランク保安官助手が、のしのしとキッチンに入ってきたところだった。Tシャツの真ん中に熱いワックスをはりつけて。わたしは声に出さずに感謝の祈りを捧げた。ガーティの狙いがもっと上じゃなくて……それに下でもなくてよかった。

「いったいなんの騒ぎだ」カーターがガーティをにらみつけたので、ふたたび怒鳴りだすのではないかと思われた。ところがそこで彼の視線が動き、わたしをとらえた。目が大きく見開かれ、口があんぐりと開いたけれど、わたしに見とれたわけではなかった。

そのとき、わたしは自分がたぶん〝おばけのキャスパー〟みたいになっていることに気がついた。わたしをディナーに誘ったときに、彼が思い描いていたのとは大きくかけ離れた姿に。

「ガーティが火事を起こしたの」とわたしは説明した。

ガーティが腰に手を置く。「はいはい。いつものようにあたしのせいにすればいいでしょ」

「アイダ・ベルとわたしは二階にいたでしょ」わたしは言った。「フライパンがひとりでに燃えあがったはずはない」

「そんなの、わからないでしょうが」ガーティが反論する。

「いい加減にしな」アイダ・ベルが横から言った。「あんた、火口を三つともつけたんだよ。新しい眼鏡を買って、それをかけてくれたら、シンフル住民全員の生活が改善されるはずなんだけどね」

「あたしには新しい眼鏡なんて必要ありません」ガーティは足早に外へと出ていった。おそらく空飛ぶワックス入りの鍋を取りに。

ようやくなんとか口を閉じたカーターがわたしを数秒間見つめると、彼の下唇が震えだした。とうとうこらえきれなくなり、ずっと抑えこもうとしていたにやつきがこぼれた。

「参考までに言っておくと、おれはゴス風はあんまり好みじゃないんだ。自分の彼女には、もうちょっと血の気のある肌をしていてもらいたい」

わたしはキッチンテーブルからテーブルクロスをはぎとり、それで顔をごしごしと拭いた。端から端まで。テーブルクロスを確認すると、小麦粉がほとんど取れていなかったのでうんざりした。「まず第一に、わたしはあなたの彼女じゃないから、あなたの好みは関係ない。第二に、これは全部、そもそもあなたがわたしをディナーに誘ったせいなのよ」

カーターはうぬぼれた顔でにやついたままだった。「それじゃ、おれはまだ着られるTシャツを一枚捨てる羽目になりそうだが、誘った結果としては大いに楽しませてもらえたな」

「帰って」わたしはテーブルクロスを投げ、カーターを勝手口へと押しやった。「このむかつくベトベトを顔からはがすには、砂吹き機（金属や石の表面を磨いたり、汚れを落としたりするために研磨剤を吹きつける機械）か払魔師《エクソシスト》が必要になりそう。だから、ディナーのときにもこのままでいてほしいなら別だけど、わたしはいますぐその作業に取りかかる必要があるの」

彼を押しだし、ドアを閉めると、鍵もかけた。まもなく、激しいノックが始まった。

「ちょっと、なかに入れてちょうだい」ガーティが声を張りあげた。「トイレに行きたいのよ。もう何も燃やしたりしないって約束するから」

わたしはアイダ・ベルを見た。「毛抜きにしとこうって気になった？」

アイダ・ベルがやれやれと首を振った。「この騒ぎと比べたら、なんだってましだよ」

わたしはため息をついた。それはわたしのシンフル滞在期間すべてを要約した言葉と言っていい。


小麦粉をわたしの顔からはがすには、角質除去剤とパテナイフ、そして二時間という時間が必要になった。はがし終えたころには、アイダ・ベルもガーティも、大失敗に終わった美顔計画について後ろめたさを感じるあまり、ワックスや毛抜きという言葉を二度と口にしなかった。少なくとも、わたしはそう考えた。よく見ると、例の不愉快な毛は小麦粉とともに除去されていた。

死人のような顔とおさらばできると、わたしはふたりを追い返し、シャワーを浴びて浴槽につかるために二階にあがった――シャワーは髪についた小麦粉を洗い流すため、浴槽につかるのは背中と首の凝りをほぐすため。そのあとは庭に出てハンモックに横たわり、即座に眠りに落ちた。おなかにマーリンを乗っけて。アラームはカーターが迎えにくる三十分前にセットしてある。三十分でできないことは、決してやらない。

その日の夜、ドアを開けたときにカーターが見せた賞賛の表情からすると、三十分は充分以上だったようだ。以上というのはまったく文字どおり。何しろ、身支度に使った時間は二十分で、残りの十分は、薄手で体の線が出るワンピースの下にどうやって拳銃を着けるか、考えていたからだ。最後にはあきらめて、最高に女性的だけれど有効性は最低な選択肢、バッグのなかに入れることにした。わたしのキャリアを通して、女性がバッグから火器を取りだすまで待った犯罪者なんて、一度たりともお目にかかったことがない。とはいえ、今夜これを使う必要に迫られる確率は低いだろう。

カーターはわたしの全身にさっと目を走らせてから、ほほえんだ。「死者の世界から帰還したみたいだな」

「ヴァンパイア・スタイルはもう流行遅れだから」わたしは外に出ると、ドアに鍵をかけた。

「Tシャツはどうなった？」

「しっかりワックスがけされたおかげで、あれに乗ってサーフィンが楽しめそうだ。いまはうちのごみ箱のなかで直立してる」

「ガーティに請求書を送るべきよ。わたしは裁判を起こして慰謝料を請求しようかと考えてるところ。おもな理由は精神的苦痛」

カーターはにやりと笑って、ピックアップトラックの助手席側ドアを開けた。「おれの記憶が正しければ、あのふたりは厄介だとくり返し警告したはずだがな」

わたしは彼が運転席側にまわり、車に乗りこむまで待った。「厄介だってことには一度も反論してないわ。でも、あのふたりは悪辣で意地の悪いタイプの厄介者じゃないから、あなたに耳を貸さないことにしたの」

エンジンをかけてから、カーターは首を振った。「耳を貸さないなら、危険を覚悟しろよ」

「たぶんそうする」車がうちの近所を離れてメインストリートへと向かうなか、わたしはフロントガラスの向こうを見つめつつ、カーターに過去を尋ねられたりせずにすむ話題をさがそうとした。わたしはプロの嘘つきだが、クリエイティブな嘘つきとは言いがたい。とっさの嘘はさわやかな息のように口からすらすら出ていく。嘘で塗りかためられた過去は、そのうちわたしの息をとめるだろう。

車がメインストリートに入ると、わたしはひそかに安堵のため息をついた。レストランにはほかにもお客がいるはずだ。その人たちについて、カーターに尋ねるという手がつねにある。それなら話題として無難だ。ところが、カーターはメインストリートの駐車スペースに車をとめるのではなく、町を通り抜けたかと思うとハイウェイを走りはじめた。

「どこへ行くの?」と訊いたものの、答えはすでにわかっている気がした。

「ニューオーリンズだ。おれはあした休みなんでね。あんたの遺産整理の作業がどうなってるかもいまだによくわからないし、今晩は思いきってフランシーンの店以外のところへ出かけてもいいんじゃないかと思ったんだ」

わたしは手のひらが汗ばみ、脈が速くなった。ピックアップの運転台に敵の暗殺者ふたりと毒へビと一緒に閉じこめられるほうが、いまよりも居心地がいいはずだ。往復数時間の会話、そのうえディナーだなんて、精神的にも感情的にも準備ができていない。わたしはチームスポーツが好きじゃないし、テレビを観はじめたのはほんの二、三週間前だ。主菜を食べ終えるまでだって、話題が続かないだろう。

でも、カーターが会話を始めるのを待っていたら、〝きみのことを話してくれ〟で話の口火が切られるかもしれない。保安官助手に精査されても大丈夫なほど細かく話を作るぐらいなら、心臓発作を起こしたふりをするほうが簡単だ。まったく、どうしてこんな面倒なことになってしまったのか。すべてはアイダ・ベルとガーティのせいだ。デートをしたほうがふつうに見えると言い張るから。わたし以外の人ならそうかもしれない。でも、あのふたりだったら、もう少しわたしのことをわかってくれていてもよかったのに。

「ところで、海兵隊には何年いたの?」と尋ねてから、しまったと思った。

最初は軍に関係したことなら理知的に話ができるし、軍隊にいた友人がいると言えば納得させられると考えたのだ。しかしたったいまわたしがしたのは、彼の過去に関する個人的な質問だ。ガーティによれば、こういう質問をすると、カーターもわたしに対して同様の質問をする権利を得たことになる。最初からしくじってのけるとは。

「十二年だ」カーターは答えた。「おれが十八で入隊したときは、情勢がかなり落ち着いていた。最初の湾岸戦争は終わっていて、イラク戦争はまだ始まってなかった」

「イラクへは何度、派遣されたの？」

「四回。でも、四十回のような気がしてたよ」

「想像もできないわ」とわたしは言った。でも実際は彼の言いたいことが正確にわかった。わたしがこなしたミッションはどれも二種類の速度で展開した——電光石火かその正反対。実際の暗殺には、通常ほんの数秒しかかからない。しかし、その一撃までの調査や人員配置には何カ月、時には何年という時間がかかる。

「現地へ行ってなければ、おれも理解できなかったと思う」とカーターは言った。「おれがまだ子どもだったころ、当時高校生で軍に志願し、湾岸戦争に従軍した人たちがいた。入隊する前に、そのうちの何人かと話したんだ。いろんな話を聞いたし、向こうも実際に感じたことを説明しようとしてくれた。しかし、言葉には限界があった。最初に派遣されたときに、あの人たちが語ってくれたことは現実に比べたらいかに役に立たないか思い知った」

「あなたの専門は？」

「最初は何もなかった。大卒じゃないし、特別な技術があったわけじゃない。だから歩兵になった。しばらくすると、ライフルマンに昇格した。その役目はおれに合ってたんで、そのままになった」

わたしの頭のなかで赤信号が点滅した。ライフルマンは射撃の名手だが、斥候の役を担うことも多い。斥候だったなら、軍服を着ているからというだけでなく、動作や反応によっても軍人を見分けられるように特別な訓練を受けているはずだ。つまり、活動中のわたしを見たら、わたしが隠れ蓑としている司書のサンディ＝スー・モローなどではないと見抜けるということ。

ディナーの誘いに応じたのはシンフルに来て以来最大の失敗だ。その思いはますます強くなり、もはや無視できなくなっていた。カーターについてわかった情報をすべて合わせると、わたしの正体を見破られる可能性が数段階上昇した。落ち着いた状況なら、わたしは害のない市民のふりをなんとか演じられる。しかし、白熱した事態になると——そういう事態になることがしょっちゅうのように思えるのだが——脅威に対して自然に反応してしまうのはほぼ必然。

カーターの携帯電話が鳴り、画面を見た彼が顔をしかめた。「〝今夜は非番〟という指示のどこがわからなかったのかな」

女性の甲高い声が聞こえてきた。なんとなく聞きおぼえがあるけれど、誰だか思いだせない。

「なんだって？」カーターの声が険しくなった。「いつ？　わかった。そっちへ向かうとリー保安官に伝えてくれ」

声の主がマートル・ティボドーだと気がついて、わたしは身を硬くした。マートルは保安官事務所で働いていて、〈シンフル《S》・レディース《L》・ソサエティ《S》〉に所属するアイダ・ベルとガーティの仲間でもある。〈シンフル・レディース・ソサエティ〉というのは、シンフルで起きることの大半を仕切っている高齢独身女性の一団だ。

カーターは携帯電話をシートに置き、申し訳なさそうな目でわたしを見て、次の出口でハイウェイからおりた。「本当にすまない。しかしシンフルへ戻らなければならなくなった」

「どうしたの？」

「民家で火事が起きて、調べる必要があるんだ。あんたも一緒に来たいと思うはずだ」

わたしははっと息を呑んだ。「ガーティ？」

「そうだったら、ずっと納得がいくんだが、違う。火災はアリーの家で起きた」

第2章

「アリーは無事なの？」わたしの声が一オクターブ高くなると同時に大きくなった。

「ああ」とカーターは答えた。「煙を少し吸いこんだらしいが、救急隊員によれば問題はないそうだ。それでも、あんたは自分で確かめたいだろうと思ってな」

「もちろん確かめたい。ありがとう」カーターが最低限の減速でUターンをしたので、わたしはドアのハンドルをぎゅっと握った。彼はハイウェイに戻ると、アクセルを思いきり踏みこんだ。

アリーはフランシーンの店のウェイトレスだが、自分の焼き菓子店《ベーカリー》を開くことを目指している。シンフルに来てすぐに知り合った彼女の誠実でやさしいところが、わたしにはさわやかで新鮮だった。あっという間に、彼女はわたしにとって初めての同年代の女友達になった。アイダ・ベルとガーティとは異なり、アリーはわたしが本当はサンディ＝スー・モローではないということを知らない。わたしはその状況を変えたくない。そのほうが、どちらにとっても安全だから。

「火事の原因は？」アリーが毎日のように焼き菓子を作っていることと、ガーティがベーコンの脂で出火させたことが合わさって、惨事の原因としてありえそうなことがわたしの頭に浮かんでいた。

「まだわからない。おれたちが着くころには消防士がもう少し状況をつかんでくれているといいんだが」

「全焼じゃないよう祈るわ」自分が持っているものをすべて、あっという間に失ってしまうなんて想像もできない。

カーターがこちらを見てうなずいた。「おれもだ」

到着してみると、火はおさまり、煙がひと筋、雲に向かって立ちのぼっているだけになっていた。家がまだ建っているのを見て、わたしはほっとした。消防士は家の裏の一角に集まっている。アリーが歩道に立ち、トレーニングウェアを着た大柄な女性と話しているのが見えた。女性はリードを握っており、その先にはキャンキャン吠えるタイプの小型犬がつながれている。わたしがピックアップから飛びおりるのと同時に、女性はアリーを短くハグしてから道路を渡りはじめた。家に帰るのだろう。

駆け寄るわたしのほうを見たかと思うと、アリーが顔をくしゃくしゃにして抱きついてきた。わたしの首に腕をまわす。

「びっくりした」彼女の声はかすれていた。

わたしは両手を持ちあげるとアリーの体にまわした。カーターのピックアップに乗っていたときよりもさらにぎこちなく感じながら。

「こんなに怖い思いをしたのは初めて」と彼女は言った。

わたしはアリーをぎゅっと抱きしめた。「とにかくあなたが無事でよかった」

アリーは洟《はな》をすすってわたしを放し、ほんの少しだけ後ろにさがった。目が赤く、涙がひと筋、頬を伝い落ちていた。人生を通じて、いまほど母がもっと長生きしてくれていたらと願ったことはなかった。ふつうの女性なら、頭で考えなくても、この状況に対処できたはずだ。ジェームズ・ボンドとランボーを足して二で割ったような父親に育てられた女性は、ふつうの感情を理解することが絶望的に下手である。

「何が起きたの?」わたしは尋ねた。

アリーは頬を流れる涙をぬぐい、首を振った。「わからない。新しいレイヤーケーキを試作していて、冷ます必要があったから、そのあいだにシャワーを浴びようと思って二階にあがったの。浴び終わった瞬間、火災報知器が作動して。絶対、もう少しで心臓発作を起こすところだった。なんの音かわかるまでに二、三秒かかった」

わたしはうなずいた。シンフルに来てから、思いがけない音にはっとさせられたことが何度かある。でも、わたしの場合は寝ているときだったから、服については考えずにすんだ。

「体を拭きもせずに」アリーは先を続けた。「ヨガパンツにTシャツを着て、一階へ駆けおりたの。火は階段のほうへ向かってきていたし、煙はすでに二階まで来ていて。あたしったらタオルを濡らして口を覆うことすら忘れちゃって。ばかったらないわ」

「あなたはばかなんかじゃない。家が燃えてたんだから。まず逃げようとするのは百パーセント当然の反応よ」

アリーは感謝の表情でわたしを見た。「服を着たりして時間を無駄にするべきじゃなかったのよね」

「この場合、ほんの数秒じゃたいした違いはなかったと思う。あなたが裸で玄関から飛びだしてきたら、ドラマチック度はずっとあがっただろうけど。この辺の人がしょっちゅう見る光景じゃないはずだから」

「わからないよ」

アイダ・ベルの声が背後から聞こえたので振り向くと、彼女とガーティが立っていた。

「大丈夫?」ガーティがアリーに訊いた。「座ったほうがいいんじゃない? 誰かアリーに椅子を持ってきて。まったく、気がまわらない人たちね! しっかりしてちょうだい」

ガーティがアリーの腕をつかみ、まるで予後診断が書いてあるかのように額をじっと見つめだしたので、わたしはにやついてしまった。アイダ・ベルはガーティの騒ぎ方を見て、目玉をぐるりとまわした。

「あたしなら大丈夫よ」アリーはガーティを安心させようとした。「ちょっと声がかすれてるだけ。煙を吸ったせいで」

ガーティはアリーの判断を明らかに信じていない様子で、眉をひそめ、もう一度声を張りあげた。「さっさと椅子を持ってらっしゃい!」

若手のかっこいい消防士がプラスチックのローンチェアを持ってくると、アリーの横に置き、緊張した面持ちでガーティを見てから立ち去った。

身長百八十八センチ。筋肉質。二十代半ば。一見したところ弱点なし。武器を所持していなければ脅威度は中。

彼は家の正面近くに立っている消防士の一団のほうへ歩いていったので、わたしは注意をアリーに戻した。

アリーはガーティの両手を取り、まっすぐ目を見つめて言った。「あたしは誓って大丈夫だから」

アイダ・ベルが椅子にひょいと腰をおろした。「それじゃ、あたしが座ってもかまわないね。この騒ぎにはまだかなり時間がかかりそうだけど、あたしは外反母趾《がいはんぼし》が痛くてたまらないんだよ」

ガーティが眉をひそめてアイダ・ベルを見た。「早く取っちゃえばいいのに」

「聞きな」とアイダ・ベル。「あんたが眼鏡を新調したら、取ろうじゃないか」

「それはそうと」わたしがさえぎった。お決まりの口論をまた聞かされるのはごめんだ。「どうして火が出たんだと思う？」

アリーは首を横に振った。「見当もつかない。シャワーを浴びにいく前に、キッチンで使ってたものは全部とめたもの。ミセス・パーカー、っていうのはあなたが着いたときにあたしと話してた人だけど、彼女が犬の散歩中に窓から煙が出ているのを見つけたんですって。消防に電話した直後に火災報知器が鳴りだしたって」

「あなた、キッチンに火災報知器をつけてないの？」

アリーがばつが悪そうな顔になった。「切ってたの。新しいレシピを試してると、火災報知器が何度も鳴っちゃって、近所の人たちが迷惑行為を理由にあたしを逮捕させるんじゃないかと心配になって」

「それじゃ、火元はキッチンね」わたしは言った。

「たぶん」アリーが顔をしかめた。「でも、どうしてかしら。二階にあがる前に間違いなく、火は全部とめたの。父がうちのパーゴラを燃やしちゃってから、そういうことが異常に怖くなって。あたしが子どものころ、バーベキューをしていたときだったんだけど」

「覚えてるよ」とアイダ・ベル。「炎が五、六メートルの高さまであがったんだったね」

アリーはうなずいた。「そもそもパーゴラにニスじゃなくてラッカーを塗ったのが、父の失敗だったの。母は父のお葬式でもまだそのことに文句を言ってたはず」

「生まれたときからあんたの母親を知ってるからね」アイダ・ベルが言った。「あんたの言うとおりだろうよ」

「でも、火を全部消したなら」わたしは尋ねた。「どうして出火したのかしら」

「ガス漏れとか？」とガーティ。

「その場合でも、発火させる何かがないと」わたしは言った。

アリーが首を横に振る。「ガスが漏れていたら、においに気づいたはずだわ」

家のほうを見ると、カーターが正面ポーチに立って、先ほどローンチェアを持ってきてくれた消防士と話をしていた。彼と握手をしてから、カーターはこちらへと歩道を歩いてきた。ガーティとアイダ・ベルに小さく会釈し、アリーと向き合う。

「消防隊によると、家の状態は見た目ほど悪くないそうだが、きみが自宅に留まるのは安全ではないとのことだ。煙が完全におさまるまでには何時間もかかるし、なかで暮らせる状態を確保するのは、温度がもっとさがらないと無理だ。温度がさがっても、灰や煤が最低限取り除かれるまで、おれは勧めない」

アリーが目を見開いた。「ああ、どうしよう。どれくらいかかるかしら？」

「どうかな」とカーター。「保険会社がどれだけ迅速に動くかってことと、清掃業者がすぐに来られるかどうかにかかってるんじゃないかな。この手の仕事には専門のスタッフがいるはずだから」

アリーは自宅を見つめて唇を噛んだ。「家のなかにあるものはどうしたらいい？　だって、安全を確保できないなら……」

「温度がさがったら、デイヴィッド・レジャー、さっきおれが話を聞いた消防士だが、彼が外壁の損傷したところをベニヤ板でふさいでくれると言っていた。そうすれば、やじ馬に何かされる心配はないだろう」

アイダ・ベルがデイヴィッドを見やり、目をすがめた。「あれはエディス・レジャーの孫息子かい？」

カーターがうなずいた。「消防士の口があいたんで、先週、レイクチャールズから引っ越してきたばかりだ」

「祖父《じい》さんにはちっとも似てないね」とアイダ・ベル。「ギルバートはとことん嫌なやつだった」

ガーティがあきれた顔で首を振った。「まったく、口を慎みなさいってば」

アイダ・ベルが彼女のほうに手を振った。「偽善ったらしいよ。あんた、六週間も感染症にかかったふりをしてたじゃないか、ジムのレッスンであいつとスクエアダンスのパートナーになったのが嫌でさ」

「あれはね、ダンスが好きじゃないからだったの」ガーティが反論した。

「あんた、ブレイクダンスのＤＶＤを棚にずらっとそろえてるよねえ」とアイダ・ベル。「あたしからすると、わけがわかんないけど。何しろ、あんたが折《ブレイク》る可能性があるのは腰だけだから」

「ご婦人方」カーターが口を挟んだ。「嫌なやつとブレイクダンスに関する議論は置いとくことにして、いま何より考えなければならないのは、アリーの安全な滞在先をどうするかってことです」

アリーはうなずいたが、一連の出来事のせいでまだ少し頭がぼうっとしているようだった。今回のことの重みがしっかりと理解できるまでにはしばらく時間がかかりそうだ。「バッグや着がえを取りに、なかへ入れる？」彼女は訊いた。

カーターがうなずいた。「階段は使える。それでも、消防士のひとりについていってもらったほうがいい」口笛を吹き、デイヴィッドに手を振る。「アリーと一緒に二階まで行ってくれないか？　着がえを取りにいきたいそうなんだ」

「もちろんいいですよ」デイヴィッドが答えた。

アリーがにっこり笑うと、デイヴィッドの首から上が赤くなった。ふたりは家に向かって歩きだした。見送りながら、カーターが眉をひそめた。

「何がそんなに気になってるのか、あたしたちに話す気はあるかい？」アイダ・ベルが尋ねた。「それとも、いつまでもそこに突っ立って見てるだけかい？」

心配の表情を浮かべて、カーターがわたしたちを振り向いた。「おたくら三人にこれを話すのは不本意なんだが、力を貸してもらう必要があるんですよ」

わたしは不安に襲われ、アイダ・ベルは椅子からはじかれたように立ちあがるとわたしの横に立った。「何がどうしたの？」わたしは訊いた。

カーターが一歩近づいて身を乗りだした。「消防署長によると、放火らしいんだ」

「え？」

「まさか！」

「ありえないわ！」

カーターは周囲を見まわしてから、わたしたちに静かにするよう手ぶりで示した。「火災原因調査員に確認させるという話だ。しかし、状況の整理ができるまで、おれとしてはアリーに安全な場所にいて、自宅に戻らないようにしてもらいたい」

わたしは顔から血の気が引くのを感じた。「誰かがアリーを殺そうとした、そう考えてるの？」

「ああ、神さま」ガーティがつぶやくように言い、ローンチェアに座りこんだ。顔が白いレースの襟と同じような色になっている。

「まだわからない」とカーターは言った。「しかし、アリーのことを心配しなくてすめば、おれは仕事に集中できる」

「アリーならうちへ来ればいいわ」わたしは言った。

「大丈夫かい？」とアイダ・ベル。「ガーティかあたしのほうが、お客を泊めるのは慣れてるよ」

アイダ・ベルが言わんとすることは正確に受けとめていた。アリーはわたしの正体を知らないから、家に泊めればばれるきっかけになりかねないと言うのだ。でも、それはわたしにとって冒してもかまわないリスクだった。アイダ・ベルもガーティも命がけでアリーを守るにちがいないけれど、どちらもわたしほど能力が高くないし、偏執的でもない。カーターがアリーの無事を願うなら、わたしに預けるのが最良の選択肢だ。

「大丈夫」わたしは答えた。「長めのお泊まり女子会って感じで」昨夜観たシチュエーション・コメディで聞いた台詞を使ってみた。〝お泊まり女子会〟では何をするのか、わかっていないままだが、ドラマに出ていた女性たちはとてもわくわくしているように見えた。

「あんたの狙いはアリーにお菓子を焼いてもらおうってことだろう」アイダ・ベルがそう言いながら、かろうじてわかる程度に小さくこちらにうなずいてみせた。

「当然でしょ」わたしは答えた。

カーターが笑顔になった。「アリーの様子を見に、たびたび寄らせてもらう」

家のほうを見やると、アリーが外に出てきたところで、デイヴィッドにほほえみかけてからこちらへ向かって足早に歩きだした。

「アリーが来るわ」わたしは言った。「確かなことがわかるまで、彼女には何も言わないほうがいいと思う」

「賛成だ」とカーター。

アイダ・ベルとガーティのふたりもうなずき、アリーが近づいてくるあいだに全員が無理やりふつうの表情を作った。

「絶対に何か忘れてると思う」アリーは見るからに動揺していた。「頭がちゃんと働かなくて」

「何か大事なものだったら」カーターが言った。「おれに知らせてくれ。なかまでついていく人間を見つけるから」

「それ以外のものは」アイダ・ベルが口を挟んだ。「雑貨店で買えばいいよ」

「そのとおりね」とアリー。「仕事に着ていく服は二、三日分持ったから、ほかはあとまわしで大丈夫」バッグに手を入れ、携帯電話を取りだした。「これが煙にやられてないか、確かめるのも忘れてた。シーリアおばさんに電話して、しばらく泊めてもらうことになるって知らせなきゃ」

「いいえ」わたしはアリーの肩に手を置いた。「うちに泊まってちょうだい」

アリーの表情が柔らかくなった。「ああ、フォーチュン。親切にありがとう。でも、あなたに迷惑をかけたくないの。シーリアおばさんは身内だから。身内なら迷惑をかけるのも百パーセントありだし」

「迷惑なんかじゃないわ」わたしは言った。「それにシーリアのところに泊まったら、迷惑をかけられるのはあなたのほうよ」

「確かにそうね」とガーティ。

アリーは唇を嚙んで、ガーティとわたしの顔を何度も見た。「わかったわ、どうしてもって言うなら」

「言うに決まってるでしょ」

アリーが笑顔になった。「本当に感謝だわ」

わたしは首から上が赤くなるのを感じた。「お返しにブルーベリーマフィンを焼いてくれればいいから」

アリーが声をあげて笑った。「まず、お宅のキッチンにどんな道具があるか見てみないとね。マージの料理好きはあなたと同程度だったから」

「うちから適当に見つくろって持ってくよ」アイダ・ベルが言った。

わたしは彼女をまじまじと見た。

アイダ・ベルが両手を腰に置く。「なんだい？　あたしもブルーベリーマフィンが好きなんだよ。だけど、あたしが焼いたのはアリーのほどおいしくないんでね」

アイダ・ベルの言葉に、わたしは一瞬困惑した。彼女のブルーベリーマフィンはアリーが焼いたものに少しも劣らずおいしいからだ。でも、アリーの表情を見て、アイダ・ベルの褒め言葉はアリーに家のことを忘れさせ、気持ちが上向くようにするためだと気がついた。

アリーが笑った。「なんだか顔が赤くなっちゃう」

「こっちはなんだか腹が減ってきた」カーターが言った。

「ああ、やだ！」とアリー。「あなたたち、デートをキャンセルしなきゃならなかったのね」

「ディナーよ」とわたしは言いなおした。「わたしたちが行く予定だったのはディナー。デートじゃなくて」

カーターがおもしろがっているような顔でわたしを見た。「大丈夫」彼はアリーに言った。「ディナーは日を変えて行く。それに残りもののチキンポットパイが家にあるんでね」

「あなた、料理するの?」わたしは訊いた。

カーターが眉を片方つりあげた。「したら、おれとデートする気になるのか?」

「まず味見をさせてもらわないと」

カーターがやれやれと首を振った。「ご婦人方」アイダ・ベルとガーティに向かって言う。「このふたりを車で送ってくれるかな。おれは仕事に戻らなきゃならないんで」

「もちろんいいわ」ガーティが言った。

「〝ディナー〟の日程変更についてはまた連絡する」わたしにそう言ってから、セクシーな笑みを浮かべ、ウィンクをして、カーターはゆったりした足取りで消防士たちのほうへ歩いていった。

ガーティがヒューッと口笛を吹いた。「あたしが二十歳若ければ、カーターがテーブルに出すものならなんでも食べるんだけど」

アイダ・ベルがフンと鼻を鳴らした。「二十歳若くても、あんたはカーターの母親になれる年だよ」

ガーティが口をとがらせた。「そんなことないわ」

「確かかい？」とアイダ・ベル。

ガーティはしばし眉をひそめた。「知ったこっちゃないわよ」

アリーがにやりとした。「この件については、ガーティに賛成。カーターがグリルドチーズ・サンドウィッチを出してきても、逃しちゃだめよ」

わたしはため息をついた。「シンフルの独身女性の大半は、冷凍ピザを食べながら、彼にぐいぐい迫るんでしょうね」

アイダ・ベルが首を横に振った。「シンフルの独身女性の大半は、十二品のコース料理を作るよ。それでカーターの家に入りこめるもんならね。でも、カーターはこれまで誰にも興味を示さなかった」

「あなたが現れるまでは」ガーティが言った。

三人そろってうなずく。

「プレッシャーかけるのはやめて」わたしは言った。「さあ、行きましょ。女子っぽい服にメイクアップしてる時間がもう長すぎ。それも結局、無駄に終わったし。ヨガパンツと素足がわたしを呼んでる。家に帰ればポットローストがまだあるし。きのうガーティがいろいろ届けてくれたうちの残り」

三人がしたり顔で笑みを交わしたため、わたしは大声で叫びたくなった。ガーティが車のキーを取りだし、アイダ・ベルとアリーと一緒に歩きだした。わたしは最後にもう一度、カーターを振り返った。彼は正面ポーチの横に立ち、デイヴィッドと話をしているところだったが、わたしが見ていると、こちらを振り向き、ほほえみかけてきた。
全身がぞくぞくした。
癪《しゃく》にさわる。

第3章

家に着いてから、アリーが泊まる支度を整えるのに二時間ほどかかった。窓ガラスが割れたままなのに、アリーはわたしの寝室の向かいにある部屋を選んだ。朝日を顔に浴びて目覚めるのが好きだと言って。わたしからすれば、それは拷問だ。とはいえシンフルに着いて以来、ろくに眠れていないことを考えると、朝日を顔に浴びることになってもたいした問題ではないだろう。

わたしたちが残りもののポットローストを食べているあいだに、アイダ・ベルとガーティが足りないキッチン用品を持ってきてくれて、そのあとみんなでコーヒーを飲みながらパウンドケーキを食べた。アイダ・ベルとガーティを玄関から送ったときには十一時近くになっていて、アリーとわたしはそれぞれワインを片手にソファに倒れるように座りこんだ。

「本当に迷惑じゃない？」アリーが訊いた。

「本当だってば。心配するのはやめて」

「それがむずかしくって。あたしって人を喜ばせようとしてきた時間が長すぎるのよね――同僚でしょ、母、シーリアおばさん」

「なるほど。で、うまくいったのは何回？」

アリーは目をしばたたいた。「やあね。一回もだわ」

「だったら、やめちゃいなさい」

「絶対にやめる。さっきシーリアおばさんに火事のことと、家が住めるようになるまであなたのところに泊めてもらうって電話したとき、おばさんたらかんかんに怒ってた。身内として、それにクリスチャンとしても、あたしを泊めるのは自分の義務だし、あたしはおばさんを、もてなし役としても、身内としても、信心深い人間としても侮辱してるのと同じだって」

「ほかの人の家に泊まることを選んだだけで、ものすごく失礼ってわけね」

アリーがため息をついた。「それがシーリアおばさん」

「それこそ、彼女のところに泊まっちゃいけない理由よ。家の修理やら何やら、やらなきゃいけないことがいっぱいあるのに、彼女のせいで気が変になるから」

「ほんとにそのとおり。でも、あたしの話はもういいわ。未遂になったデート……じゃなかったわね、ディナーについて聞かせて」

わたしは肩をすくめた。「話すことなんてたいしてないわ。カーターが迎えにきて、車を走らせて、そしたら火事の連絡が来て、一緒に戻ってきたの」

アリーががっかりした顔になった。「熱い視線とか、お尻を手がかすめたとか――あなたのでも、カーターのでも——すばやくキスされたとか、なんにもなし？」

「カーターがピックアップのドアを開けたとき、肩に手が触れた」

アリーは座ったままぐったりした。「あなたの戦略を立てる必要がある」

わたしは声をあげて笑った。「あなたが男性と遊びまわってるのって、あんまり見たことないんだけど。まずは自分のことからっていうのも、クリスチャンの教えのひとつじゃなかった？」

「痛いとこ突かれた。でもね、ほんとにすてきだと思う男性が現れたら、あたしは歩くセックスシンボルになれる。少なくとも彼のそばにいるときは」

セックスシンボルになったアリーを想像すると、頬が緩んだ。「それなら、テレビでよく見るヒールが本当に高くて細い靴を履いて、すたすた歩かないとね。ビーチサンダルで歩く〝セクシーの象徴〟って、見たことないから」

アリーが笑った。「たらたら歩く〝セクシーの象徴〟じゃだめ？」

「まあ、あなたが裸足で外に出ていたの、あのかわいい消防士さんの目の保養になってたみたいだったけど」

アリーが目を丸くした。「デイヴィッド？　彼は親切にしてくれてただけよ」

「親切にすると顔が赤くなるなら、あなたの言うとおりなんでしょうね」

「デイヴィッドが赤くなった？」アリーは眉間にしわを寄せた。「彼はあたしに気があるって、本気で思ってるの？」

わたしは肩をすくめた。「わたしに訊かないで。アンチ女子っぽい女子の元祖なんだから」

「町で一番ホットな男の気を惹いた当人でもある」

「でもって、どうしてそんなことになったのかまったくわかってない」

当惑した表情で、アリーがわたしをまじまじと見た。「あなた、本当に気づいてないの ね？ 最初は謙遜してるのかと思ったけど、ぜんぜん違う。自分がどれだけ魅力的か、本当にまったくわかってないんだわ」

首から上が赤くなるのを感じて、ランプひとつしかともっていない部屋にいることをありがたく思った。「そういうことって、わたし考えないのよ」

「でも、ミスコンに何度も出てる。あなたは見た目とかミスコン出場とか、そういうことに詳しいんだって勝手に決めつけてたのよね、あたし」

返事をする前に一瞬、迷った。本物のサンディ＝スー・モローは数々の美人コンテストに出場してきた。自分の隠れ蓑として、わたしが受けいれるのに一番苦労している部分だ。嘘が舌の先まで出かかり、すらすらと並べられるのを待っている。でも、わたしはアリーに嘘をつきつづけることに後ろめたさを覚えていた。しかしすぐに現実が勝ち、わたしには選ぶ権利などないのだと思いださせられた。

「あれは母の意向だったの」偽りの過去を語った。「わたしは一度も好きになったことがなくて。それに、母がかなり誇張したんだと思う。優勝回数とか」

アリーが顔をしかめた。「どっちにとってもうんざりな話ね。どうして親って、子どもに好きなことをやらせて支えるってことができないのかしら。自分の友達やなんかの前で偉ぶりたいからって、どうして作り話をしなきゃいけないの？」

「すばらしい親もいれば」母のかすかな記憶が頭をよぎった。「それほどでない親もいる」わたしの父とか。

「あなたの言うとおりなんでしょうね」アリーが立ちあがった。「あたし、そろそろ寝るわ。もうきょうはへとへと」

わたしはうなずいた。階段をあがるアリーを見送っていると、彼女との会話が頭のなかで再生された。

一日のうちにわたしの外見が二度も話題になった。ワシントンDCにいたときは仕事だけに集中していたから、両親のことなんて考えずにすんだ。いまは毎日ふたりが頭のなかにいるような気がする。

ソファから立ちあがり、ランプを消した。この二、三週間で、わたしは考えることが大幅に増えすぎた。シンフルとその住民たちのおかげで、自分の過去、両親、将来について見つめなおさざるをえなくなっている。

残念ながら、いまはまだどれについても答えが見つかっていない。

敵が全員、バレリーナの格好をしている夢を見ていたとき、ベッドが揺れだした。拳銃をつかんでベッドから飛び起き、足が床に着いたときには発砲する準備ができていた。

「撃たないで。アリーよ」

目をしばたたくと、淡い月明かりのなかで焦点が合ってきた。ベッドの足のほうにアリーが立っている。両手をあげて。

「手をおろして」わたしは言った。「あなたを撃ったりしないから」

アリーは手を脇におろすと、フーッと息を吐いた。「別人かと思った。なんてすばやい身のこなしなの」

「たぶんアドレナリンのせいってだけ」うまく受け流そうとして言った。「どうしたの？」

「わたしが寝てる部屋の窓のすぐ下から茂みがガサゴソいうのが聞こえたの」

「きっとマーリンよ」

アリーは首を横に振った。「あの子なら、一時間くらい前に部屋に入ってきて、ベッドの端に丸くなった。あたしがなんの音かと起きあがったとき、一階へとおりていったわ」

わたしは眉をひそめた。「確認する」

アリーをすぐ後ろに従えて、階下へと向かった。居間を通って玄関へ行く。

「勝手口に行くんじゃないの？」アリーが訊いた。

「こっそり近づきたいから」

アリーが目をみはった。「え、外へ出ていくつもりとは思わなかった。裏のポーチの明かりをつけて、相手を追い払うとかするだけかと」

「それじゃ、いたのが誰かわからないでしょ」わたしは玄関のドアを開けた。「わたしが外に出たら、鍵をかけて。あなたはなかにいてちょうだい。取っ組み合ってる音がしたら、保安官事務所に通報して」

「いま通報しちゃったほうがよくない？」

「保安官事務所の人間が来る前に逃げられちゃうわよ」わたしはするりと外に出ると、アリーにそれ以上反論する間を与えずにドアを閉めた。

正面の階段を駆けおり、家の横を走って裏に向かう。わたしの運のよさからすると、今度もまた猫だろう。まんまと飼い猫になったマーリンを、ほかの猫が見ていて、自分もあとに続こうと思ったとか。あるいは、もっと悪いことに犬かもしれない。シンフルに越してきた当初、わたしはマージが飼っていた年寄りのブラッドハウンド、ボーンズと短いあいだだけ一緒に暮らした。でもボーンズはとても高齢なため、寝る以外のことはほとんどしなかった。もう少し若くて活動的な犬だと、わたしが飼ってもいいと思うよりもずっと手間がかかるはずだ。すでに猫が一匹いることを考えると特に。騒音と割れものの増大のレシピにしか思えない。

裏へとまわる角にじりじりと近づきながら耳を澄ませると、静かな闇のなかで茂みの葉がこすれるかすかな音が聞こえてきた。何かがいるのは確かだが、聞こえた音だけで相手の大きさを推しはかるのは無理だった。とっとと片づけてベッドに戻るほうがいいと考え、角から飛びだすと、覆面をした男が目の前にいた。

どちらの驚きが大きかったかはわからないが、男はギャッと声をあげてきびすを返した。

男が背を向けた瞬間にわたしは覆面をつかむことに成功したので、男の頭が後ろに引っぱられた。つかまえた、と思ったら、覆面が破れ、男は茂みと家のあいだを走って逃げだした。破れた覆面を手に、わたしは追いかけた。絶対つかまえて泥を吐かせてやる。男はわたしの三メートルほど先で裏手のポーチに飛びのったかと思うと、床に手を伸ばして何かを持ちあげ、わたしに投げつけようとした。男は走りながら体をよじらなければならなかったので、狙いが大きくはずれ、その何かは裏庭へと勢いよく飛んでいった。

ポーチには何も置いてなかったはずなので、一瞬当惑したが、すぐに答えがわかった。ギャーッという甲高い鳴き声と低い怒鳴り声が聞こえてきた。わたしがポーチに飛びのった瞬間、アリーが拳銃を手に勝手口から飛びだしてきた。わたしはブレーキをかけようとしたが、ジャンプしたときの前進運動のせいでとまることができず、アリーにぶつかってしまった。銃が暴発し、わたしは彼女をポーチに押し倒した。

倒れたのと同じくらいすばやく立ちあがると、わたしはアリーを立たせるために手を伸ばした。その瞬間、光線に射られて目が見えなくなった。片手をあげて、こちらに向かってくるのが誰か見ようとしたが、答えはもうわかっている気がした。わが家のポーチで騒ぎが起きたとき、逃げるのではなくこちらへと歩いてくる人物はシンフルにひとりしかいない。

「どっちにむかつくべきなんだろうな」カーターがポーチへとあがってきながら言った。「あんたに猫を投げつけられたことか、銃で撃たれそうになったことか」

「どちらの行為についてもわたしは無実だから、好きなほうを選ぶといいわ」

カーターは懐中電灯を家の裏手の壁に向け、ポーチを照らした。「フォーチュンがあなたを撃とうとしたんじゃないの」アリーは急いで立ちあがった。「あたしよ。っていうか、わざとじゃなくて。事故だったの」

わたしは額から手をさげ、アリーが言った。

彼女はわたしの顔を見てから、カーターに目を戻した。「猫を投げつけた件については何も知らない。それって本当？」

カーターが自分の頭に懐中電灯を向けると、額に引っかき傷が三本走り、そこから小さな滴となって血が垂れているのが見えた。

「うわ」アリーがそう言ってから唇を噛んだ。「猫は大丈夫かしら」

「おれの頭に爪を立ててから、物置のほうへ逃げていったことを考えると、この騒ぎで損な役まわりを食ったのはあいつじゃないな」

ふたたび懐中電灯を家に向け、彼は目をいからせた。「いったい何がどうなってるのか、説明してもらおうか！」

「物音が聞こえたから」とアリー。「フォーチュンを起こしたの。彼女は確認しに外へ出ていって」

カーターはわたしを見据えた。「よくもまた。法執行機関に通報しようとは考えもしなかったのか？」

アリーが息を吸いこんだので、わたしは彼女のつま先を踏みつけた。「アライグマやら猫やらが騒ぐたび、法執行機関に通報していたら、あなたに町から追いだされちゃうでしょ」

カーターはこちらをまじまじと見た。「それじゃ、あんたが外に出ようと思うほどの物音を猫が立て、そのあと茂みから三メートルもジャンプした、そう信じろって言うんだな？」

「いいえ。茂みのなかには男がいたの。わたしを見て逃げた。猫を投げたのはその男。わたしを狙ったんだと思うけど、あんまり腕がよくなかったようね」

カーターが目をすがめた。「どんな男だ？」

「わからない。覆面をつけてたから」破れた覆面を持ちあげた。

カーターが手を伸ばしてそれを受けとり、懐中電灯で照らした。「驚いたな、ニット帽に穴があけてある」

わたしは肩をすくめた。「手近なもので間に合わせたんでしょうね。シンフルでスキーマスクの需要が大きいとは思えないから」

カーターがいらついた顔でわたしを見た。「重要なのは、何者かがわざわざ手間をかけて覆面をこしらえたってことだ。あんたの家のまわりをこそこそ歩くために」

「あ。なるほど、そこが問題ってわけ」

カーターはやれやれと首を振り、拳銃を拾った。「これはあんたのか？」わたしに訊く。

「あたしのよ」アリーが答えた。

カーターが眉を片方つりあげて、彼女を見た。

「誓って本当」とアリー。「あたしがそれを持っていたことを、フォーチュンは知りもしなかったわ。勝手口のそばで耳を澄ましてたんだけど、急に騒がしくなったときにフォーチュンが襲われているんじゃないかと怖くなって、加勢するために飛びだしたの」

カーターはため息をついて拳銃を彼女に渡した。「あんたたちふたりが誰も撃たずに共同生活を続けられたら、まったくの奇跡だ。ふたりとも努力してくれるか？　本気の本気でってことだが？」

「わたしは自分の銃を発砲もしなかった」かなり誇らしく感じながら、わたしは言った。

「手製スキーマスクの男を撃つことだってできたはずだけど、そうしたら問題になるかもしれないと思ったの」カーターの顔を見る。「あの男を撃ったほうがよかった？」

「まさか！」カーターが大きな声で言った。「手当たりしだいに人を撃つなんてことは許されない」

「たとえ相手がわが家の庭にいて、手製のスキーマスクをかぶっていても？」

「たとえそうでもだ。法執行機関に通報するのがやるべきことだった」

わたしは肩をすくめた。「その必要はなかったみたいだけど。あなたはすでにここにいたから」眉をひそめた。「すでにここにいたのはなんで？」

「知りたいなら教えるが、バイユーをパトロールしていたんだ。そうしたら、この家の裏庭で何か動くものが見えたんで――おそらくあんたの覆面をした友達だったんだろう――ボートを着けて、調べるためにここまで来た」

「なるほど」納得はいった。バイユーをパトロールしていたという部分は除いてだけれど。

シンフルに来て以来、保安官事務所が夜中にバイユーを定期的にパトロールしているなんて話は聞いたことがない。カーターが夜中にバイユーに出ていたなら、何かをさがしていたということだ。わたしに話すつもりがないだけで。

カーターは覆面を後ろポケットに突っこんだ。「なかに入ってドアに鍵をかけろ。また物音が聞こえたら、保安官事務所に電話するんだ。おれはひと晩中、呼びだしに対応できるようにしておく」わたしの顔をひたと見据える。「何があろうと、夜が明けるまで家から出ないように。それから銃器は使用しないこと」アリーに目を移してから、もう一度わたしを見た。「ふたりともだ」

「大丈夫よ」わたしは言った。

カーターはほんのわずかも信じていない様子だったが、勢いよく向きを変えると、バイユーへと歩きだした。わたしは手ぶりでアリーになかへ戻るよう示し、自分も家のなかに入ってから勝手口に鍵をかけた。

「いったい全体どういうこと？」アリーが訊いた。「さっきの男、あなたの家の裏で何をしていたの？　それも覆面なんかして。何もかも変だし、気味が悪い」

カーターのボートが夜間航行灯をともし、岸から離れるのをわたしは見つめた。「何がどうなってるのかわからない。でも、必ず探りだしてみせるわ」

第4章

翌朝、わたしは温められたブルーベリーの香りで目を覚ました。上掛けをはねのけ、においをくんくんと嗅ぎながら、自分は死んで天国に着いたのだと確信する。マフィンのおかげで天にも昇る気分になったことは前にもあるけれど、それはオーヴンから出したてのマフィンをまだ食べたことがないときの話だ。幸せすぎて、今朝は午前中が終わる前に収監されるかもしれない。

すばらしい体験を先延ばしにしたくなくて、ヨガパンツをはくやいなや一階へ急いだ。わたしがキッチンに足を踏み入れると、アリーがかぐわしい香りを放つ大きなマフィンののったトレイをコンロの上に置いているところだった。キッチンの隅ではマーリンがボウルからピチャピチャとミルクを飲んでおり、カーターの頭への予定外の飛行などなかったかのように相変わらず元気そうだった。

アリーがわたしを見てにっこり笑った。「マフィンにベッドから引っぱりだされたみたいね」

わたしはコンロの前まで行って、息を吸いこんだ。「髪を梳かしもしないで来た。わたしがヨガパンツをはく手間をはぶかなかったのは、あなたにとってラッキー」

アリーは声をあげて笑った。「それじゃ、コーヒーを注いで座って。これを作ってたら、あたしもおなか空いちゃった」

わたしがマグカップにコーヒーを注ぎ、テーブルに着くと、アリーがマフィンののった皿を二枚、それからバターとナイフをテーブルに置いた。マフィンにナイフを入れたとたん、真ん中からいい香りのする湯気が立ちのぼり、すでに信じられないほどすてきだったキッチンのにおいが、さらに強くなった。真ん中にたっぷりとバターをのせ、マフィンの両側を合わせて、溶けるまで二、三秒待つ。

ひと口目を食べた瞬間、わたしは目を閉じて吐息を漏らした。「これまで生きてきて最高の瞬間かも」

アリーが笑った。「褒めてもらえて嬉しいけど、それってめちゃくちゃ悲しいわよ。あなた、もっと外へ出なきゃ」

「だめ。カーターから家のなかにいろって厳命されたから」

アリーが目玉をぐるりとまわした。「カーターの言うことなんてひと言も聞かないくせに。それにあの命令はきのうの夜だけのことでしょ、不審者がいたから」

「まあね」わたしはマフィンをもうひと口食べた。焼きたてのブルーベリーマフィン、コーヒーはすでに淹《い》れられていて……これまでのところ、臨時のルームメイトを迎えたことは大正解だ。

アリーは首を横に振りながら、マフィンをひと口食べた。目を丸くする。「わ、あなたの言うとおりかも。これ、あたしがいままでに焼いたなかで一番おいしい」

わたしは最後のひと口をほおばると、急いで次のマフィンを取りに立ちあがった。「絶対間違いなし。今回は何を変えたの？」

「生のブルーベリーを使ったの。きのう地元の農家の人がトラックにいっぱい積んで寄ってくれたから、冷凍用ポリ袋に数袋分買ってたのよね。まだコーヒーテーブルの上に出したまだったんで、家を出るときにバッグにひと袋入れてきたの」

「入れてきてくれてよかった」わたしはもう一度腰をおろした。「きのうの夜、あれから眠れた？」

「時間はかかったけど。二、三時間はシンフル中の物音を漏らさず聞いてたと思う。最後は疲れきったんでしょうね。死んだみたいにぐっすり。八時まで目が覚めなかったなんて信じられない。六時よりあとに起きるなんて、めったにないから」

わたしは慌てて首をまわし、キッチンの時計を見た。「うわ、もう九時過ぎ」

「どうってことないでしょ？　あたしはきょう仕事が休みだし、あなたは夏のあいだ中、休みみたいなものだし」

「こっちへ来て以来、ずっと寝坊しようとしてきたの。でも、あんまりうまくいかなくて。今朝はアイダ・ベルとガーティがまだ襲撃してきてないのも驚き。少しでもゆっくり眠れそうって日があるたび、ニワトリとともに起きたガーティが、ドアを叩くんだもの」

そう言い終わるか終わらないうちに、誰かが玄関のドアをノックする音が聞こえてきた。

「噂をすれば影」わたしは玄関に出るため、居間へと向かった。

食べかけの二個目のマフィンを手に持ったまま、ドアを勢いよく開けると、ポーチに立っていたのはアイダ・ベルとガーティではなかった。カーターだ。

「間に合ったみたいだな」彼はわたしのマフィンを見ながら言った。「それとも遅かったか？　頼むから、間に合ったと言ってくれ」

わたしはなかに入るよう手を振ってから、キッチンへと歩きだした。「あと十分遅かったら、答えは違ってたはずよ。でも実際、あなたは運がよかった」

カーターを見ると、アリーがはじかれたように立ちあがった。「やだ、あたしったらまだバスローブなんだけど」

「おはよう」カーターは言った。「その格好で朝食が作れるなら、おれはかまわないけどね」

アリーの顔が赤くなった。「すぐに戻るわ。マフィン、食べてて」

「そうさせてもらうよ」カーターはトレイからマフィンをひとつ取った。

わたしは彼にコーヒーを注ぎ、バターを指差してから腰をおろした。カーターはさっきまでアリーが座っていた席に座った。わたしがそうしたように、彼もすぐにマフィンを割ると思ったら、そうではなく、後ろをちらっと見てからわたしのほうへ身を乗りだした。

「火災原因調査員と話をしてきたところなんだ」

脈拍が速くなるのを感じた。彼が来たのは、不審者の件でわたしにもう少し小言を言うためかと思っていた。火事についてこんなにすぐ情報が入るなんて考えもしなかった。「ずいぶん早いわね」

「調査員が朝一番で来たんだ。火元を見つけるのに時間はかからなかった。この火事は間違いなく放火で、素人の仕業だ。何者かが裏手のポーチの隅にガソリンをまき、壁にもかけたらしい」

「そんなのおかしい。どうしてアリーに危害を加えようなんて考えるわけ?」

「カーターは険しい表情で首を横に振った。「わからない。しかし、真相は必ず突きとめてみせる」

頭上から床板がきしる音が聞こえ、わたしはちらりと上を見あげた。「アリーに話さないとだめ?」

「話さないわけにはいかないだろう。保険会社が調査員の報告書を要求するはずだ。保険金請求の処理をする前に」

「もうっ。最近、シンフルでほかに不審火はあった?」

「いや。この辺で火事というと、たいていは違法なごみ焼却か、ボートのエンジンをいじっていたときの事故かだ。最近起きた住宅火災は所有者の責任だった。間抜けなやつがバーベキューをしていて、雨が降りだしたときに、グリルを居間に持ちこめばいいと考えたんだ。そいつは蹴つまずいて、何もかも床にぶちまけた。で、家が燃えあがったわけだ」

わたしは唖然とした。「信じられない」フーッと息を吐く。「この件、本当に嫌」

「いいか。あんたがアリーを守ろうとしてるのは知ってるし、おれもそうしたい。しかし現実として、何者かが彼女に危害を加えようとしているなら、誰が、と、どうして、が一番わかる立場にいるのはアリーだ。それに、警告をしておいたほうが、彼女が慎重になるだろう」

カーターの言うとおりだが、だからといってむかつきが減るわけじゃない。「足跡やそのほかの証拠は？　火や放水で多くが損なわれてしまっただろうけど、犯罪現場は捜査したんでしょう？」

カーターが目をすがめたので、わたしは彼の表情の変化に気がついた。わたしをディナーに誘った男性はとっくに姿を消していた。百パーセント保安官助手カーターになっている。

「捜査はしたし、おれの仕事はやる。これまでどおりに。あんたに頼みたいのは、アリーから目を離さず、おれの邪魔にならずにいることだ」

「もちろんいいわよ」自分ではとても説得力のある返事だと思った。従うつもりがまったくないことを考えればなおのこと。

どうやら、思ったほどの説得力はなかったらしい。

カーターがわたしに向かって指を突きつけた。「この件に首を突っこむなよ、フォーチュン。これまでは運がよかっただけだぞ、余計なちょっかいを出しても捜査を台なしにしたり、もっと悪い事態になったりしなかったのは。法執行機関の捜査を邪魔するとどうなるか、そっちが都合よく忘れてると困るんで、きょうはあるものを持ってきた」

ジーンズのポケットから折りたたんだ紙を引っぱりだし、差しだした。わたしは受けとって紙を開き、信じられない思いで見つめた。

「保安官事務所のトイレの修理費用をわたしに請求？」最近の調査活動で冒険したとき、わたしは保安官事務所のトイレでちょっとした問題に陥った。わたしとしては、トイレよりもこっちのほうが大きなダメージを被ったと考えていたが、どうやら間違っていたらしい。

「トイレを壊したのはあんただ」カーターが言った。「あのとき、どんな違法な、あるいは非倫理的なことをたくらんでいたのかは知らない。だからといって、あんたがやってはいけないことをやっていたというおれの確信は揺らがない。だから、おれに言わせれば、トイレは犯罪行為のあいだに壊された可能性が高い」

「本気で言ってるの？　わたしが犯した罪なんて、ガムを踏んでしまったことだけよ」やれやれ、あれは作り話だけど、こちらもしがみついたら離れるつもりはなかった。

「それなら、その一歩が百十二ドルについたわけだ。言っておくが、ダウンタウンへ出かけていって暴動を誘発したりせず、家でおとなしくしていれば、どこにも足を突っこまずにすんだんだぞ」

「暴動を起こしたのはわたしじゃないって、よくわかってるくせに」

「暴動は違ったかもしれない。しかし、トイレを壊したのは間違いなくあんただ」

「使用年数が百万年じゃなかったら、わたしが足を突っこんでも持ちこたえられたかもしれない」

「たぶんそうだろう。だからおれは、あの古くて水漏れがしてかびくさい、レンガの建物から引っ越そうかと、激しくそそられたんだよ。元消防署の建物が売りに出されたときにな。

しかし元消防署はバイユー沿いに建ってない。保安官事務所のボートに乗るのにわざわざ移動しなければならないのは面倒だ」

「ボートなんて忘れて、水の上を歩いていったらいいかもよ、完全無欠なあなたなら」

カーターはため息をついた。「いいか、友達の力になりたいってあんたの気持ちはわかるし、立派だとも思う。たいていはこっちが迷惑を被ることになるにしてもだ。しかし、いったい何度死にかけたら、法執行機関の仕事は法執行機関にまかせるべきだとわかるんだ？」

わたしには勝ち目のない議論だった。わたしの正体をカーターが知らないかぎり。非凡なる司書のサンディ＝スー・モローは、巧みにつぎつぎと危険を重ねる理由なんてまったくない。それに、トイレの修理費用を請求するなんて卑劣だと思ういっぽうで、そうする動機はわたしにも理解できた。カーターからすれば、彼はシンフルに住む無防備な人々を守っているのであり、彼の知るかぎり、わたしはそのリストに新たに加わったひとりにすぎない。

「もう二度と死にかけるようなまねはしたくない」わたしは片手をあげた。「スカウトの名誉にかけて誓う」

それはとにかく本当だ。

「指がスカウトサイン（ボーイスカウトとガールスカウトで右手の人差し指、中指、薬指をあげるサインのこと）になってない」とカーター。「法廷で宣誓しているように見える」

「それなら、聖書を持ってきて。法執行機関の仕事には立ち入らないって、誓うから」彼に教える気はさらさらないけれど、わたしはテーブルの下で指を交差させていた。

カーターがそれ以上何か言うより先に、アリーがキッチンに戻ってきた。ショートパンツとTシャツに着がえていて、午前中からこんな人がいるなんてと驚くほど溌剌として見える。キッチンカウンターの横に立ち、わたしを見る。「しゃべってもいいか、カーターに許可を求めてるところ？　ここって、あなたの家と言っていいはずだけど」

わたしはあげていた手をさげた。「いいえ、彼を引っぱたいてやろうかと思っていたところ。でも、それだといかにも女子っぽい気がして」

アリーはカーターとわたしの顔を見くらべてから、首を振った。「どういうことか、知りたくない」

カーターは椅子の背にもたれて、マフィンをひと口食べた。「うまい」

「当然でしょ」と言って、アリーはコーヒーをマグカップに注ぎ、わたしと並んで腰をおろした。「ここへ寄ったのはマフィンのため？　それとも不審者について何かわかったから？」

「不審者については何もわかっていないが、聞きこみはしている」カーターはマフィンを食べきり、コーヒーを飲んだ。「今朝、火災原因調査員と話をした」

「あっ」アリーが背筋を伸ばした。「火事の原因を突きとめるにはどれぐらいかかりそう？　たぶんあれこれ検査したりする必要があるだろうし……」

「実を言うと、調査員はかなりすみやかに火元を特定できた。残念だが、放火だったんだ」

アリーがぱっと手で口を覆った。「嘘！」

「ガソリンがまかれた痕跡が裏手のポーチの床と壁から見つかった」

テーブルの上へ戻すとき、アリーの手がかすかに震えていた。「どうして、あたしの家に火をつけたいなんて思う人がいたのかしら」

「わからない」とカーターが答えた。「そこのところは、協力してもらえたらと逆に期待していたんだ」

アリーが目をみはった。「あたしに？　どうしたら協力できるのかわからない」

「最近、誰かと口論になったことは？　小さなこと――職場でもかまわない。相手が恨みを募らせるようなことはなかったかな？」

アリーはゆっくりとかぶりを振った。「何も思いだせないわ。だって、フォーチュンと仲よくしていることについて、シーリアおばさんからがみがみは言われたけど、そのせいで、おばさんがわたしの家を焼き払おうとするなんて考えられないし」

「ないな」カーターが賛成した。「いくらシーリアでも、そいつは突飛すぎる」

その場の空気を軽くしようとしたカーターの試みが、アリーから小さな苦笑を引きだした。「誰ともトラブルになったことはないわ」彼女は言った。「誓って。カフェでのちょっとした行き違いだってなかった。テッドが殺されてからというもの、ものすごく平穏だから。みんな、うんざりするほど礼儀正しくて」

カーターはうなずいた。「この件に関して、心配はしてほしくないんだ。事件はおれが解決する。ただ当面、家の修理が終わるまで、あんたはこの家にいるほうがいいかもしれない」

「最初は、だいたいの片づけが終わって、家の安全が確保されたら、戻っていいって話だったわよね」

「戻ってもかまわないが……勧めはしない」

「そうなのね」アリーは小さな声で言った。

カーターは立ちあがった。「あんまり心配はしないように。もし何か思い当たることがあったら、いつでも電話をくれ」

わたしが玄関まで送るのを期待するような顔でこちらを見た。でもわたしはトイレの請求書のことで頭にきていて、マナーなんてかまっている気分じゃなかった。「寄ってくれてありがとう」そう言うと、ふたたびマフィンを食べはじめた。

カーターは何も言わずにキッチンから出ていった。わたしはコーヒーをごくごくと飲み、廊下を遠ざかっていく彼を見送った。

「さてと」アリーが言った。「さっきはひどく気まずかったんだけど。あたしが階下《した》に戻ってきたとき、あなたたち何を話してたの？」

「いつものパターンよ――カーターが捜査に首を突っこむなと言い、わたしは首なんて突っこまないと約束し、向こうはこちらを信じない」

「カーターったら、あなたが気まぐれからこれまでの事件にかかわったなんて考えてないわよね？　シンフルに来てからあなたの身に起きたことは、何ひとつあなたが悪かったわけじゃない。唯一責任があるとすれば、友達を助けようとしたことだけよ」

「そうなんだけど、カーターはわたしにその習慣を続けさせたくないわけ」

「なるほど。それであなたはやめると約束したわけね」

「そう。でもテーブルの下で指を交差させてね」

アリーはわたしの顔をまじまじと見てから笑いだした。「信じられない。本気なのね?」

「もちろん。何者かがあなたに危害を加えようとしてるっていうのに、わたしがおとなしく引きさがってるわけないでしょ。この世で最高においしいマフィンを焼いてくれるのを別にしても、あなたはわたしの友達なんだから。それに、このわたしが目を光らせてるのに、あなたに危害を加えようなんてやつがいたら絶対に許さない」

アリーが笑顔になった。「そんなふうに思ってくれるのは嬉しい。でもあなたに何ができる? 最近、事件の真相に迫ったことが一度ならずあったのは確かだけど、あなたは司書なのよ。怪我をしたり、もっとまずいことになったりした可能性だってあった。あなたに何かあったら、あたし自分が赦せない」

「自分の身を危険にさらすつもりはないわ」それは嘘じゃない。たいていの場合、窮地に陥ったのはわたしの意図ではなかった——アイダ・ベルとガーティのだ。

「でも、すでにさらしてるじゃない」アリーが指摘した。「ここにあたしを泊まらせてくれてるでしょ。あたしに危害を加えようとしている人間がいるなら、あなたは親切な行いをするだけで、自分の身を危険にさらすことになるのよ」

彼女ははっと息を呑み、目を見開いた。「ああ、どうしよう! あの不審者があたしの家を焼き払おうとした犯人だったら? きっとそうよ。でしょ? きのうの夜、あの男があなたを殺していてもおかしくなかった」

「わたしが家の角を曲がって、もう少しでぶつかりそうになったとき、あいつは悲鳴をあげた。人を殺すつもりなんてなかったんじゃないかしら。向こうがわたしを怖がらせるより、わたしのほうが向こうを怖がらせたと思う」

「それは向こうが、外には誰もいないと思っていたからってだけよ。重要なのは、すでにあたしはあなたを危険に引っぱりこんでしまったってこと」

「わたしはそうは思わない。あの男は逃げた。獲物から逃げるなんて、いったいどういう人殺し？」

「でも、あの男はそもそもなぜいたの？　きのうの夜より前は、あなた、何もトラブルなんてなかったでしょ？　つまり、理由はあたしよ」

「わかった、そのとおりだってことにしましょ。あなたにある選択肢は何かしら？　シーリアのところに泊まったら、彼女を危険にさらすことになるし、職業に関係なく、わたしのほうが潜在的な脅威に対処する力はシーリアよりも上よ。シンフルにホテルはない。あなたの職場はこの町にある。あなたの家は居住不可能」

「居住不可能ってわけじゃないわ」アリーは立ちあがった。「保険査定員に電話して、作業を急がせられるか訊いてみる。住めるようになりしだい、あたしは自宅に戻る」

「冗談じゃ――」

アリーが手をあげてわたしを黙らせた。「あなたも同じことをするはずよ、立場が逆だったら」

わたしはいらついて息を吐いた。本当のことを言えば、わたしなら煙と灰を吸いながら家に留まり、狙撃銃で裏庭に狙いをつけ、犯人がとどめを刺しに戻ってくるのを待つ。

「ほらね」アリーはそう言ってキッチンから出ていった。

わたしは座ったままぐったりした。考えていたのと違う方向に進んでしまった。アリーが自宅に戻ったら、わたしは同じ屋根の下にいるときのようには彼女を守れない。司書ではなく暗殺者なのだと打ちあけるわけにもいかない。打ちあければ、問題はすべて即座に解決する——とにかく現状に関しては。ただしパンドラの箱を開けることになって、ほかの問題が飛びだしてくる。

犯人を見つけるために、カーターが力の及ぶかぎりあらゆることをしてくれるのは絶対に間違いない。彼は誠実な人物だし、自分が守っている人々を大切に思っている。彼にできないのは、自分の力の及ばないこと。そして法制度というものは、犯罪者の追跡となると、きわめて制約が多いというのがわたしの持論だ。

つまり、残る選択肢はひとつだけ——湿地三人組《スワンプ・チーム・スリー》の出番だ。

第5章

テニスシューズ片手にわたしの家のソファに腰をおろしながら、ガーティがこちらを見た。

「アリーがしばらく戻ってこないっていうのは確か？」

わたしはうなずいた。「シーリアが彼女を迎えにきてすぐ、あなたたちに電話したから。シーリアはアリーをカトリック教会へ連れていった。何かの追悼の祈りと昼食会があるんですって」

「よかったねえ」アイダ・ベルが言った。「誰かメモしといておくれ。シーリアが役に立つことをしたのは今回が初めてかもしれないからね」

「わたしたちにとって役に立つ、じゃないかしら」わたしは言った。「アリーは意見が異なるかも」

「異なるでしょうね」ガーティは言いながら、体を折り曲げてローファーを脱ぎ、テニスシューズに履きかえた。「ところで、もう一度説明してくれない？　どうしてアリーの家までこそこそ出かけるのか」

「手がかりを見つけるためだよ」とアイダ・ベルが答えた。「何者かがアリーの家を焼き払おうとした。そのあとフォーチュンの家のまわりをひそかに歩きまわっていた。そいつが誰か、突きとめる必要がある。あんた、ちょっとは注意して話を聞けなかったのかい？」

ガーティがアイダ・ベルをにらんだ。「あたしはぼけたわけじゃありません。ただ、なんで家の裏側から、湿地をてくてく歩いていかなきゃならないのか、不思議なだけよ。必要な情報はすべて、保安官事務所にあるっていうのに」

アイダ・ベルが両手を高くあげた。「あたしたちったら、何を考えていたのかしら？ガーティを保安官事務所まで行かせて、カーターからコピーをもらってこさせればよかったんだわ」

「皮肉はあなたに似合わないわよ」ガーティが言った。

「いまさら何を言うんだか」アイダ・ベルはぶつぶつ言いながら、自分の靴の紐を結んだ。

「違うのよ」ガーティが言った。「みんなで保安官事務所へ出かけていって、カーターにファイルを見せてくれって頼もうってわけじゃないの。あたしが言いたかったのは、あたしたち、前にあの建物から極秘情報をまんまと手に入れたことがあったわよねって、それだけ」

「やめて」わたしは言った。「保安官事務所に不法侵入するのは二度となし。まったく、わたしはあの建物の前を通るのも嫌」

アイダ・ベルが目を丸くした。「何をそんなにカリカリしてるんだい？」

コーヒーテーブルに置いてあったトイレの請求書をつかんで彼女に渡した。ざっと目を通したアイダ・ベルは声をあげて笑いだした。

「カーターときたら、あんたをデートに誘っておいて、トイレの修理費用を請求してきたのかい？　あの男は恋愛テクニックを真剣にどうにかする必要があるね」

ガーティが請求書をアイダ・ベルから引ったくった。「こんなの、まったく筋が通らないわ。カーターはいったいどうしていまこれを持って来たのかしら」

「アリーの家が放火された件で、捜査には絶対に首を突っこむなって忠告するためよ」わたしは答えた。「それに、わたしの家に不審者が現れたことと、彼が猫を投げつけられたことを考えると、いままで以上にわたしに目を光らせると思う。アリーを守りたい気持ちはわたしもあなたたちに負けないけど、これまでのようにリスクのある行動をするわけにはいかないわ」

「フォーチュンの言うとおりだ」とアイダ・ベル。「さらに、カーターは個人的にもフォーチュンに関心があるからね、一挙一動を監視するはずだよ」

ガーティが当惑した表情でアイダ・ベルとわたしを見た。「でも、あたしたちはアリーの家の裏庭に忍びこむのよね。あそこは犯罪現場として立入禁止になってる。これってリスクのある行動になるんじゃないの？」

「なるわ」とわたし。「でも、つかまらなければ問題なし」

アイダ・ベルがうなずいた。「保安官事務所に侵入するほうがずっとリスクが高い。あたしたちは前にも侵入したって、カーターが信じてることを考えるとなおさら」

「実際に侵入したでしょ」ガーティが言った。

「もちろんしたとも」アイダ・ベルのいらだちが強くなってきた。「だけど、それを認めるわけにはいかないんだよ！　それとフォーチュンの言うとおり――最近起きたあれやこれやのせいで、この娘《こ》は注目を集めちまってる。あたしたちはあらゆる手を尽くして、その注目をそらさなきゃならない」

「フォーチュンも行かなきゃいけないって、誰か言ったかしら」ガーティが尋ねた。

　わたしが顔を見ると、アイダ・ベルは眉を寄せていた。「おや、ふーん、誰も言ってないようだね」

　アイダ・ベルとガーティがふたりだけで保安官事務所に侵入しようとした場合、起こりうることの数々が、〈三ばか大将〉（アメリカのボードビル出身のコメディ・グループで、同名の映画シリーズが人気を博した）のエピソードを早送りにしたみたいに、わたしの脳裏を流れていった。

「まずはこっちの選択肢を試してみない？」わたしは訊いた。「民家の敷地への侵入のほうが、法執行機関に押し入るよりも保釈金がずっと安くてすむはず」

「いいとこ突いたね」アイダ・ベルが言い、立ちあがった。「急ぎな、ガーティ。いつもあんたが遅れるんだから」

　ガーティが残っていたほうのテニスシューズの紐を結ぶため、体を曲げながら不平をこぼした。「まったくうるさいんだから――〝あんたはもっと運動しなきゃだめだよ〟とか〝眼鏡を新しくしな〟とか――今度は最新流行のヨガってやつをあたしにやれって言うつもりでしょ。膝に頭がつかなくちゃだめだとか、ついたら幸せとか、あたしが考えないからって」

　わたしはあきれて首を振った。「あなた、自宅で殺人犯から武器を奪ったわよね、ブルース・リーですかって感じのみごとな蹴りを入れて。あれからまだ二、三週間しかたってない。どうしていま、そんなにお粗末な体になっちゃってるの？」

ガーティが立ちあがった。「あの蹴りから二日ぐらいは足を引きずってたし、一週間は氷《ひょう》嚢《のう》と湿布のお世話になったわ。体は昔受けた武道の訓練をまだ覚えていて、窮地に追いこまれたら、技をひとつふたつ繰りだすことはできる。でも、あとでつけがまわってくるのよ」

アイダ・ベルが顔をしかめた。「それじゃあ、いま骨折や脱臼してないのが驚きだねえ、あんだけ何度も塀や木から落ちまくったのにさ」

「落ちたわけじゃありません」ガーティが言い返した。「暗かったから、距離をはかりそこねたのよ」

「埋葬を見てて木から落ちたときは、まだ暗くなかった」わたしは指摘した。

ガーティはアイダ・ベルとわたしをしばらくにらんでいたが、玄関からのしのしと出ていった。

アイダ・ベルがその背中を見送りながら、首を振った。「あのね——」

「ガーティが眼鏡を新しくすれば、何もかも解決する」わたしは先を引きとって言った。「視力のせいで、彼女は奥行きの認知ができなくなっている。目をすがめることが多いし、最近は頭がたいていちょっと右に傾いている。焦点を合わせようとして眼精疲労を起こし、頭痛もしている。可能性として、耳にも痛みを感じていて、それが平衡感覚に影響を及ぼしているかもしれない」

「立派なもんだ」アイダ・ベルが感心した顔でうなずいた。「あんた、見逃すってことがほとんどないね」

「わたしみたいな仕事をしてると、ごくごく小さな弱点がこっちの大きな強みになる場合があるから。シンフルに来てからなまっちゃってるけど。基本は忘れないようにしてる」

わたしも椅子から立ち、アイダ・ベルと一緒に外へ出て、歩道でガーティと合流した。

「公園へ向かおう」アイダ・ベルが言った。「アリーの家はピクニック・エリアの後ろにある湿地をちょっと行ったところだ」

わたしはうなずいた。「ピクニックしてる人がいないよう祈るわ。目撃者は少ないほどいいから」

ガーティが額から汗をぬぐった。「うちを出るとき、気温は三十三度で、湿度は百パーセントだったわ。嵐が近づいてきてるせいで。正気の人はこんなときにピクニックなんてしないわよ」

確かにね、とわたしは思った。でもシンフル住民のうち、正気の人は何人いるだろう？

公園へ向かってすたすたと歩きだしたアイダ・ベルに、わたしは並んだ。ガーティがハアハア言いながら後ろからついてくる。湿地を抜けるのはおろか、公園までも彼女はたどり着けないのではと心配になった。とはいえ、わたしはとやかく言える立場にない。今朝ついに体重計に乗り、もう少しで恐怖の悲鳴をあげそうになったからだ。

二キロ！

シンフルに来てから二キロも増えた。これが一般市民になったときに起きることなら、引退は永久にしないほうがいいかもしれない。近いうちに何か手を打たないかぎり、わたしはミッション前の健康診断に通らなくなるだろう。それに、新しい服を買いにいかなければならなくなる。わたしが一番ぞっとしたのは、新しい服を買いにいくことだった。

ハムストリングがこわばるのを感じて、自分と取引をした――きょうから、体によくない食べものは一日にひとつだけ。その体によくない食べものの毒消しに、毎朝十キロ走る。トレーニング用のウェイトがマージの寝室のクロゼットにあったはず。あれを出す必要がありそうだ。

「ここから横切れる」アイダ・ベルがそう言って歩道をおり、公園へと入っていった。

わたしたちは公園を斜めに横切ってピクニック・エリアに入ったが、そこは予想どおり人影がなかった。

「ちょっと待って」湿地に差しかかったところで、ガーティが言った。「気になってることがあるんだけど」

アイダ・ベルが片眉をあげた。「気になってるって、どんな?」

「放火はプロの仕業じゃないってこととかよ」

「そんなことは、カーターが何も言わないうちからわかってたじゃないか」アイダ・ベルが言った。

「ほんとに?」わたしは訊いた。「どうして?」

アイダ・ベルは肩をすくめた。「まだ夕方だったからだよ。プロだったら、暗くなるまで待ったはずだ。目撃されるのを避けるために」

わたしはうなずいた。「それは論理的な考え方だけど、ひとつ忘れてることがある」

「なんだい？」

「放火犯がシンフル住民なら、犯人が通りを歩いたり、車で走っていても、あるいは湿地を徒歩で通り抜けていても、それを見た人は誰もなんとも思わないってこと」

ガーティが目をみはった。「フォーチュンの言うとおりだわ。こういう事件を調べるときって、何かぼんやりと悪人を想像しがちだけど、おそらく犯人はあたしたちがすでに知っている相手なのよね」

「わかった、それは確かにあんたの言うとおりだ」アイダ・ベルが言った。「しかし、ガソリンの缶を持って歩いている人間がいたら、必ず人の目にとまる。見かけた人は、ガソリンが切れちまったんだろうと考えて、家まで車で送ってやろうって声をかけるよ」

わたしは肩をすくめた。「それじゃ、犯人は前もって湿地を通って、ガソリンを隠しておいたのよ。そしてあとで戻ってきて火をつけた」

「暗くなる前に」アイダ・ベルがかぶりを振った。「いっぽうの行動を見れば賢いやつで、もういっぽうを見ればあきれるほど愚鈍なやつってことになるね」

「手製の覆面をつけてうちのまわりをこそこそ歩いていたってこともあきれるほど愚鈍」わたしは言った。「でも、実際にやった人間がいる。放火犯以外に誰がそんなことする？」

「わかったよ」とアイダ・ベル。「もう少しその線で考えてみようじゃないか。放火犯はあたしたちと同じ道を通ってアリーの家へ向かった、外を出歩いてる住民に見つからないように。缶を隠す理由は？　暗くなる前に火をつけるほど肝っ玉があるか愚鈍なら、あとで戻ってくる必要なんてないだろう？　その場ですぐやっちまえばいいじゃないか」

「アリーがキッチンにいたからよ」わたしは言った。「キッチンは家の裏手にある」

ガーティがうなずいた。「アリーに気づかれずに裏庭に入ることはできなかったはずね」

「つまり、犯人は目的地に着くと、アリーが二階へあがるまで待ったか、缶を置いていってあとで戻ってきたってことになる。どっちにしても手がかりを――足跡やらたばこやら――残していった可能性がある。でもって、あたしたちがさがしにいくのはそういうもんだ。だったら、これ以上考える必要なんてないと思うけどね」

「犯人が隣に住んでたら？」ガーティが訊いた。

アイダ・ベルとわたしはそろって啞然とした顔になった。

「何よ」とガーティ。「犯人はおそらくあたしたちの知ってる相手だって、そう言ったわよね。どこかにそいつの家があるわけでしょう？」

わたしは眉を寄せた。「それじゃ簡単すぎる気がするけど」

「でも、賢い」とアイダ・ベル。「あるいはあきれるほど愚鈍か」

「アリーの家の隣って誰が住んでるの？」

「フロイド・ギドリーだよ」アイダ・ベルが顔をしかめた。「ガーティに思い当たる節があるかもしれないね」

「そのフロイドって人、問題ありなわけ?」わたしは訊いた。

ガーティがうなずく。「折り紙つきよ。フロイドが最初に逮捕されたのは、小学校に入る前」

わたしは目を丸くした。「それなら、いまごろ刑務所で朽ち果ててるんじゃないの?」

アイダ・ベルが顔をしかめた。「ずる賢くなってね。法律違反にならないぎりぎりのところをキープしてるんだ。見たところはね。でも、ほかに何をやってるかはわかったもんじゃない」

「それにヘビみたいに意地が悪いの」とガーティ。「アリーがあいつとのあいだにいざこざを抱えてても、驚きじゃないわ」

「でも、カーターに尋ねられたとき」わたしは言った。「アリーは思い当たる人はいないって答えてた」

「あいつのことは頭に浮かばなかったのかもしれないわね、当たり前になりすぎてて」ガーティが可能性を述べた。

「さあ、憶測を重ねてても意味ないわ」わたしは言った。「進みましょ。で、フロイドについては、うちに帰ってからアリーに尋ねればいい」

アリーの家の裏を目指して、わたしたちは湿地を進んだ。十五分ほどすると、木々のあいだにちらちらと色が見えはじめたので、目的地に近づいてきたのだとわたしは判断した。そのとき、水音が聞こえた。

「あれってバイユー？」わたしは訊いた。

「そうだよ」とアイダ・ベル。「アリーの家のすぐ裏を流れてるんだ」

ガーティが急に立ちどまって腰に手を置いた。「そうだわ。あたしたち、いったいなんで湿地をてくてく歩いてきたわけ？　ボートで来ればよかったでしょうが」

アイダ・ベルが片眉をつりあげた。「そうかい？　正確にはどのボートで来ればよかったのかねえ――あたしのは船体を直すために修理工場に入ったままだし、あんたのは二日前にバイユーの底から引きあげられて、二度と乗れないかもしれないんだよね？」

どちらのケースももとはと言えばガーティの責任なので、この件に関して、わたしは口を閉ざしておくことにした。ガーティが顔をしかめ、いらだたしげに息を吐いたので、反論するものと思ったら、考えなおしたようだった。

「好きに言ってればいいでしょ」と手を振ってこの話を片づけ、アリーの家へ向かってずんずん歩きだした。

アイダ・ベルとわたしも彼女のあとを追った。アリーの家に近づくにつれ、建物の細かなところが見えてきたが、それはわたしの目の高さからすると変だった。見えるのは塀のはずなのに。あと五、六メートルというところまで近づいたとき、何が原因かわかった。

「アリーの家は塀が鉄柵なんだわ」わたしは言った。「物置小屋の後ろしか隠れるところがない。それに、隠れるには、まず小屋まで気づかれずに近づかないと」

アイダ・ベルが眉を寄せた。「前は木の塀だったけどね」

「それっていつの話？」わたしは訊いた。

「ついこの前だよ。あたしがあの家に足を踏み入れてから、一年かそれ以上たってるけどね。アリーの母親はあんまり人好きのする人間じゃない。だから元気だったときも、誰も特に会いたがらなかった。体を壊してからは、本人がアリー以外、家に入れようとしなくてね」

「そしてアリーを奴隷みたいにこき使った」ガーティが口を挟んだ。

アイダ・ベルはうなずいた。「塀がいつ変えられたのかはわからないけど、放火より前なのは間違いない。ってことで、それを考慮に入れて先に進もうじゃないか」

「こっち側に家が二軒しか建ってないのはどうして？」わたしは尋ねた。「アリーの家は住宅地にあるんだと思ってた」前日の夜、カーターと一緒に来たときはもうあたりが暗くなっていた。明かりといえば街灯だけで、それも煌々としてはいなかった。背の高い生け垣や木立が近くに見えたけれど、動転していたせいで、並びにフロイドの家しかないことに気づかなかった。

「住宅地だよ」アイダ・ベルが答えた。「でも、バイユーが曲がりくねってるからね。アリーとフロイドのところは両側に家が建てられないんだ。地盤が緩すぎて。一度試した建築業者もいたけど、一週間もしないうちに土台にひびが入ってね」

わたしは湿地の左右に目を走らせたが、緑と茶色しか見えない。「それぞれ隣の家まではどれくらい離れてるの？」

「どっちも五十メートルくらいだね」アイダ・ベルが答えた。

「それじゃ、アリーとフロイドはまわりから孤立してるのね」

アイダ・ベルがうなずいた。「通りのこっち側ではね。だが、向かい側に何軒か家があるそうだった。通りの向かい側に住んでいる人が火事を通報したのだった。わたしは二軒の家の境界線を観察した。「放火犯はフロイドの家の塀に隠れることもできたはずだけど、あそこに立ってる木のせいで、キッチンの窓はよく見えなかったでしょうね」

「犯人は賢いか愚鈍かのどちらかだって、もう話は決まったでしょ」とガーティ。「シンプル住民だと考えるなら、愚鈍の線で進めることにして、フロイドの家の塀とアリーの物置小屋の後ろに手がかりが残ってないか調べましょうよ」

わたしはうなずいた。「それじゃ、フロイドの家の塀に沿って分かれましょ。それで、足跡が見つかりそうな、土が剝きだしになってるところをさがすの」

わたしたちはだいたい十メートルほどの間隔をあけて広がり、フロイドの家の塀に向かって移動しながら地面に目を凝らした。塀までたどり着いたところで、わたしが左側にいるアイダ・ベルとガーティを見やると、ふたりとも首を振った。

こちらに歩いてきてから、アイダ・ベルが首を振った。

「泥にぼんやりした跡すら残ってない。たばこやマッチ箱やら、テレビドラマだと見つかるようなものも」

「同じく」わたしは言った。「簡単にいくかもしれないなんて期待した自分が不思議」

「大丈夫だよ」とアイダ・ベル。「いまのは法執行機関がまず確認することだ。あたしたちが本格的な調査をするつもりなら、当局がやるはずのことをやらないとね」

ガーティがうなずいてフロイドの家のおんぼろの塀にもたれた。羽目板がぐらつくのが見えたが、わたしが言葉を発するより先に、ガーティがもたれた部分がそっくり、フロイドの家の裏庭側に倒れた。ガーティもろとも。

アイダ・ベルとわたしは慌ててガーティに駆け寄った。羽目板が散乱したなかから彼女を助け起こそうと手を伸ばしたとき、フロイドの家からバンッという音が聞こえた。見ると頭の禿げた肉づきのいい男が、スウェットパンツに白いランニングという格好で勝手口から出てきたところだった。

「おれの地所で何してやがる」と彼はわめいた。

家のなかに手を伸ばし、ショットガンを引っぱりだした。わたしはガーティを地面からぐいっと引き起こした。「走って、全速力で」

わたしたちは塀をまわってフロイドから見えない側へ逃げ、走った。湿地で彼を振りきれるよう祈って。

「まわりをこそこそうろつきやがって、へどが出んだよ。塀の修理代、払いやがれ！」フロイドが怒鳴った。「やっちまえ、ショーティ！」

まずい！　〝ショーティ〟が何者かは知らないが、わたしが好きにならない相手であるのはすでにわかっていた。カーターのロットワイラー犬、タイニーに出くわしたときの光景がつぎつぎと脳裏をよぎった。まずすぎる。犬から走って逃げきれる可能性はゼロだ。

またたく間に確率がさらに低くなった。

わたしの知るどんな種類の犬とも異なるうなり声が、湿地にこだましたのだ。見あげた瞬間、大きな金色の動物が塀の上からまっすぐわたしに向かってジャンプした。

「ライオンよ！」ガーティが悲鳴をあげ、これまで見たこともないスピードで湿地へと走り去った。

空飛ぶネコ科動物に肩を直撃され、わたしは後ろによろめいた。ライオンではない——ライオンにしては小さすぎる——が、正面に迫る前足から鉤爪が突きだしているのを見ると、マーリンの爪がやさしい背中マッサージ器に思えた。ネコ科動物はもう一度うなってからわたしを引っ掻こうとしたが、こちらは後ろに飛びのき、敵の内蔵かみそりをなんとか避けることができた。最大のダメージはTシャツが負ってくれた。

アイダ・ベルがそのネコ科動物に向かってわめき、太い棒を振りまわした。ネコ科動物は後ずさり、もう一度うなった。一瞬、アイダ・ベルに飛びかかるかと思ったが、流れるような動作で向きを変えると、塀を飛びこえてフロイドの家の裏庭へと戻った。

「行くよ！」アイダ・ベルが言い、わたしたちはガーティが逃げた方向へと全速力で走った。

数分後、湿地を抜けて空き地に飛びだした。古ぼけた緑色のセダンが走ってきたかと思うととまった。ガーティが運転席に座り、手を激しく振っている。

「急いで！　フロイドは絶対に通報したはずよ」彼女は叫び、わたしたちは車に向かって走ると飛びのった。

アイダ・ベルは助手席に、わたしは後部座席に。ドアも閉めないうちにガーティが全米自動車競争協会《NASCAR》のレーサーさながらに車をスタートさせた。わたしは前のシートをつかんで体を起こしたが、あまりに多くの疑問が頭を駆けめぐっていて、どれから訊いたらいいかわからなかった。

「この車、盗んだの？」自分たちが犯したかもしれないことのなかで一番重大な罪から行くことにした。

「まさか」とガーティ。「これはメイジー・ジャクソンの車よ。彼女はいつもキーをフロアマットの下に入れておくの」

「みんなが彼女の車を使えるように？」

「あら、そういうわけじゃないわ。おもな理由は、キーをさがしまわらずに済むようによ。メイジーの頭は昔と違ってきちゃってるから」

わたしは通行人から見えないように頭を低くした。「それって車を盗んだってことでしょ」

第6章

ガーティが右に急ハンドルを切ったので、シートをつかんでいた手が離れ、わたしは後部座席に倒れた。

「メイジーは入院中なの」とガーティ。「絶対にばれないわ」

わたしはもう一度体を起こしたが、ちょうどそこでガーティがブレーキを踏みこんだ。わたしは前のシートの背にぶつかり、肺から息が全部抜けた。

「シートベルトを締めなきゃだめだろう」アイダ・ベルがそう言ってドアを開け、外へ飛びだした。「もたもたするんじゃないよ」

わたしは車からおりた。ガーティが運転席側から車をまわり、アイダ・ベルと一緒に芝生を走りはじめた。ひと目でここはわが家から二、三軒離れた場所だとわかったので、わたしもふたりのあとを追った。玄関を入り、かろうじてドアを閉めたタイミングで、カーターのピックアップトラックが走ってきて、家の正面に停止した。

「あらあら」ガーティが窓をのぞきながら言った。「かんかんに怒ってるみたい」

「向こうは何も証明できやしないよ」とアイダ・ベル。

「このシャツを見て」わたしは言った。「これって一種の証拠よ」Tシャツの下半分がびりびりに裂けている。

「こっちに歩いてくるわ」ガーティの声が一オクターブ高くなった。

アイダ・ベルが手を伸ばしたかと思うと、ガーティの首からネックレスを引きちぎった。ネックレスのビーズをガラスのボウルへバラバラと入れる。

「ちょっと！」ガーティが勢いよく振り向いたが、アイダ・ベルは片手をあげて黙らせ、ソファに腰をおろしたかと思うと、わたしに向かって手を振った。

「あたしの前に立ちな。ガーティ、玄関に出て」

ガーティもわたしも同じくらい困惑していたが、わたしは急いでアイダ・ベルの前に立った。このピンチからどうやって抜けだすつもりだろう。カーターが玄関ドアをドンドンと叩きはじめると、アイダ・ベルはわたしのTシャツのびりびりになったところをつかみ、きつくねじりはじめた。

ガーティは、これが名案なのかどうか確信が持てないという顔でこちらを見た。

「早く」アイダ・ベルがいらだたしげに言って、ビーズに手を伸ばした。

ガーティがドアを開けると、カーターがなかに入ってきた。目の見えない人でも、彼が怒っているのはわかっただろう。肌で感じられた。ガーティが彼をまわりこむようにしてソファまで来ると、アイダ・ベルの隣に腰をおろした。

カーターがわたしに指を突きつけた。「捜査に首を突っこむなと言ったのに、一時間も待たずに現場に入りこんだな」

「なんのことだかわからないねえ」とアイダ・ベル。「あたしたちはこの一時間か二時間、フォーチュンとここにいたよ」

カーターが鼻で笑った。「ああ、フォーチュンといたというのは確かだろうとも。しかし、ずっとこの家にいたってことはほんの一瞬たりとも信じないぞ」

「よそにいたなんて、どうして思うんだい？」アイダ・ベルが訊いた。

「なぜなら、フロイド・ギドリーが、自宅に侵入した者がいたと通報してきたからだ。若いのひとりとばあさんふたりという話だった」

「ずいぶんと失礼な物言いね」とガーティ。「フロイドには礼儀を教えないと」

「礼儀を欠くことは法律違反じゃない」とカーター。「塀を壊し、他人の土地に侵入することは法律違反だ」

「あんたね、よおくわかってるはずだよ」アイダ・ベルが言った。「あたしたちがフロイドの土地に入ったら、撃たれたはずだって」わたしのTシャツのねじったところをビーズに通し、ぐいっと引っぱった。

「フロイドによれば、その必要はなかったそうだ。ペットのボブキャット（ネコ科オオヤマネコ属の動物で、体長六十五－百五センチ）を放して、地所の境界線を守らせたとか」

わたしは眉をひそめた。ボブキャットだなんて、わたしのTシャツをぼろぼろにした生きものにしてはかわいらしすぎる響きだ。「ボブキャット？」わたしは訊いた。「ボブキャットってどんな動物？」

ガーティが勢いこんで言った。「トラと家猫が交尾したときに生まれるの」

「そんなこと、可能なの？」わたしは訊いた。

「無理に決まってるだろう」とアイダ・ベル。

「可能です」ガーティが反論した。「家猫がそこまで大きな赤ちゃんをおなかで育てることはできないけど、雌のトラと雄の家猫が交尾したときにかぎって、うまくいくのよ」

「雌トラはあんまり満足できそうにないねえ」アイダ・ベルが言った。

「そこまでだ！」カーターが怒鳴った。「ボブキャットはれっきとした野生種であって、ポルノめいた異種間交尾の結果生まれるもんじゃない。とりわけ人に飼いならされた動物相手なんてありえない」

「ボブキャットを飼うのって合法なの？」

「そこは重要な点じゃない」カーターが言った。怒りで顔が赤くなりはじめている。

「そうとも言えないんじゃないかしら」わたしは言った。「きのうの夜、あなたはわたしを逮捕しそうな勢いだったわよね。わたしに家猫を投げつけられたと考えて。野生動物を人に対してけしかけるのって、より重い刑罰に相当するんじゃないかしら」

ガーティがうなずいた。「狂暴な動物に攻撃されたら、あたしは飼い主を訴えるわ」

「わたしも」実際に訴えるつもりはないけれど、ガーティの意見に百パーセント賛成だった。

カーターが目をむき、口をあんぐりと開けた。「人をからかってるのか？　そんなびりびりに裂かれたTシャツを着ているくせに、ほかにも若い女ひとりと年とった女ふたりの三人組がいて、その三人がたまたまアリーの家のまわりを嗅ぎまわっていたと信じろって言うのか？」

「言っとくけどね」とアイダ・ベル。「あたしがフォーチュンのTシャツを裂いたんだ。裾にビーズをつけてるんだよ、ほらね？」ねじった布にビーズを数個通したところを指差した。

「あたしは野暮ったいと思うんだけどねえ、子どもはこういうのが好きらしい。聖歌隊の次の慈善公演で売るといいって考えてるんだけど、サンプルがいるからさ」

「それで、あんたが作業をするあいだ、フォーチュンはそのTシャツを着て立ってなきゃいけないのか」

ガーティが顔をしかめた。「フォーチュンからすると、あとで試着するほうが楽でしょうね」

アイダ・ベルもうなずいた。「どうしてそこに頭がまわらなかったかね」

「いい加減にしてくれ」カーターが首を振った。「もう一度同じことを言うが、これで最後だ——捜査に首を突っこむな。さもないと、誓ってあんたたち全員を夏が終わるまで留置場に入れてやる」

アイダ・ベルが目玉をぐるりとまわした。「ずいぶん芝居がかってるねえ。とっとと自分の仕事に戻って、あたしたちをほっといてくれないかね。こっちはこっちの仕事ができるように」

カーターは最後にもう一度、信じられないという目でわたしたちをにらんでからくるっと向きを変え、のしのしと家から出ていった。ドアがバタンと閉められると同時に、わたしは椅子に座りこんだ。

「いまの話、ほんのわずかも信じてなかったわよ」とわたしは言った。

「そりゃ信じないさ」とアイダ・ベル。「しかし、フロイドが告発したいと思ったら、保安官事務所まで出かけていって、侵入したのはあたしたちだってことを明らかにし、何枚もの書類に記入しなきゃならない。そのことを、カーターは苦情を聞くとすぐ伝えたはずだ」

ガーティはうなずいた。「保安官事務所はビールをただで飲めて娼婦《フッカー》で溢れてるかもしれないのに、フロイドはいまだあそこに足を踏み入れようとしないのよ」

わたしはTシャツの裾を持ちあげてみせた。「人を襲う猫を飼ってたら、保安官事務所なんていらないでしょうしね。かまうもんかって感じ？」

アイダ・ベルの顔がぱっと明るくなった。「いやあ、あれは最高におもしろかったね」

「あなたはおもしろいと思うわけ？　わたしがあの野生動物に嚙み殺されそうになったことを？」

アイダ・ベルはばからしいと言うように手を振った。「大袈裟だよ。ボブキャットに殺されるわけがないじゃないか。引っかき傷がいくつかできるってのがせいぜいだよ。おもしろかったのは、ボブキャットを飼ってる人間がいるなんて知らなかったからさ」

「アリーは知ってるのかしら」とガーティ。

「彼女が帰ってきたら訊いてみましょ」わたしは言った。「あのフロイドって男について、もう少し知りたい。話を聞いてると、人の家に火をつけてもなんとも思わないタイプみたいだから」

「それは間違いないよ」アイダ・ベルが賛成した。「しかし、動機がないとね」

「それと機会も」わたしは言った。「きのうの夜、アリーの家に行ったとき、あの男を見かけた？」

ふたりとも首を横に振った。

「それって変よね？」わたしは言った。「だって、あの男はすぐ隣に住んでいるのに、通りの反対側に住んでいる人が火事を通報したのよ。気がつかなかったなら、消防車が来たときに外へ出てくるはずでしょ」

アイダ・ベルがうなずいた。「自分の家が危険じゃないってことを確かめるためだけでもね」

「フロイドが犯人である可能性があるなら、きのうの夜どこにいたのかを突きとめる必要がある。きっと町の住民の誰かが知ってるはずよ」

アイダ・ベルとガーティが視線を交わした。

「何？」わたしは訊いた。

「フロイドがよくいるのは〈スワンプ・バー〉なの」とガーティが答えた。

わたしはうめいた。〈スワンプ・バー〉はナンバー・ツーに次いで、わたしが二度と訪ねたくない場所リストの第二位に位置している。最初の訪問はあまり楽しいものではなかったし、騒動が起きて現場から逃走する途中、職務質問されたときのことはわたしの人生で一番屈辱的な経験のひとつである。

シンフルに来てからの数々の経験を振り返れば、これはどれだけ屈辱的だったかを物語ってあまりある言葉だ。

「それよりもっと大きな問題がある気がするんだけど」とガーティが言った。

「何?」わたしは訊いた。

「あなたとカーターのことよ。早く恋愛関係にならないと、チャンスを逃してしまうんじゃないかしら。レディらしくおとなしくしてろっていう彼の要請を、あなたが無視しつづけているることを考えると」

いることを考えると」

昨夜、カーターのピックアップに乗っていたとき、話題を見つけようとしてひどく居心地悪く感じたことが脳裏によみがえってきた。「たぶん、だめになったほうがいいのよ。親しくなればなるほど、彼が真相を突きとめる機会が増える。きのうのことは最初からやめておいたほうがよかったの。わたしたちみんな、わかってるでしょ」

アイダ・ベルとガーティは目を見交わしたが、話題を〈スワンプ・バー〉の店員から情報を入手するにはどうするのが一番いいかへと変えた。わたしは部分的にしか耳を傾けていなかった。

カーターとわたしに関して、いま言ったことはすべて本当だ。地元の法執行官とかかわりを持つこと、それも恋愛方面で、というのはシンフルに来て以来わたしの頭に浮かんだなかで最悪の思いつきだ。言っておくけれど、最悪までの山は低くない。

驚いたのは、このことを認めたときに自分が感じた落胆だった。

ついえてしまったカーターとの可能性から無理やり気持ちをそらし、目の前の問題に集中しようとした。アリーの安全が取り戻せたら、ふつうの女としては欠点だらけの自分について、思う存分くよくよ考えればいい。

とても長い時間、くよくよ考えることになりそうな気がする。

カーターの訪問から一時間ほどして、アリーが追悼の祈りから帰ってきた。わたしたちはキッチンでローストビーフ・サンドウィッチと朝食の残りのブルーベリーマフィンを食べているところだった。アリーは冷蔵庫へまっすぐ行くとビールを一本取りだし、残っていた椅子にドサリと腰をおろした。

「そこまでひどかったわけ?」わたしは尋ねた。

アリーが息を吸いこんでから勢いよく吐きだしたので、わたしは身構えた。シーリアを訪ねたあと、彼女が同じようにするのを一度見たことがある。そのときは息を吐きだしたあとすぐ、五分間は不平不満がとまることなく語られた。アリーを責める気にはならない。わたしがシーリアおばさんと十分間一緒に祈りを捧げたら、三十年間不平を言いつづけるだろう。午後の時間をたっぷりシーリアと過ごしたとあれば、丸一年は国際放送でもしないかぎり、おさまらないはずだ。

「あの人って信じられない」開口一番、アリーは言った。「身内なのはわかってるし、おばさんは娘を亡くしたばかりで、とんでもない目にも遭った。でも、あきれた。あそこまで気取ったむかつく人っている?」

アイダ・ベルとガーティ、そしてわたしはたがいに目を見交わしたが、賢明に沈黙を守った。答えは、結局のところ、伝わったはずだ。

「なんと、すべてはあたしの父が悪いって言うのよ、そもそも家をきちんと建てておかなかったからいけないんだって」アリーは両手をあげた。「まるで死んだ父が地中からひょっこり現れて、家にガソリンをまいて、そこへマッチを投げたみたいに。カーターによればあれは放火だって、あたしがいくら言っても、こんなふうに言うの——そんな話はばかばかしい。なぜなら、シンフルには他人の家を焼き払おうとする人なんてひとりもいないって。最近この町じゃ殺人事件が立てつづけに起きてるのに、シーリアおばさんからすると、放火のほうがずっと罪が重いらしいわ」

ビールをごくごくと飲んでから、テーブルに音を立てて置く。「そのあとはギアチェンジしてあたしを責めはじめた。キャリアウーマンになるなんて〝妄想〟は捨てて、いい男性と落ち着いていてれば、彼が家をもっとちゃんとした状態に保ってくれて、こんなことにはならなかったはずだって。この町には結婚する価値のある男性はひとりもいないって言ったら、あなたがアクションを起こせば、カーターがいたのにですって。彼が〝あのよそ者北部人《ヤンキー》〟に狙いをつける前に」

「彼女とは友達になれそうだって思ってたところだったのに」わたしはぶつぶつと言った。シーリアとわたしの短いつき合いは、起伏に富んでいる。明らかに、いまは下降局面にあるようだ。

「あら、シーリアおばさんが言ったってことを考えると、いまのは褒め言葉よ、信じて」

ガーティが咳払いをした。「それで追悼の祈りでは……実際に祈りを捧げたの？」

アリーはうなずいた。「おばさんもさすがにひと息入れなきゃならなくなって、そうしたら仲間のひとりで勇気のある人が、そろそろ祈禱に入ったほうがいいんじゃないかって言って。いいお祈りだったんじゃないかしら。でも、あたしはきのう睡眠時間が短かったから、うとうとしちゃって。最後に〝アーメン〟って声を合わせるところで、はっと目が覚めたの」

アイダ・ベルがかぶりを振った。「あたしだったら、ブースターケーブル（車のエンジンがかからなくなったとき、ほかの車から電気を分けてもらうために使う）で再始動させてもらわないと起きられないね」

「除細動器の間違いじゃない？」とガーティ。

「いいや、ブースターケーブルだよ」

「でもそのあと、また不愉快なことがあって」アリーが言った。「教会にカーターが現れたかと思うと、あたしにこの二時間どこにいたかなんて訊くのよ。その場にいた人全員が、短いトイレ休憩を除いて、あたしはずっと彼女たちの目の前にいたって話したわ。でも、カーターはまだ疑ってるみたいだった。不法侵入だとかボブキャットだとかビーズ飾りのTシャツだとかぶつぶつ言って。もう絶対この人、キレかけてるって感じだった」

ガーティとアイダ・ベル、そしてわたしは顔を見合わせ、ガーティが笑いだした。アイダ・ベルはちょっとのあいだ踏んばったけれど、やはり声をあげて笑いだした。

アリーがため息をついた。「なるほど、そういうわけ。あたしがいないあいだにあなたたち何したの？」

わたしが要約をした。アリーは最初、おもしろがるような顔をしていたが、それがぞっとした表情、信じられないという表情へと変わり、最後には激しく笑いすぎてビールを持っていられなくなった。

「信じられない、Tシャツにビーズ飾りで切り抜けようとしただなんて」とアリー。「で、ボブキャットだったっていうのは確かなの？」

わたしは立ちあがってびりびりになったTシャツを見せた。「マーリンよりもずっと大きなやつにやられたの。そいつがネコ科動物なのは絶対間違いなし」

「あれはボブキャットだよ」アイダ・ベルが言った。「湿地にはよくいる。だが、住宅地で見たのは初めてだね。あんた、フロイドがボブキャットを飼ってるの、知らなかったのかい？」

アリーは顔をしかめた。「フロイドとはいっさいかかわらないようにしてるから」

「あの男、あなたに何か迷惑なことしたの？」わたしは尋ねた。

「フロイドは迷惑の塊よ」アリーは首を振った。「裏庭の境界線をめぐって母とずっと揉めてて。フロイドの土地とうちの土地のあいだの塀が、フロイドのほうに十メートル食いこんでるって言い張るの。母が体調を崩すよりも二年ぐらい前に裁判になったわ。フロイドはいまだに、裁判所はうちの母の肩を持った、彼が前科者だからって主張してる」

「で、そうなの？」わたしは訊いた。

「違うわ。土地測量と区画の原本を見れば、誰だって塀の位置は正しいってすぐにわかるもの」

「十メートルって、ずれてると主張するにはずいぶん大きな誤差よね」わたしは言った。

アリーがうなずく。「無謀さの裏には魂胆あり。向こうもうちも、間口は狭いんだけど、奥にいくに従って、地所の幅が広くなってるのよ」

「台形みたいに?」わたしは訊いた。

「そう。だけど、母の台形のほうはシンフル・バイユーの入江に直結してるわけ。フロイドはあの入江を自分の地所内に入れて、ボート小屋を建てたり、そこにボートを入れたりしたいのよ。フロイドがますますいらついたのは、うちの母が高さ三メートルの板塀を裏庭に張りめぐらしたから。一番端に通路も設けずに」

「フロイドからすれば、あなたのお母さんは土地を無駄にしてるってわけね」

アリーがうなずいた。

「でも、いまは鉄の柵になってるわよね」

「そう、木の塀はハリケーン・カトリーナでぐらぐらになっちゃって。教会の人が何人かでどうにか倒れないようにしてくれてたのよ、母が体調を崩していたあいだ。でも、母がニューオーリンズの施設へ移ったあと、あたしが保険金を使って建てかえたの。一度強風が吹いたら、バイユーのなかへドボンだったろうし、それを撤去するのはあたしの責任になるから。鉄の柵にして景色が見えるようにしておけば、不動産の価値があがるかと思って」

「フロイドとのあいだで問題が起きたことは?」わたしが尋ねた。

アリーは眉を寄せた。「保安官事務所に通報されたことが一度あった。あたしが裏庭でかけてる音楽がうるさすぎるって。庭いじりをしてたんだけど。カーターに音量を少しさげるように言われて、それからあとはイヤホンをつけるようにしてる」

「それじゃ、恨みを買うようなことはなし？」

アリーが目をみはった。「仕返しに家を焼き払いたくなるような？　思い当たることはない——だって、境界線のことがまだ腹に据えかねてるなら、母が施設へ移る前にやったはずよね？」

「ちょっと無理があるわよね」とガーティ。

「ふつうの人だったら、無理があるかもしれない」わたしは言った。「でも、あいつは人を襲うボブキャットを飼ってるのよ」頭のいかれた人間には、何人も会ってきた。彼らの決断に論理的思考は無縁だ。実行すると決めたテロ行為に強い思い入れがあれば。

「フォーチュンの言うことには一理ある」アイダ・ベルが言った。「はっきりした動機は見つからないけど、あいつに犯行の機会があったかどうかは確かめるべきだ」アリーを見た。

「火事が起きたときにあいつが家にいたかどうか、知らないだろうね」

アリーはかぶりを振った。「消防士はノックしたけど、返事がなかったって言ってた。でも、だからってフロイドがいなかったってことにはならないわ。なかにいたけど、外の騒ぎを無視しつづけたっていうのは、いかにもフロイドがやりそうなことだから」

「つまり、〈スワンプ・バー〉へもう一度ってことね」わたしは言った。「ああ、やれやれ」

「何を文句言ってるの？」とガーティ。「前回、あたしは撃たれそうになったのよ」

「あなたはボートで逃走した。前回、わたしは溺れそうになって、ほぼごみ袋しか着ていないところをカーターに見られたのよ」

アリーが目を丸くした。「何それ、そんな話、一度もしてくれなかったじゃない。どうしてそんなおもしろい話を黙ってたわけ？」

「すっごく恥ずかしい思いをした経験は、人にほいほい話したくなる話題じゃないから」

「笑えることなら、話さなきゃだめよ」アリーが言った。「人って自分自身を笑えないとしたら、誰を笑えばいい？」

わたしは彼女の顔をまじまじと見た。「自分以外の人間？」

「そのとおり」とアイダ・ベル。

「まさにね」とガーティ。

アリーが声をあげて笑った。「今晩はワインを開けましょ。で、あなたにはごみ袋事件について話してもらう」

「わたしの見返りは何？」

「チョコレートケーキでどう？」

気持ちがぐらついた。「ひょっとしたらね」

「それとあたしは、ボビー・ハンソンと裸で泳いでいるあいだに、彼の弟に服を持ってかれたって話をするかもしれない」

わたしは却下と言うように手を振った。「この辺に住んでいる人は誰だって、似たような子ども時代の思い出話を持ってるはずよ」

「去年のことなんだけど」

わたしはにやりと笑った。「それじゃ、チョコレートケーキと究極の恥ずかしい話ってことで」

第7章

〈スワンプ・バー〉行きは次の日まで延期するということで、わたしはガーティとアイダ・ベルをなんとか説得し、ふたりはメイジーの車を返しにいった。アリーは長時間の祈禱とシーリアからの口撃に耐えたからには、ゆっくり熱いシャワーを浴びる資格があると判断し、自分を甘やかすため足早に二階へあがっていった。わたしはひとりの時間を利用して、雑貨店の主ウォルターと話しに出かけた。

アイダ・ベルとガーティには、〈スワンプ・バー〉行きを延期したい理由として、昨夜不審者が現れたことを考えると、今夜はアリーをそばで見守っていたいのだと話した。それは完全な嘘ではない。アリーをそばで見守っていたいという部分を除いて。わたしが本当にやりたいのは、不審者を突きとめることだった。あの男はもう一度やってくるだけ間抜けだと仮定して、わたし自身が法執行機関とかかわる必要はなしに、犯人に償いをさせたい。しかし、計画は隠れて実行したかった。

かかわる人間がほかにいなければ、行動の形跡を隠すのはずっと簡単だ。アイダ・ベルとガーティとは異なり、ウォルターは実際の活動に参加したがらずにアドバイスをくれる。その活動が法律違反すれすれの場合は特に。ウォルターが本当にすばらしいのは、カーターのおじであるにもかかわらず、他人のことを甥に話そうという気がまったくないらしいところだ。ウォルターに話したことは、鍵のかかった金庫にしまわれたも同然と言っていい。そのせいで、彼はたぶんシンフルで一番貴重な人物になっている。

エクササイズの量を増やすと新たな目標を立てたにもかかわらず、雑貨店まではジープを運転していった。期待どおりに運べば、買いものをして帰ってくることになる――持って歩いているところを人に見られたくない買いものだ。

わたしが入っていったとき、店にほかの客はいなかった。ウォルターが新聞から目をあげ、にっこり笑うと手を振った。「誰か来て、おれを退屈から救ってくれないかと思ってたところだ」と彼は言った。

レジカウンターを挟んで彼の正面のスツールに腰をおろした。「新聞を読んでたのかと思ったけど」

ウォルターは新聞をたたみ、後ろのカウンターにひょいと投げた。「政治のくだらん話とスポーツのデータばっかりだ。このご時世、誰もおもしろいことなんぞ書きゃしない。猫はどうしてる？」

「わたしがサボテンも生かしておけないことを考えると、まあまあなんじゃないかしら」

「雄猫にはサバイバルスキルがあるからな、特殊部隊の精鋭にも劣らないやつだ。元気にやってくだろうよ」

「あの子、本当におもしろい。いままで猫を飼ったことってなかったんだけど、マーリンがやることって見てて飽きないわ。このあいだマージの銃の手入れをしていたとき、レーザー照準器のスイッチを入れたの。マーリンったらソファから飛びおりるとポインターを追っかけはじめて。疲れて動けなくなるまでね。人生で一番笑ったわ」

「狩猟本能ってやつだな。長いあいだ野良だったから、まだ強く残ってるんだろう。それに猫はたいてい動く光をほっとけない」

「狩猟本能か……納得」

ウォルターはうなずくと、陽気な表情から真面目な顔つきになった。「アリーはあんたのところに身を寄せてるんだってな。事情を教えてくれないか」

「火事が放火らしいってわかったとき、カーターに頼まれたのよ、アリーから目を離さないでくれって。わたしとしては、アリーが自宅に戻っても安全だってカーターが確信するまで、客用寝室を使ってもらってかまわない」

ウォルターがかぶりを振った。「アリーに危害を加えようだなんて、いったいどうして考えるんだか。あの娘《こ》はこの町で一番気立てがいいぞ」

「それが理由ってこともあるかも」

「はん。あんた、鋭いな。それでも、なんの得にもならないはずだ。おふくろさんの経済状況は知らないが、あの家以外はたいして持ってないんじゃないかな」

わたしはうなずいた。「わたしもそうだと思うわ。それに遺産目当てでアリーを殺そうとするなら、唯一の資産を焼き払うなんて、絶対にしないわよね」

「そのとおりだ。しかし、ほかにどんな動機がある？」

「見当もつかないわ。アイダ・ベルとガーティとわたしできょうの午後、あらゆる可能性を考えてみたんだけど、アリーは誰かに狙われる理由なんてひとつも思い当たらないって言うの。当面〝完全に頭のいかれた凶悪犯〟の線で考えようって決まったんだけど」

「わかっていることが少ないからな、それしかないだろう。とはいえ、それじゃ容疑者が絞りこめないんじゃないか――犯人はシンフル住民と考えるなら」

「フロイド・ギドリーから始めようと考えてるんだけど」

ウォルターは眉をつりあげた。「あいつなら、放火する度胸もあるし、怒りを抑えられないって問題を抱えてるわな」

「らしいわね。あした、放火の機会があったかどうかを確認――」

ウォルターが片手をあげた。「知ってることは少ないほどいい。さっきカーターがここへ来て、ドスドス歩きまわりながら、あんたたち三人とボブキャットについて文句を垂れていった。こっちは何も尋ねなかった」

「フロイドはボブキャットを飼ってるのよ。わたしがどうしてそれを知ってるか、話すのはやめておくわ」

「それがよさそうだな」

「とにかく、わたしが寄ったのはフロイドが理由じゃないの。今夜、個人的に実行したい計画があって。それをあなたとわたしだけの秘密にしてほしいんだけど」

「そりゃ興味をそそられるな。どんな計画だ?」

わたしは後ろを振り向き、いまもほかに客がいないことを確認した。それからカウンターに身を乗りだした。「きのうの夜、うちに不審者が現れた話は聞いてる?」

ウォルターはうなずいた。「そのこともカーターが話していた。あんたに猫を投げつけられたって」

わたしは天井を見あげた。「不審者がわたしの猫を投げつけたのよ。とにかく、あの男が何をたくらんでるのか知らないけど——火事に関係があるかもしれないし、ないかもしれない——わたしはあいつがまた現れる予感がするの」

「で、そいつをつかまえたいのか?」

「つかまえるんじゃなくてもいいと思うの」

ウォルターが目を見開いた。「まさか殺そうって言うんじゃないだろうな」

「まさか! 少なくとも、あいつの目的を突きとめるまではね。突きとめたときのために、考えを変える権利は取っておく」

「筋の通った話だ」

わたしはにやりとした。シンフルに来て以来、陸《おか》にあがった魚みたいな気分でいるけれど、南部人の現実的なところは大いに評価するようになっていた。「わたしが考えたのは、あいつにマークをつけることなんだけど」

「ペイント弾か？」

「それよりもう少し長く残って、洗い流せないもの。岩塩弾で人を撃ったらどうなるかしら？」

ウォルターは感心した顔でうなずいた。「岩塩弾なら、そいつがどんなふらちなことをたくらんでるにしろ、追い払うことができて、なおかつ翌日かそれ以降になってもマークが残る、そう考えてるんだな？」

「そのとおり。でもわたし、岩塩弾って撃ったことがなくて。うまくいくと思う？」

「相手から十メートル以内にいれば、はっきりと赤く痕が残って、皮膚が一、二カ所切れるかもな」

「申し分なしだわ」

彼はカウンターの下に手を入れ、ショットガン用の弾の箱を取りだした。「たまたま岩塩を充塡した弾が少しある。分けるのは一部の優良顧客にだけだぞ、もちろん」

わたしは弾をひとつ取りだして眺めた。ショットガン用のふつうの弾と少しも変わらないように見える。「よくできてる。工場で作ったみたい」

わたしの賛辞に、ウォルターは赤面し、銀髪と接する耳の先が赤く光って見えるほどだった。「いやいや、この辺のもんはみんな、弾の充塡の仕方ぐらい心得てるからな」

「ここまでじゃないわよ、絶対。あなたが三十歳若かったら、わたし、あなたと結婚するのに」

ウォルターの顔がますます赤くなった。「ちょうどこの町には、おれによく似たちょいと若めのやつがいるぞ。おれ自身については三十歳も若返る必要はないと思うがな」

「彼に関しては、ボブキャットの一件で芽が摘まれたかも」

ウォルターはかぶりを振った。「引っかき傷ができたのとささやかな不法侵入ぐらいでひるむなら、あいつは最初からあんたにふさわしくなかったってことだ」

わたしは笑顔になった。「あなたはこんなにものわかりがいいのに、彼はどうしてああ……なのかしら？」

「まあ、おれは仕事ができるところを見せたり、男らしさを証明したりする必要もなけりゃ、若いお嬢さんの気を惹こうともしてないからな」

「それなら、彼もここであなたと一緒に働いて、女性の気を惹こうとするのをやめればいいかもね。男らしさ《マンフッド》については触れないでおくわ。ことを荒立てたくないから」

ウォルターはクックッと笑いだし、膝をぴしゃりと叩いたかと思うと目に涙がにじむほど大笑いした。「いやまったく、あいつに必要なのはあんただよ」ようやくしゃべれるだけ落ち着くと、彼は言った。

「なんとなく、わたしは違う気がする。ところで、この弾にはいくら払ったらいい？」

ウォルターは箱から弾をひとつかみ取りだすとカウンターに置いた。「店からのサービスだ……あしたまた来て、何が起きたか教えてくれるって条件で」

「取引成立。何か起きたらね」わたしはスツールからひょいとおりた。「それとウォルター、アイダ・ベルにはひと言も言わないで」

彼はうなずいた。「惚れてるからって、おれは盲目にはなってないからな。口はぴったり閉じとく」

「それじゃ、あした会えることを祈って」

わたしはバッグに弾をしまって店から出た。とそこでカーターにぶつかってしまった。

「ああもうっ」

「外へ出るとき、あんたはいつも前を見ないのか？」

「ごめんなさい。バッグのなかを見てたものだから」

「ふうん。たったいま、アリーの近所の住人から話を聞いてきたところなんだ。その女性は、女の三人組がメイジー・ジャクソンの車に乗って、通りを猛スピードで走っていくのを見たと言っている」

わたしは二、三秒、カーターの顔を見つめた。「それでつまりあなたは、ミズ・ジャクソンにスピード違反の切符を切らなきゃいけないわけ？」

カーターのあごに力が入った。「ミセス・ジャクソンは一週間前から入院している」

「誰かが彼女の車を盗んだってこと？　あらまあ。この辺ではそういうこともよく起きるの？」

「誰が彼女の車を盗んだか、あんたはよおく承知しているはずだが」

「いい？」わたしはほのめかしが続くのにうんざりしてきていた。「わたしにはジープがあるの。だから他人の車を盗む理由なんてない。あなたが人助けをしたいなら、そのミセス・ジャクソンに連絡して、保険金請求の手続きを手伝ってあげたらいいんじゃないかしら」

カーターが顔をしかめた。

「何？」

「車は戻っていた」と彼は言ったが、ひどくいらついているのが見てとれた。

「それじゃ、車は盗まれていなかったわけね」

「もちろん盗まれていたとも」

わたしは両手をあげた。「盗んだものを戻す泥棒ってどういうこと？　ねえ、放火に不審者、ボブキャットをペットにしている住人、そして自動車泥棒。あなた、とっても忙しそうだわ。わたしはこれから家に帰って、わたしのやるべきことリストにあるたったひとつのことをやります。アリーがわが家で安全無事でいられるようにするってことをね」

わたしはカーターに背中を向けてジープへと歩いた。運転席に乗るため、振り返ると、歩道には誰もいなくなっていた。わざとカーターを怒らせたことが一瞬、悔やまれた。いまのは意地が悪かったし、ふつうわたしは自分が好きな人たちにああいうことをしない。

残念ながら、わたしはカーターのことが好きすぎるのだ。

それは事態がややこしくなる前に正す必要がある。そうするのにわたしが知っている一番簡単な方法は、カーターがわたしを好きでなくなるように仕向けることだった。

午後十一時ごろ、わたしにお酒をいっぱい飲まされたアリーはベッドに行き、わたしも就寝するふりをした。実際は黒いスウェットパンツに長袖Tシャツ、黒い靴という格好になり、十二番径の銃を出してきた。マージがクロゼットの隠し扉の奥、秘密の武器庫にしまっていたものだ。一階へおりると、一カ所だけ居間の窓の錠をはずした。戻ったときにドアを使うのがまずい場合に備えて。

不審者は家の正面からは来ないはずだ。通りの向かい側の住人に見られる可能性がある。賢ければ、前回と同じく、家の裏側へまわるだろう。しかし今夜は月明かりが裏庭を照らしてくれている。不審者はおそらく、家の裏側の窓が開くかどうか試していたときにわたしに驚かされたのだろう。今回はもっとびっくりさせてやるつもりだ――向こうには絶対に気づかれない方法で。

勝手口からするりと外に出て錠をかけ、鍵をポケットにしまってから家の横へまわると、大きな生け垣のなかに入り、隣家の側庭へと抜けた。ロナルド・J・フランクリン・ジュニアは、長い鉤鼻とせわしなく動く手脚が特徴の奇妙な男性だ。ガーティはイカボッド・クレーンに似ていると言っていたけれど、わたしにはそれがどういう人物か、見当もつかなかった（イカボッド・クレーンはワシントン・アーヴィングの短編「スリーピー・ホロウの伝説」の主人公）。

ロナルドが変わっているのは外見だけではない。彼が裏庭でバレリーナの衣装——男性のではなく女性の——を着て、長いリボンのついた棒を振りまわしながら踊っているのを、二階の窓から見たことがある。きっと〈シンフル・レディース〉の咳止めシロップよりもずっと強くて、本当に楽しくなるものを飲んだあとにちがいないと思うことにした。ちなみに〈シンフル・レディース〉の咳止めシロップとは、チェリー味の自家製〈エバークリア〉（アルコール度数九十五度のアメリカ産ウォッカ）と考えてもらえばいい。とにかく、わたしは彼が何かでハイになっているのだと期待した。だって……だって、そうでしょ。

彼は短縮ダイヤルで９１１にすぐさま通報する隣人でもある。わたしに関して、わたしの家で起きた事件について、保安官事務所が受けた電話は一本残らずロナルドがかけたにちがいない。しかし今夜、わたしが不審者を狙うには彼の家の屋根からが一番見通しがよく、それを利用しないわけはなかった。

ストラップを肩にかけ、十二番径の銃が背中に斜めにかかるようにすると、オークの巨木の下のほうから突きだしている枝をつかみ、枝の上に体を持ちあげた。するすると登り、屋根と同じ高さまですぐに到達した。家まで届きそうな太い枝の上に立ち、綱渡り芸人のように静かに歩いていくと屋根へと移った。

即座に体を低くし、わが家の裏庭がよく見える場所までじりじりと移動する。わが家の裏側の角までは、高さも考慮して八メートルほどの距離と見た。不審者が反対側から来た場合は、こちら側へ三分の二ほど近づくまで撃つのを待つ必要がある。さもないと、不審者にわたしを思いだす印を残してやれずに、追い払うだけになってしまうかもしれない。

位置選びに満足し、ショットガンに弾を込めると、腹臥位《ふくがい》になった。あとは待つだけだ。待ち時間はいつも最悪だが、今回は少なくともタイムリミットがある。二時間たっても不審者が現れなかったら、切りあげるつもりだ。

うとうとしないように、いつものルーティンを開始し、ワシントンDCにある個人的な武器コレクションを頭のなかで数えあげていった。リストの最後まで行っても不審者が現れないようなら、ライフルと拳銃の分解・組み立て作業の振り返りへと進む。

深夜十二時に近づいたころ、わが家の横に動くものが見えた。パンツのポケットに手を入れ、マージのライフルからはずしてきた照準器を取りだし、のぞく。間違いなく不審者だ。手製のスキーマスクをかぶっている。あの男、ニット帽を何枚持ってるわけ？

横に置いていたショットガンを引き寄せてかまえたが、引き金に指をのせた瞬間、月に黒い雲がかかって光が消え、あたりは真っ暗になった。ほんの二、三秒だったが、一秒が一時間のようにのろのろと過ぎた。ようやく裏庭がふたたび薄明るくなったとき、家の角近くをそろそろと進みながら、裏庭の茂みのほうへ向かう不審者の背中がちょうどとらえられた。

完璧だ！

男の尻に照準を合わせ、引き金に指を置く。

やるならいま。

引き金を引くと、ショットガンのダーンッという音が夜のしじまを引き裂いた。次の瞬間、わめき声が聞こえたので、弾が命中したとわかった。

ふたたび照準器をあげた。不審者が反対側へと逃げていくのが見えるものと思ったら、男はくるっと向きを変えると、こちらへまっすぐ進んできた。そのときだ。彼が覆面をしていないことにわたしが気づいたのは。不審者じゃない。

わたしはたったいま、カーターを撃ったのだ。

第8章

わたしは飛び起き、わが家とは反対側へと屋根の上を走った。運がよければ、銃声が反響したせいで、カーターは上から撃たれたとは気がつかないかもしれない……少なくともすぐには。反対側から下へおりる方法が見つかれば、わたしは折り返してわが家へ戻り、こっそりなかへ入って、一連の出来事については何も知りませんという顔をすればいい。

もう少しで屋根の反対側というところで、裏手のポーチに明かりがつき、銃声が聞こえた。

「やめろ！」カーターが叫んだ。「ルブランク保安官助手だ。その銃を下に置け」

わたしはすぐさま屋根とオークの枝との距離を目測し、枝がわたしの重みに耐えられるだけ頑丈であってくれるよう祈りつつジャンプした。飛びすぎて幹に激突した。が、分厚い樹皮に顔がぶつかる前になんとか両手をあげることができた。カーターとロナルドの口論する声がまだ聞こえたので、時間を無駄にすることなく、木を伝いおりはじめた。一番下の枝でも地面から五メートル近い高さがあるため、わたしは体勢を整えてジャンプした。着地したらすぐに前転するつもりで。

運悪く、ショットガンのストラップが後ろにあった大枝に引っかかり、わたしは地面へさっと飛びおりるのではなく、風鈴よろしく木からぶらさがる格好になってしまった。慌てて後ろに手を伸ばし、ストラップを銃からはずそうとしたが、体重のせいでストラップとバックルがぴんと張っていてうまくいかない。

走る足音が聞こえたため、わたしは心が沈んだ。カーターがロナルドの相手を終え、追跡を再開したのだ。わたしは脚を蹴りあげた。体が揺れ動けば、ストラップが枝からはずれるかもしれないと考えて。二度目に蹴りあげたとき、ストラップがはずれ、わたしは茂みのなかへ落下した。

落ちるのにかかったよりもずっと短い時間で、まるで茂みが燃えているかのように、わたしは外へ飛びだした。ショットガンをつかんで方向転換をする。ロナルドの家の前庭を全速力で走り、わが家まで戻ると、先ほど錠をはずしておいた窓を勢いよく開けた。ショットガンを投げ入れてから、自分も飛びこむ。みごとな前転を決めたが、立ちあがろうとした瞬間、後頭部に何かがぶつかった。

頭蓋と目に痛みが炸裂し、陶磁器が割れる音がした。

「わたしよ」声をひそめて言った。

「フォーチュン！」アリーの声には驚きと当惑が混じっていた。「例の不審者かと思った。どうして窓から入ってきたの？」

わたしは走って戻って窓を閉め、鍵をかけた。わたしを殴りに階下《した》へおりてきたとき、アリーが明かりをつけなかったことにほっとしていた。あたりに差しているのはキッチンからの薄明かりだけだ。窓に鍵をかけたのとほぼ同時に、前庭を走る足音が聞こえてきた。「説明している暇はないの。玄関に出て、花瓶については話をでっちあげて。あなたはわたしを見てないってことで」

ショットガンをつかむと、目を丸くしているアリーを残し、二階へ駆けあがった。走りながら服を脱いだので、寝室に入ったときにはスポーツブラにショーツとソックスだけになっていた。ソックスを引っぱって脱ぎ、ヨガパンツとTシャツを着るとヘッドフォンをつかんだ。ドレッサーの前で立ちどまり、鏡に映った自分を点検したが、そうしてよかったと思った。葉っぱ数枚と小枝が何本か、髪から突きだしている。葉と枝を引き抜き、ポニーテールを結いなおして、きたる対決に備える。

階段へと歩きだしたところで、アリーがカーターと話す声が聞こえてきた。

「もう何がなんだか」アリーが言った。「眠ってたら、銃声が聞こえて。外が騒がしくなったけど、何も見えなかった。拳銃と携帯電話を一階に置き忘れていたから、それを取りに急いでここへおりてきたの。保安官事務所に電話するつもりで」

「それじゃ、あの花瓶はどうしたんだ？」

「明かりをつけると、外から家のなかが見えやすくなるからつけたくなかったの。暗くてもキッチンまで行けると思ったし。でも、思っていたよりこの家のことをよくわかっていなかったみたいで。あの飾り台に足をぶつけて、花瓶が床に落ちる前につかもうとしたんだけどだめだった。そのあとあなたがノックしはじめて、いまにいたるってわけ」

わたしはヘッドフォンを首にかけ、足早に階段をおりていった。「いったいなんの騒ぎ？」

カーターが不信と疑念の表情でわたしを見あげた。「いままでずっと二階で眠っていた、そう言うつもりか？」

「真夜中を過ぎてるのよ。ほかに何をしてろって言うの？」

カーターは目をすがめてわたしを見た。「外の騒ぎが何も聞こえなかったのか？」

わたしはヘッドフォンを指した。「カエルの鳴き声でわたしが困ってたの、覚えてる？寝不足で我慢できるのは二、三日が限界で、これに頼ることにしたの。すごく効果あり。一階から物音は聞こえたけど、かすかだった。最初は夢かと思ったんだけど、きっとマーリンが何かいたずらをしてるんだろうって思いなおして、様子を見におりてきたわけ」

カーターはわたしたちふたりの顔を見くらべた。信じたいという気持ちと、冗談じゃない、信じられるかという気持ちのあいだで葛藤しているのが見てとれた。

「何がどうしたの？」後ろ暗いところのない人間ならきっとこう尋ねるだろうと考えて、わたしは訊いた。

アリーがわたしを見た。「カーターはこの家の外で不審者を見かけたんですって。銃声もしたの」

驚いたふりをして、わたしは目をみはった。「不審者がまた現れたの？　冗談じゃなく？　そこまでばかだとは思わなかった」

カーターがフーッと息を吐いた。「どうやら、やつは知的な行動とはどんなものか、あんたが書いた覚書を読んだことがなかったみたいだな」

「それで、あなたが彼を撃ったの？」わたしは訊いた。「あの不審者、何者？」

「いや、おれは誰も撃ってない。誰かほかの人間がショットガンを発砲した。おれがここへ来たのはそのためだ」

「今回はわたしじゃないわよ」わたしは背中で指を交差させた。「ひょっとしたら、不審者が撃ったのかも？」

カーターがむっとした顔になった。「現時点では、ジョン・ゴッティ（ニューヨークのマフィアのボス。二〇〇二年没）である可能性もある」

アリーが眉を寄せた。「あの人って死んだんじゃなかった？」

「ジョン・ゴッティって誰？」わたしは訊いた。知らないふり作戦はガーティだけの専売特許じゃない。

カーターがため息をついた。「ふたりとも、何も見なかったし、何も聞かなかったと誓うか？」

「すでに話したこと以外は何も」とアリー。

わたしはうなずいてみせた。「なんにもよ。階下《した》へおりてきて、あなたたちが話しているのを聞くまでは」

「それなら、ふたりともベッドに戻ってくれ。窓とドアすべてにちゃんと鍵がかかってることを確認してからな」

カーターがとても打ちのめされて見えたので、わたしは罪悪感が押し寄せてくるのを抑えられなかった。彼が帰るために後ろを向くと、ジーンズのお尻のところに白くなった跡が見え、わたしの罪悪感は百度くらい上昇した。

カーターが出ていったあと、アリーがドアを閉めて鍵をかけ、しばらく窓の外を見つめていた。ようやくこちらを向いた彼女は腰に手を置き、わたしをじっと見た。「いったい全体、何がどうなってるの？　あなた、何をしたの？　あたしが嘘をついてごまかさなきゃいけないことって何？」

「わたしは……えーと、カーターを撃ったかもしれない」

絶対に口外しないとアリーに誓わせたあと、わたしはシャワーを浴びてベッドに入るために二階にあがった。沈黙を守るようアリーを説得するのは思っていたよりも簡単だった。とはいえ、彼女はたったいま重罪を隠蔽するために嘘をついたも同然だ。それもあってのことだろう。

走り、撃ち、木からぶらさがり、そして花瓶で殴られということをつぎつぎやっているあいだ、わたしには今夜起きたことを分析している時間がなかった。でも、熱いシャワーを浴びているうちにようやく思考が落ち着いてきたので、最初に立ち返り、不審者を見つけたときのことに神経を集中した。

そもそもわたしがカーターを不審者と勘違いしたのではとも考えたが、それはありえなかった。不審者は前の晩と同じくニット帽をかぶっていた。それにカーターも不審者を見たのだろう。さもなければ、わたしの家の裏庭にいたはずがない。

もうっ。

それはつまり、カーターがまたわたしの家を見張っていたという意味だ。わたしったらなんて間抜け。彼が近くにいるはずだと気づいていてしかるべきだった。第一に、不審者が何をするつもりにしろ、カーターとしてはその悪辣な行為が達成される前につかまえたいから。第二に、わたしがあのニット帽のいかれ男を撃つ前につかまえたいから。興味深い事実は、外へ出たとき、わたしにはカーターの姿がまったく見えなかったことだ。庭はバイユーまで月の光によってかなり明るく照らされていたのに。

居間の窓の錠をはずしたとき、通りに目を走らせたけれど、カーターのピックアップはとまっていなかった。だから、どこかよそに駐車してきたか、家から徒歩で来て、通りの反対側に隠れていたかだ。どちらにしても、今後の不審者狩りによい兆候とは言えない。すでにわたしはマーリンが持っているよりも多くの命を費やしてきた（〝猫に九生あり〟と言われる）。そのうち運が尽きるだろうけれど、カーターの前でそうなることは絶対に避けたい。

シャワーをとめると体を拭いた。Tシャツとショーツで寝ることにして、その格好になると寝室に行き、ひんやりとしたシーツのあいだにもぐりこんだ。たっぷり八時間かそれ以上たつまで出ないと心に決めて。アリーは朝早くから仕事があるから、ニワトリたちとともに起きだして出かけるだろう。でもわたしはそれよりずっと遅くまで眠っていられるはず。

あすは朝一でガーティとアイダ・ベルに連絡をし、〈スワンプ・バー〉行きについて計画を練る。あとはウォルターのところへ寄らなければ。最新情報を待っているだろうから。わたしの話を聞いたところでそんなに喜ぶはずもないけれど、報告すると約束させた彼が悪いのだ。それが済んだら、アリーともう一度じっくり話し合いたい。彼女に危害を加えようとしそうな人物について。

放火犯と不審者が同時に現れたのは偶然の一致であるはずがない。

シンフルに住む何者かが何かをたくらんでいる。それが何か、突きとめてやる。

気が静まり、眠りに落ちるまで二時間かかったことを考えると、午前八時にぱっとベッドから出ることができ、疲れがすっかり取れ、一日を開始する準備が整っていたことに、わたしは驚いた。アリーがわたしのためにコーヒーメーカーの用意をして、〝スタート〟を押すようにとメモを残してくれていた。残念ながらブルーベリーマフィンはきのう食べきってしまっていたので、わたしは冷蔵庫のなかをのぞき、ベーグルとプロテインシェイクのあいだでしばらく迷った。結局冷蔵庫のドアを閉めるとコーヒーを注いだ。ポットのコーヒーを全部飲んだら、フランシーンの店に朝食を食べにいくことにして。

本物のコーヒー中毒みたいに二杯続けてごくごく飲むと、毎日エクササイズするという誓いを守り、テニスシューズを履いてカフェまでのジョギングに出た。呼吸が楽になり、調子に乗ってくるまで一ブロックほどかかったし、腿が少し文句を言ったけれど、そのうちにいつものペースに落ち着いて、ほどなくメインストリートに入った。わたしはスピードを落として歩きはじめた。朝食を食べる前に心拍数と呼吸を整えておきたかったから。

いまのジョギングでカロリーをしっかり消費できたはずだ。ひょっとしたら朝食から贅沢をしてもいいくらいのカロリーを。

カフェは地元の常連客たちがすでに席に着き、朝食をもりもり食べていた。わたしが奥の隅にあるいつものテーブルに着くと、まもなくアリーが来てコーヒーをわたしの前に置いた。

「おなか空きまくりでしょ」アリーが言った。「本日のスペシャルはチキンフライドステーキ（フライドチキンのような衣をつけて揚げた牛肉）と卵よ」

おなかがグーッと鳴り、口はすぐに「絶対それ」と言おうとしていたが、わたしは新たなフィットネス計画を思いだした。「きょうはやめておく。白身のオムレツ、ほうれん草とモッツァレラ添えにするわ」

アリーが眉を片方つりあげた。「ほんとに？」

「ほんとに。フィットネス方面で深刻な問題を抱えてるから。ヨガパンツのウェストがきつくなりはじめたら、かなりまずいでしょ」

アリーが声をあげて笑った。「なるほど。あたしはね、自分のベーカリーを開くために試作を始めてから、クロゼットにあるもの全部、サイズが合わなくなっちゃって。あなたも試作品を全種類、少しずつ食べてるかもね」

「ほとんどの場合、〝少し〟よりちょっと多めかも」

「オーダー入れてくるわ」彼女はそう言って厨房へ向かった。

ドアの上のベルが鳴ったので目をやると、見覚えのない中年男性がちょうど店内に入ってきたところだった。

四十代半ば。そこそこからまあまあの健康状態。近視。左脚が右脚よりもわずかに短い。徒競走ではわたしが楽勝。

見た目はふつう——茶色の髪に茶色の目、平凡な顔——だけれど、服装はちょっと変だった。ポロシャツにスラックス、シャツの裾はインしてローファーを履いている。ワシントンDCでだったら、目をとめもしなかったろうけれど、シンプルではきちんとしすぎて浮いていた。日曜日ではないことを考えるととりわけ。

少ししてアリーがコーヒーのお代わりを注ぎにきたとき、わたしは彼のほうに首を振った。

「あの人、誰?」

目をやったアリーは眉を寄せて考えこんでいたが、ややあっていつもの表情に戻った。

「最初は思いだせなかったけど、あの人、ニューオーリンズの不動産業者よ。母がニューオーリンズの施設に移ったあと、家を買いたいって言ってきたの。そのあとに起きたことを考えると、売っておけばよかったわね」

わたしは顔をしかめた。「つまり、あの男はあなたには売りたい家があるかもしれないって、なぜだか知っていて、ニューオーリンズからひょっこりやってきたわけよね。ちょっと妙に聞こえるけど」

「お客に、身内が昔ここに住んでいたって人がいるんですって。で、その人は引退後にどこか静かな場所で暮らしたい、でもニューオーリンズから離れすぎるのは嫌だと考えてるそうなの。誰かがあたしのことを話したんじゃないかしら、あたしが家を売って、母と一緒にニューオーリンズに戻りたいと思ってるんじゃないかと考えて」

「当時、ほかに売りに出ている家はあった？」

「あったと思うわ。ポーリー一家がナチェズ（ミシシッピ州の街）へ引っ越したあとだったし、ミセス・ヴェルナの孫息子がお祖母《ばあ》さんを介護施設へ移したあと、お祖母さんの家を売りに出したのは確か」

「それでニューオーリンズに住んでた人がそのどちらかを買ってここへ越してきた？」

「いいえ。どちらもこの近くの油井《ゆせい》で働いていて、通勤してる人が買った」アリーは不動産業者にもう一度目をやり、眉をひそめた。「あなた、あの人が何かたくらんでるって考えてるわけじゃないわよね？　家を買いたいって言ってきたのは半年前よ」

わたしは肩をすくめた。「彼にはなんの後ろ暗いところもないかもしれない。ただちょっと変だと感じるだけ」

「あたし、すっごく嫌なの」アリーが言った。「放火のせいで、みんなを見る目が変わっちゃって。あたしの知っている誰かがあんなひどいことをするなんて、考えたくもないわ」

「そう、本当にひどい話よね」本心からそう思った。いまのいままで、今度のことをわたし自身の状況と比べてみたことはなかったけれど、突きつめてみれば、わたしたちの置かれた状況は似ている。わたしの場合、ルイジアナの湿地に他人のふりをして身を隠すことになったのは、ＣＩＡで情報のリークがあったため、わたしの身が危険にさらされていると上司が確信したからだ。世界で一番危険な男がわたしの首に賞金をかけた。その原因がほかの工作員だったなんて、むかつく。仲間を裏切るとは、どこまで見さげはてたやつなわけ？　考えれば考えるほど、腹が立ってきた。リーク元をモロー長官が突きとめたら、絶対にわたしがとっちめてやる。

「大丈夫」わたしはいまここに意識を戻して言った。「カーターが真相をすっかり明らかにしてくれるわ」

「ひとつ残らずじゃないよう祈りましょ」アリーはちらっとほほえんでから、コーヒーポットを手に次のテーブルへと歩いていった。

ミッションの失敗を思いだして、わたしはため息をついた。カーターの注意を惹くことは何がなんでも避けたい。彼が百パーセント保安官助手モードになっているときは特に。ドアと窓に鍵をかけ、家のなかでおとなしくしている代わりに、わたしは狙撃手として警戒に当たろうとし、自分が一番避けようとしている相手を撃ってしまった。

シンプルでわたしが犯した判断ミスの数は、きっと史上最高記録にちがいない。少なくとも非住民としては。住民としてのしくじり記録はおそらくガーティが持っている。彼女ならテレビ鑑賞も危険な行為にする方法を見つけられるはずだ。

ドアのベルがまた鳴ったので目をやると、カーターが入ってきた。わたしの背中と首がこわばった。今朝は朝食を食べに寄れないほど忙しいのではと期待していたのだが、仕事のために食事を抜くことはないらしい。ほかにどうしようもないので、わたしは手を振って彼を呼んだ。

こちらへやってきたカーターは、わたしの向かいにゆっくりと腰をおろした。目の下に隈ができはじめていて、疲れた顔をしている。

アリーがちょっと心配そうな表情で歩いてきたが、テーブルの横に立ったときにはふだんと変わらない笑顔をはりつけていた。「おはよう。いつものやつ？」

「きょうはここでゆっくり食べていく時間がないんだ。ソーセージビスケット（南部郷土料理のビスケットはスコーンに似ており、それにソーセージをはさんだもの）とコーヒーをテイクアウトできるかな？」

「すぐ用意するわ」そう答えて、アリーはふたたび厨房へと向かった。

「どうかしたの？」わたしは訊いた。「なんだか動きがこわばった感じだけど」昨夜、カーターは撃たれたとはひと言も言わなかったので、こちらは何も知らないふりをしなければならない。

「きのうの夜、あんたのところで撃たれたんだよ」

わたしはぴんと背筋を伸ばし、目をできるだけ大きく見開いた。「なんですって？」

「きのうの夜の銃声は、岩塩弾を撃った音で、弾はおれの背中に当たったんだ」

「でもあなた、背中で座ってるわけじゃないわよね」わたしは指摘した。

「そのとおり。正確には尻に当たったんだ。これで疑問は解けたかな？」

「完璧に」わたしは眉をひそめた。「実を言うと、いまのは嘘。いったいどういうことか、ぜんぜんわかってない。岩塩弾って何？　どうやって撃つの？　アリーはショットガンの音だったって言ってた。それに、撃たれたとき、あなたはどこにいたの？　そもそもどうして銃を撃った人がいたわけ？」

カーターは矢継ぎ早の質問をとめるために片手をあげた。「岩塩弾っていうのは、言葉どおりのものだ――塩の塊を砕いたもの。それをショットガンの装弾に充塡する。家畜が襲われないよう、動物を追い払うのに使う場合もあれば、不法侵入者を追い払うのに使う場合もある」

「合法なの？」

不満そうな顔でわたしを見た。「あんたには教えたくないが、建前として、家、乗物、あるいはオフィスに入ろうとする者がいて、そいつには加害の意図があると信じるに足る理由があれば、こちらは不法侵入者を実弾で撃つことができる」

「ほらね、法制度の間抜けなところ。不法侵入者が、たとえば例の不審者みたいに、わたしが家にいることを明らかに知っていたら、こっちには彼が加害の意図を持ってないなんて、どうやってわかる？　何か盗みたいだけなら、わたしが家を空けるまで待つでしょ」

カーターはうなずいた。「たいていの陪審はいまきみが言ったような見方をする。しかし今回の事件では、あの男はきみの家のなかに入っていない」

「まだ、ね」

「あいつが何をしようとしていたかはわからない」

「あら、わかってることもあるわよ、あの男が適切な時間にかご入りの果物を持って、呼び鈴を鳴らして訪ねようとは思わなかったってこと。スキーマスクを手作りしたのは、何かよからぬ計画を立てていたって意味にならない？」

「なるかもな。あるいは、単なるのぞき見野郎って可能性もある」

わたしは驚いて目を見開いた。「冗談は抜きにして。住民全員が銃器を所持しているこの町で、窓からのぞき見しようなんて間抜けがいる？　かなり最近になって知ったんだけど、それにぞっとしたってつけ加えておくわ、ありとあらゆる種類の裸と倒錯がケーブルテレビで見られるじゃない。安全な自分の家の外へ出る必要ないでしょ？」

「テレビは本物の代わりになれない」

わたしは片方の眉をつりあげた。「それじゃ、あなたはこう言いたいわけ？　何者かが、撃たれる危険を冒してまで、わたしの裸に近い格好をちらっとでも見ようとしたって？　そこまでする価値ないわよ」

「さて、価値があるかどうかは、おれにはわからないな……いまはまだ」カーターは、わたしの脚がふにゃふにゃになってしまいそうなセクシーで気だるげな笑みを浮かべた。わたしはと言えば、彼と恋愛関係になるのは百パーセント、絶対にもってのほかだと自分で断じたにもかかわらず、決心が揺らぐのを感じた。

顔が赤く、熱くなり、そんな典型的な女子っぽい反応をした自分を呪った。わたしは女子ではあっても典型的では決してない。こちらが明らかにそわそわしているのを見て、カーターの笑みが大きくなった。

「で、あなたは例の不審者に撃たれたと考えてるの？」わたしは会話を安全地帯に戻そうとした。

カーターの顔から笑みが消えた。「きのうの夜は違うと考えていた。おれは通りの反対側からあんたの家を見張っていて、やつが生け垣沿いに裏庭へ向かうのが見えたんだ。おれはできるだけ急いで、あんたの家の角まで行った、あまり音を立てないようにして。やつが家を一周しておれの後ろにまわる時間はなかったと思う」

「男は家の裏まで行かなかったのかもしれない。あなたを見たか、音を聞いたかして、あなたが通りすぎるまで家の横の茂みに隠れていたのかも」

「それはありうるだろうな」と彼は言ったが、不審者に出し抜かれた可能性は認めたくないようだった。

「大いにありうるわよ。わたしの家のそばにもうひとり隠れていて、人を銃で撃ったなんて考えるより」

カーターはため息をついた。「おそらくそうだろうな」

アリーがテーブルに来て、テイクアウト用のカップに入ったコーヒーと小さな袋をカーターの前に置いた。「今朝はあたしのおごりよ。あたしとフォーチュンの身辺を警戒してくれてるから」

彼女はすばやく立ち去ったので、カーターには反論する間がなかった。彼は立ちあがるとコーヒーとビスケットを持った。「仕事に戻ったほうがよさそうだ」

「何かわかったら、教えてくれるわよね？」なんでそんなことをわざわざ訊いたのかわからない。彼を撃ったのはわたしだとカーターが突きとめた場合、わたしは手錠をかけられてそれを知るだろう。

「もちろんだとも」そう答えると、彼は店から出ていった。

十秒もたたないうちに、このあいだアリーにつき添ってくれた消防士のデイヴィッドが入ってきた。カフェではなく売春宿に呼びだされたかのような顔をしている。耳の先がピンクに染まり、店内を見まわす様子は緊張していた。

好奇心を強くそそられ、わたしは手招きした。最初は当惑したようだったが、テーブルまで来ると、彼は納得した顔になった。「アリーの家にいた方ですよね」

わたしは手を差しだした。「サンディ＝スー・モローよ。でもみんなからはフォーチュンと呼ばれてるの」

彼はわたしの手を握った。「デイヴィッド・レジャーです」

わたしは空いている椅子に手を振った。「座って」

デイヴィッドが厨房をちらっと振り返ったので、わたしはようやく彼の目的がわかり、にやりとしそうになるのをこらえた。アリーに会いにきたため、わたしをナンパしていると彼女に誤解されたくないのだ。

「遠慮しないで」さっきまでよりも、わたしは彼に興味が湧いてきていた。「満席のときはしょっちゅう相席になるの。その席は回転ドアみたいにいろんな人が座るのよ」

「ありがとう」デイヴィッドはちょっと緊張がとけた様子で腰をおろした。「あなたはアリーの友達というわけですか？」

わたしはうなずいた。

「昔からずっと？」わたしとはあまり目を合わせようとしない。

「一カ月もたってないわ。わたしはこの町の住人じゃないの。大おばが亡くなって、いろいろと片づけるために夏のあいだだけ滞在しているのよ」

「それは、大おばさんのことは残念でしたね」

「ありがとう」デイヴィッドはなかなかいいやつのようだ。シンフル男のハズレを引いてきたアリーの悪運に終止符が打たれるかもしれない。「そんなわけで、わたしは新参者なわけ。あなたと同じく。でも、あなたは子どものころにこの町で過ごしたことがあるんでしょ」

デイヴィッドはうなずいた。「子どものときは毎年夏に二、三週間、祖父母の家で過ごしたんです。その後、祖父が亡くなり、祖母が体調を崩すと、母は祖母をヒューストンの介護施設へ入れました。でもぼくはこの町のことをよく思いだしたし、好きだったんです。前はレイクチャールズに住んでたんですけど、あそこは大都市じゃないものの、シンフルに比べたらずっと大きい。のどかさってものがない。わかるでしょ?」

わたしはうなずいた。残念ながら、実際のシンフルはのどかさからほど遠いんだけど。

「それにここは釣りが楽しめる」とデイヴィッド。

「釣りが好きならね」

「好きじゃないんですか?」

「ええ。できることなら、ボートに乗ったら、ビールを飲んでうたた寝するだけにしたい」

一瞬ためらってから、デイヴィッドは笑いだした。おそらくわたしが冗談を言っていると思ったのだろう。厨房に目をやると、ちょうどアリーがわたしの料理を持って出てきたところだった。デイヴィッドが座っているのを見ると、驚いた顔で二度見し、立ちどまりそうになった。すばやく落ち着きを取り戻し、笑顔をはりつけるとわたしの前に皿を置いた。

わたしはデイヴィッドを指し示した。「この人が席をさがしていたから」

デイヴィッドが照れくさそうな笑顔でアリーを見た。「何も問題はないかな? その……火事のあとってことだけど?」

「問題なしよ。保険査定員はきょうは休みのはず。あれこれ手続きにあまり時間がかからないといいんだけど」

「家の損傷はそんなにひどくなかった」とデイヴィッドが言った。「でも、おそらく保険でキッチンを新しくできるんじゃないかな」

アリーの背筋がぴんと伸びた。「そう思う？　すてき！」

「アリーはベーカリーを開く予定なの」わたしは言った。「彼女の焼くペストリーは人殺しをしてでも食べる価値ありよ」

アリーの顔がやや赤くなった。「フォーチュンは大袈裟なの。でもあたしがお菓子作りが好きなのは確か」

「そのとおり」わたしは賛成した。「確かにわたしは大袈裟よ。でも、この件に関しては違う。家の修理が済むまで、うちに泊まってくれってわたしが彼女に言ったのはどうしてだと思う？」

デイヴィッドがうなずいた。「ぼくはいま牧師さん家《ち》のガレージの二階に住んでるんです、寝室ひとつの貸部屋があって。でも料理のできるルームメイトを見つけられたら、喜んでソファで寝るな。ぼくは冷凍食品を温めるだけでも悲惨なことになっちゃって」

「ほらほら」わたしはアリーに言った。「わたしに飽きたら、ほかにもお誘いがあるわよ」

デイヴィッドの顔がさっと紅潮し、アリーはいささかぞっとしたような表情になった。

「あっ、いまのはそういう意味じゃなくて」デイヴィッドは見るからに慌てていた。「つまり、そんなずうずうしいこと、女性に対してぼくは言いません」

「ふざけただけよ」わたしは言った。「それに、わたしがそんなに簡単にアリーを手放すわけないでしょ」

「まったくもう」アリーがぶつぶつ言った。「ご注文は何かしら、デイヴィッド」

デイヴィッドは腕時計をちらっと見て、目を丸くした。「もうこんな時間か。ソーセージビスケットとコーヒーをテイクアウトにできるかな?」

「もちろん」アリーはわたしをにらんでから、くるっと向きを変えて厨房へと歩いていった。

わたしはテーブルに身を乗りだし、デイヴィッドとしっかり目を合わせた。「彼女、独身だから」声を低くして言う。「あなたがここへ来た目的がそれかもしれないから、言っておく」

彼はぽかんと口を開けたが、すぐにうろたえた顔になってわたしを見た。「ぼくは、えーと……その、ありがとう」

居心地の悪い沈黙の三十秒が過ぎたところで、アリーがコーヒーとビスケットを持って現れた。デイヴィッドは彼女に二十ドル札を渡して礼を言うと、そそくさと店をあとにした。

「やれやれ」店のドアが閉まるのを見ながら、わたしは言った。「今朝は相席相手を追い払う記録を打ちたてられそう」

「信じられない!」アリーが腰に両手を置いて、上からわたしをにらみつけた。「彼と同棲することを勧めるなんて」

「同棲を勧めたりなんてしなかったわよ。あなたにはほかにも選択肢があるって指摘しただけ。わたしとシーリア以外にもね」

「あなたのことをよく知らなかったら、カップルの取り持ち役を演じようとしてるのかと思うところよ。自分はありとあらゆる言い訳を見つけてきて、この町で最高にホットな男を避けようとしてるくせに」

わたしはまわりに目を配ってからささやいた。「例の銃撃の件は言い訳じゃないの。理由説明って言ったほうが近いわ」

「あなた、ほかにどんなこと言ったの？　彼に」

「カーターに？　わたしが有罪になるようなことは何も」

アリーが両手を勢いよくあげた。「カーターじゃなくて。デイヴィッドによ」

お客の何人かが彼女を見たので、アリーはその人たちにほほえみかけた。「失礼」

「たいして話さなかったけど――わたしもこの町に来て間もないってことと、釣りが嫌いってことだけ」

アリーは目をすがめた。「それだけ？」

「あなたが独身だってことも話したかも」

アリーはぱっと口を押さえた。「嘘でしょ？」

「本当のこと言っちゃいけなかった？　それなら次の男性には、あなたは結婚してるとか、独身の誓いを立ててるとか言うから」

「あなたはどんな情報もいっさい与えなくていいの」

「それって失礼にならない？　だって、北部では誰もあまり気にしないけど、シンフルみたいなところではあれこれ言われそうだから、コーヒーを飲みながらの気軽な会話に参加しないと」

アリーは目をつぶって首を振った。祈っているのはほぼ間違いないと思う――精神力を求めてか、足のつかない毒薬を求めてかはわからないけれど。

「彼、気があるように見えた」わたしは言った。

アリーが片目を開けた。「ほんとに？」

「間違いなし」

もういっぽうの目も開いた。「それなら、あなたを許してもいいかも」

わたしはにやついた。「それじゃ、あなたのほうも彼のこと好きなのね」

アリーは顔を赤らめた。「よくは知らないけど、でも、ええ、いい人みたいだわ」

「見た目も悪くないしね――消防士らしい筋肉質の体つきとか」

アリーがわたしの皿のほうに手を振った。「朝食を食べちゃいなさい。さもないとあたしとひと悶着起きるわよ」にやりと笑って厨房へと戻っていった。

オムレツをなんとか食べ終え――黄身なしの卵ってまずい――テーブルにお金を置くと、カフェを出て雑貨店へ向かった。開店時間から十分がたったところで、運がよければ、昨夜のちょっとした不幸な出来事について、よそからウォルターの耳に入る前に説明できるはずだ。

ところが、店に入っていくと狼狽した表情のウォルターがいた。

癪《しゃく》にさわる！　誰かに先を越された。

第9章

奥までとぼとぼ歩いていくと、わたしはスツールに腰をのせた。「もう聞いたみたいね」

ウォルターがやれやれと首を振った。「聞かざるをえない状況でな。店の扉を開けたらカーターが入ってきて、近ごろ岩塩弾を売らなかったかと訊かれた」

もうっ。

「なんて答えたの？」

「本当のことをさ。あの弾は売ったんじゃない。そうだったろう？」

ウォルターの顔をまじまじと見つめているあいだに、ゆっくりと合点がいった。「お店のサービスにしたのは考えがあってのことだったのね。きっと何かうまくいかないことがあるだろうから、言い逃れができるように」

「あんたの実績を考えれば、かなり確実な想定だ」

「それなら、どうしてわたしにやめるよう言わなかったの？」

「そんなことして何がおもしろい？　そりゃ確かに、あんたがおれの甥っ子を撃つとは思ってなかったがな、いや、大ウケな話だ」

「わたしがやったなんて、わからないじゃない？」

ウォルターが目を丸くした。

「わかった、そうよ、やったのはわたし。でも、何がそんなにおもしろいのかわからないわ」

「そうかね。そこはおれに判断させたらどうかな?」カップにコーヒーを注いで、わたしのほうに押しだした。「さあ、話してくれ」

コーヒーをひと口飲んでから、わたしは語りはじめた。話には大いに編集が加えられ、木に登り、屋根を走った部分は削除、代わりにロナルドの家の茂みに隠れた場面がつけ加えられた。何度か話を中断しなければならなかったのは、ウォルターの笑いがとまるのを待つためだった。でもほどなく、昨夜のとんでもない出来事の一部始終がシンフル雑貨店のカウンターで明らかにされた。まあとにかく、一種の脚色版が。

ウォルターはティッシュペーパーに手を伸ばし、目をぬぐった。「いやはや。こんなに笑ったのは……まあ、この前あんたがカーターと揉めたとき以来だな。あいつにとって、あんたは専用のパンドラの箱みたいなもんだ」

「それってあんまりいいことに聞こえないんだけど」

ウォルターはかまわないと言いたげに手を振った。「あいつにはちょうどいいんだ。この町を偉そうにのし歩いてたからな。自分は何が最善か心得てるとばかりに、おれからの役に立つ助言を無視して。いいか、本当に問題なのは、あいつは難題にぶち当たった経験がないってことなんだ。仕事に関してもそうだし、地元の独身女がこぞってあいつの気を惹こうとしてるとあっちゃな」

「そこへわたしが現れたら、町全体が急に破滅へ一直線」

「いや、いまこの町で起きていることはあんたのせいじゃないよ。あんたが現れたのと同時にこの町が崩壊しだしたのは偶然の一致だ。しかし、カーターにとってはもってこいの破滅的な状況だな。あいつはちょいと揺さぶられることがあったほうがいい」

わたしは腕を組んだ。「わたしはなんにも揺さぶろうとなんてしてないわよ」

ウォルターがうなずいた。「そこがいいんじゃないか。この町じゃ問題がどんどん積みあがってダムを決壊させた。しかしあんたはその最初の波にうまく乗った」身を乗りだした。「わからないか？　あんたがこの町にいるのはいいことなんだよ。あんたがいなかったら、最近起きた犯罪のなかには、それほどすみやかに解決しなかったものもあったかもしれん。すみやかに解決しなかったら、もっと多くの人間に害が及んだ可能性もある」

「わたしの助けがなくても、カーターはすべてを解決したと思うわ」

「おれもそう思うよ。だが、どれだけの代償を払うことになったかな？　あいつはあんたとアイダ・ベル、それにガーティが自分の仕事に首を突っこんでくるって文句を言うが、おれが見たところ、あんたたちは町の住民を守ることにひと役買ってるよ」わたしに指を突きつける。「だが、いまおれが言ったことをアイダ・ベルとガーティの前でくり返そうもんなら、あんたのことをあつかましい嘘つきと呼んでやるからな」

「誰にも言わないから安心して」わたしはため息をついた。「わたしは人の力になってて、害にはなってないって、本当にそう思う？」

ウォルターはうなずいた。「生まれたときから知ってる相手を犯罪者として見るのは至難の業だ。あんたにはカーターみたいな先入観がない。ここで生まれ育ったわけじゃないからな。相手に情緒的結びつきがないほうが、容疑者として見るのは簡単だ」

わたしはうなずいたものの、ウォルターの評価はいつまで当てはまるだろうと疑問に思った。生まれてこの方、わたしには情緒的なかかわりを避ける才能があったのに、シンフルに来てからはほんの数週間で友達や大切に思う人ができた。わたしは自分でもどちらに当惑すべきか決めかねている――ここではこんなにも簡単に人と親しくなれたことか、ワシントンDCにいたときはそういうことなしに約三十年もの月日が過ぎたことか。

「いろいろとありがとう」わたしはスツールからおりた。「でも今回シンフルで起きた犯罪には手も足も出なそう。放火犯と不審者が何をたくらんでるのか、見当もつかない。両者が別の人間かどうかさえ」

「あんたは突きとめるよ」

百パーセントそう信じきっているような口ぶりだった。自分の能力に、わたしも彼くらいの信頼を置くことができればいいんだけど。

表へ出たところで、カフェで見かけた不動産業者が通りを渡ってくるのが見えた。歩幅を調節し、彼が歩道にあがってくるタイミングでわざとぶつかった。

「あら、ごめんなさい」わたしは言った。「携帯の画面に見入っていて、前をよく見ていなかったものだから」

不動産業者はまったくの無表情のままだった。「かまいませんよ」

わたしは眉をひそめた。「あなた、この辺の人じゃないわね」

「は？」

「アクセントが。強くはないけど、絶対に南部じゃない。ニューヨークかしら？」

男の左頬がぴくりと引きつった。「もともとは。でも、ずいぶん前のことです」

わたしは満面に笑みを浮かべた。「よかった、やっとこの町でヤンキー仲間に会えたわ」握手の手を差しだす。「サンディ＝スーです。でも、みんなからはフォーチュンと呼ばれてるの。わたしも東部の人間なのよ」

知ったことかと思っているのが顔に出ていたが、彼はいちおう返事をした。「いまはこの町に住んでいるんですか？」

男が名乗らなかったので、わたしの好奇心が一段と増した。「いいえ。夏のあいだだけ滞在しているの。大おばの遺産を整理するために。大おばの大きな家にはたくさんのものが詰まっていて、それを全部処分するのがわたしの役目なのよ。学校司書だから、やり終えるまで三カ月の時間があるわけ」

「大おばさんのことはお悔やみを申しあげます」

「ありがとう。ねえ、カフェであなたは不動産業者だって聞いたわ。大おばの家は売るつもりなの。一度見てみてくれないかしら」

彼の目にちらっと興味の色がよぎった。「わたしのクライアントは家に対する要望がきわめて明確なんですよ。大おばさんの家はどちらにあるんですか?」

彼に住所を教えた。

「バイユー沿いですか?」

わたしはうなずいた。「かなり広い裏庭があるの。バイユーは庭に平行して流れているわ。とても静かな環境よ」

暗雲が垂れこめていないことを祈りつつ、空をちらっと見あげた。雷に打たれるのではないかと怖くて。あの地所を静かと呼ぶのは、シンフルに来てからわたしがついた嘘のなかでも大きな部類に入る。わたしが住みはじめてからというもの、あの家は面倒ばかり引き寄せているように思えるから。

「住宅地に建っているんでしょうか?」

「ええ、でもそれぞれの土地がかなり広いし、どの家も手入れが行きとどいているわ。雨が多いと緑が本当に驚くほどよく茂るのね」なかなか魅力的に聞こえるよう、神に祈った。シンフルの景色に関するわたしの知識と言えば、到着以来、自分がよじ登ったり落ちたりした木や、飛びこんだり飛びでた茂みにほぼかぎられている。

男は眉をひそめた。「きっとすてきなお宅なんでしょうが、合いそうにありませんね。わたしのクライアントはまわりに住民が少ない物件をさがしているんです」

「あらまあ、辺鄙な場所がいいなら、この辺にはいっぱいあるわよ。こっちの方角って決めて、ふらふら歩いていけば湿地に行き当たるから」

「もう少し便のいい洗練された物件をさがしているんです。お話しできてよかった……あー、フォーチュン。わたしは約束があるもので」

「わかりました。こちらもお話しできてよかった。えーと……ごめんなさい、お名前をうかがってなかったわ」

男はいらだちをかろうじて隠した。「ロバートです。それでは失礼」

足早に歩いていくと、ぴかぴかの新しいレクサスに乗りこんだ。バックしてからメインストリートをハイウェイの方向へと走り去っていく。

わたしの全神経が厳戒態勢に入った。ワシントンDCで住むところを見つけるときに不動産代理人を使ったことがある。人を雇えば話す必要が減り、用件だけで済ませられると考えたのだが、それは大間違いだった。わたしが雇った代理人と、わたしたちが一緒に見た物件の代理人はことごとく、完全なる無駄話オリンピックで優勝できそうな人たちだった。もし言うことが何ひとつなくなろうものなら、あの人たちは自分の声を聞くためだけにアルファベットの暗唱をすると、わたしは確信している。

いまの男は本物の不動産業者ではないか、シンフルに来た目的を偽っているかのどちらかだ。どうしてアリーの家は買いたいと言ったのに、わたしの家はいらないと言うのか？　あの男は何を買おうとしているのか？　そして誰のために？

「フッカーみたいに見えるんですけど」わたしは言った。

「結構」とガーティ。「それはうまくできたってことよ」

鏡に映った自分を見て、わたしはいったいどうしてガーティに言われるがまま、こんな衣装を着たのだろうといぶかった。ジーンズはサイズが小さすぎて、ファスナーを締めるにはベッドに寝ころばねばならなかった。レースっぽい白のトップスは下半分がなく、胸の下にはパッドとワイヤーが入っていて、もともとそれなりの大きさがあるわたしの胸をぐっと押しあげているので、料理がのった皿をのっけられそうだった。少なくとも胸を覆う部分は布が二重になっている。ストラップが細いので、下にブラをつけるのは論外だった。

しかし、最悪なのは靴である——十五センチのスパイクヒールで、ストラップは鋲飾りのついたレザー。長距離を歩こうと思ったら、スキーストックが必要になるだろう。そしてわたしの足首は二度と元に戻らなくなる。バレリーナはなんでわざわざこういう立ち方をするのだろう。これは拷問だ。

ガーティはわたしの髪に彼女呼ぶところの〝ふくらませ〟アレンジを加えるので忙しかった。彼女が作業を終えた側は、ありえないほど大きく広がっていて、あとでブラッシングしても、その〝ふくらませ〟た部分はたやすくわかるだろうと、わたしは信じて疑わなかった。

ガーティが反対側の髪も巨大にし終えると、後ろにさがってためつすがめつした。「前髪がもう少し厚めだったら、もっとセクシーに見えるはずなのよ。ちょっとカットするといいかもしれないわ」

「だめ！　これは地毛じゃないのよ。伸びるわけじゃないんだから。そうじゃなくたって、あなたがしこんだつけ毛が二度と取れなくなって、ずっとこの髪型でいなきゃいけなくなるんじゃないかって心配なのに。こんなのを魅力的だと思う人間がこの世にいる?」

ガーティと向き合うために振り返ると、ちょうどアリーがわたしの寝室に入ってきたところだった。わたしをひと目見るなり、彼女は眉を片方つりあげた。「フッカーみたいに見えるから、生きてる男のほとんどは魅力的だと思うんじゃないかしらね」

ため息。真剣に、男たちはもう少し好みの基準をあげる必要がある。

アリーが心配そうな顔になった。「カーターとデートに行くわけじゃないって言って。彼はこの町でその格好をいいと思わない、数少ない男のひとりかも」

わたしはありえないと言うように手を振った。「ディナーに出かける件はすごく高い棚に棚あげよ。いつまでもおりてこない可能性あり」

「だとしたら、理由を訊くのが怖いんだけど」とアリー。

ガーティを見ると、ごく小さく首を横に振った。もうっ。きょうの夕方、アリーは保険査定員と会う約束があった。だからわたしは彼女が戻る前に出かけられればと考えていたのだ。アリーはすでにわたしの身の安全を心配しているし、これから何をしようとしているか知ったら、やめるようにと説得を試みるだろう。この衣装とふくらんだ髪型について前もって知っていたら、わたしだって説得に従っていたかもしれない。

ガーティはわたしが嘘をつくことを期待している。アリーが心配しないように。それはわかっているし、ふつうなら、なんの問題もないことだ。でも、人生で初めて、わたしはこの戦慄の格好について、もっともらしい説明をひとつも思いつけなかった。

「〈アメリカン・アイドル〉のオーディションを受けるつもりだからかな」と言ってみた。

アリーが目を丸くした。「そんなの信じられるわけないでしょ」

「ヒールを履いてジョギングしたら、ふくらはぎが引きしまると考えたから？」

「本当のこと言って。あなた、何をたくらんでるの？」

ため息をついた。「〈スワンプ・バー〉へ行くつもりなの。あなたの家の友好的なお隣さんについて内部情報が得られるかどうかやってみるために」

アリーが目をむいた。「そんな格好で〈スワンプ・バー〉に行ったりしたらだめよ。大騒ぎになるわ」

ガーティが急に生き生きとした。「でも、男どもがフォーチュンに熱をあげたら、いろいろしゃべるかもしれないでしょ」

アリーが首を横に振った。「男たちから聞けるのは、喧嘩するあいだに罵り合う声だけよ。〈スワンプ・バー〉の常連はとってもお行儀のいい連中ってわけじゃないから」

ガーティが眉をひそめた。「ジーンズはもうちょっと大きいサイズにしたほうがいいかもしれないわね……走ったり何かしなくちゃいけなくなったときのために。そのままじゃ、あなたろくに体も曲げられないでしょ」

「走らなきゃならないときは、まず全部脱がないと無理。この靴だと足首の骨折が待ってる。それに胸がこんなに押しあげられた状態で走ったら、自分の胸に殴られて目のまわりに黒あざができるわ。ストラップがあんまり長くもたないのは言うまでもなく」

アリーが批判的な目でわたしをじろじろ見た。「いったいどこでそんな服を手に入れてきたの？　あなたが自分で選んだわけじゃないのはわかってるけど」

「教会でやってる慈善募金活動の寄贈品箱に入ってたのよ」ガーティが答えた。「ニューオーリンズまで出かけてる時間はなかったし、ウォルターの店には適当なものがいっさい置いてなかったから、最近の寄贈品からあたしが選んできたの」

アリーがうなずいた。「その靴とトップス、見覚えあると思ったのよ。どっちもパンジーのだった、中学時代ね。シーリアおばさんが娘の遺品を処分してるにちがいないわ。たぶんカトリック教会の人にはそういうのを見られたくないから、バプティスト教会に寄付したのよ」

無理もない。鏡に目を戻すと、身がすくんだ。アリーの亡きいとこは寛大な言い方をしても〝尻軽〟だった。既婚男性とつぎつぎ関係を持ったことで、自分も他人も面倒に巻きこみ、最終的には自らが命を落とす結果となった。

「これはやりすぎかも」とわたしは言った。死んだ女性の昔の服を着ることは別に嫌ではなかったが、身体能力が制限されるのは嫌だった。「前回〈スワンプ・バー〉へ行ったときは、急いであそこから脱出しなきゃならなかったでしょ。こんな格好してたら、ものすごく不利になる。拳銃をしこむ場所すらないし」

アリーが首をかしげた。「あら、一カ所あるんじゃないかしら」

「胸の谷間になんて挟まないわよ」

アリーが肩をすくめた。「それじゃ、ほかに場所はないわね。そうだ。あなたに行ってほしいとはぜんぜん思ってないけど、説得されてやめるほど素直な人じゃないってことも知ってる。どうしても行くつもりで、なおかつ武器を携帯したいなら、武器の携帯にはあたしも大賛成よ、スカートにかえたらどうかしら。つけ心地は悪いだろうけど、ストラップで腿の内側に巻くことはできるでしょ」

「なるほど」わたしはガーティを見た。「慈善目的の寄贈品を奪取してきたとき、スカートはあった？」

ガーティは二階まで引きずってきていたごみ袋に手を伸ばすと、中身を全部、わたしのベッドにぶちまけた。「ストレッチ素材の黒いスカートがあったはずよ。あれならいけるんじゃないかしら」安っぽい服の山を引っかきまわして、ようやく何か黒くて小さいものを見つけた。

「はい、これ」勝ち誇った表情で言う。

わたしはぞっとしてその物体を見つめた。「それ、ヘアバンドでしょ」

「誇張するのはやめなさい」ガーティは言った。「これは申し分なくちゃんとしたスカートよ。はいてみなさい」

ヒールを履いた足でよろめきながら一歩移動し、ベッドに腰をおろした。きついジーンズのせいで後ろにひっくり返り、上半身を起こして座った姿勢になろうと二回チャレンジしたが失敗に終わった。「ちょっと手を貸してもらう必要あり」

アリーとガーティが片足ずつストラップをはずして靴を脱がせてくれた。わたしはジーンズのファスナーをおろし、ウェストバンドをぐっと押しさげた。一、二分たっても、腰のあたりまでしかさがらない。アリーとガーティを見あげたが、ふたりはわたしが困っているのを楽しんでいるように見えた。

「これを引っぱるか、切って脱がせて」わたしは言った。

ふたりがジーンズの脚を片方ずつつかんで引っぱると、二、三センチほど下までさがった。

「もっと強く引っぱらないとだめよ」

ふたりはもう一度ジーンズをつかんで引っぱった。今度は強く引っぱるあまり、わたしがベッドから落ちそうになった。

「ちょっと待って。これじゃだめ」わたしはベッドの真ん中に向かって這いあがり、うつ伏せになった。「引っぱられても動かないように、反対側をつかむことにする」

「はさみを使ったほうが簡単だと思うわ」ガーティが言った。

「それかダイナマイトか」アリーも賛成した。

わたしはマットレスの端に手を伸ばし、ベッドの手すりをつかんだ。「いいから引っぱって」

ふたりがジーンズをつかむのが感じられ、今回は数を数えるのが聞こえた。

一、二、三。

ものすごい力で引っぱられた。

手品師が大技を披露したときのように、ジーンズがわたしの脚からぱっとはぎとられた。一秒後、衝突音に続いてドサッという音とわめき声が聞こえ、次いでドスンドスンという音と再度衝突音が聞こえた。

わたしが跳ね起きて振り返ると、アリーが手で口を押さえて寝室の入口を見つめていた。顔がブルーデニムで見えなくなっているガーティが廊下に倒れており、階段の下では、アイダ・ベルが手すりの親柱を支えに立ちあがったところだった。

わたしは廊下に飛びだし、ガーティの顔からジーンズをつかみとると怪我がないかよく見た。

「彼女、大丈夫?」アリーが隣に来て身を乗りだした。

「倒れたときに失神したんだと思う」わたしはガーティの顔をピシャピシャ叩きはじめた。足を踏み鳴らして階段をあがってくる音が聞こえ、まもなくやや乱れた格好のアイダ・ベルが現れた。「いったい何ごとだい?」

「ガーティが倒れた拍子に失神したの」アリーが説明した。

全身黒ずくめでコンバットブーツを履いたアイダ・ベルが、わたしの隣に来てガーティの顔をのぞきこんだ。「そりゃ、頭にジーンズをかぶって転げまわってたら、そういうことになるだろうね」

「わざとじゃなかったのよ」とアリー。「あたしたち、フォーチュンのジーンズを脱がせようとしてたんだけど、引っぱり方がちょっと強すぎたみたいで」

アイダ・ベルがやれやれと首を振った。「あのね、次はまず後ろを確認してからやりな。階段下へと突き落とされるのは、あたしのやることリストに入ってないんでね」のしのしと浴室へ入っていくと、コップに水を注いできて、それをすぐさまガーティの顔にかけた。

ガーティがぱっと身を起こし、ぶつぶつ言うと同時にあたりに水滴をまき散らした。「何が起きたの？」

アイダ・ベルが腰に手を置いて彼女を見おろした。「あんたはあたしを階段下に突き落としたんだよ、とんまなばあさんだね」

ガーティはアイダ・ベルが手に持っているコップに気づき、目を怒らせた。「腰の骨が折れるんじゃないかって心配だった？　メトセラ（聖書に登場するなかで一番長寿の人物。九百六十九歳まで生きたとされる）」

「いいや。でも、しみひとつないシャツが破れてたかもしれないからね」

わたしは片手をあげた。「高齢者の侮辱合戦をしてる時間はなし」

アイダ・ベルがわたしをじろじろ見た。「あんた、〈スワンプ・バー〉に出かける前にパンツをはく気はあるかい？」

自分がフッカーみたいなトップスとショーツという格好で立っていることに、わたしは気づいた。「実はスカートをはいていくつもりなの」

「なんでもいいよ」アイダ・ベルが言った。「とにかく何かはいとくれ。さもないとあんた、ますます目立っちまうからね。ただでさえ目立つってのに。〝下着ナイト〟は金曜日だ」

わたしは青くなって寝室に戻り、スカートをつかんだ。〝下着ナイト〟と〝スワンプ・バー〟は同じ文章におさまるべき言葉ではない。下着に関する部分は対象が女性だけであるように祈った。そうでなければ、やれやれ、おぞましすぎる。

スカートをはいて鏡を見た。ヘアバンドほど小さくはなかったが、体を折り曲げたら、わたしの武器が見えてしまう。拳銃のことだ。ほかの服をさがして寄贈品の山をひっくり返そうかとも思ったが、パンジーの中学時代のワードローブということなら、もう少し体が隠れる服が見つかる可能性はゼロに近い。少なくとも、スカートなら走れることだけは確かだ。

アイダ・ベルとアリーがガーティを立たせ、わたしはベッドに腰をおろして死の靴をもう一度履き、ストラップをとめた。

「遅かったじゃないの」ガーティが言った。「またあの車にワックスをかけてたんじゃないでしょうね」

アイダ・ベルのコルベットはほぼ全員にとって口論の種だ。彼女が最良のパートナーと考える車にダメージを与えそうになったことがあるなら。ごみ袋をまとって悲惨なドライブをさせられた身としては、あのコルベットを思いだしただけで嫌な気分になると真っ先に認めよう。でも、まずいことになった場合はスピードが必要になるかもしれず、そうなるとガーティの年季の入ったキャデラックもわたしのジープも今回は除外され、わたしはアイダ・ベルのコルベットに乗っていくしかないということで話は決まっていた。

「コルベットは売ったよ」

「なんですって？」「嘘でしょ！」「ほんとに？」

三人ともいっせいに声をあげ、ベッドからはじかれたように立ちあがったわたしは、足が靴から落っこちそうになってアリーにつかまった。「売ったって、いつ？」

「きのうだよ」アイダ・ベルはわたしたちの顔をじっと見た。「なんだい？　あの車は売るつもりだって、前から言ってたじゃないか。あんたたちみんな喜ぶと思ってたんだけどね」

ガーティが心配そうな表情でわたしを見た。「本当に実行するとは考えてなかったんだと思うわ、あたし」

アイダ・ベルが肩をすくめた。「あれはすばらしい車だよ。でも、前みたいにわくわくしなくなってね。新しいやつを試す頃合いだ」

不安がわたしのなかを駆け抜けた。コルベットに乗ったアイダ・ベルも充分危険だった。〈スワンプ・バー〉までの細くて曲がりくねった道を新しい車で走る彼女というのは、あまり想像したくない光景だ。スピードを出すことが求められるならとりわけ。

「で、代わりに手に入れたのは何？」訊きながら、わたしは気に入らない答えが返ってくるのを確信していた。

アイダ・ベルがにやりと笑った。「バイクだよ」

第10章

ガーティが口をあんぐりと開け、アリーは手で口を押さえた。

「冗談よね」わたしは言った。

アイダ・ベルがわたしをねめつけた。「いいや、冗談じゃない。なんだい？　あたしじゃバイクを扱えない、そう思ってるのかい？　あたしはね、若いころかなり腕利きのオフロード・バイク乗りだったんだよ」

最後の文章からすぐさまふたつの問題点が見つかった。ひとつ目は、わたしたちが走る予定なのは道路の上《オン・ザ・ロード》だという点。ふたつ目は〝若いころ〟が説得力を持つ言葉ではない点。その言葉を発したのが、若かったのはいったいどれだけ昔かわからない女性とあっては。

「あなたはわたしを〈スワンプ・バー〉まで送っていくことになってたでしょ、覚えてる？」

「もちろん覚えてるとも。ぼけたわけじゃないからね。あんた、バイクに乗るのが怖いのかい？」

わたしは首を横に振った。「気にかかってるのはバイクじゃないの」

「あんたには〈スワンプ・バー〉へ行って帰ってくる手段が要る。もしまずいことになったら、バイクはスピードから考えても機動性から考えてもベストの選択だよ」

彼女の言うことに異論があるわけではなかった。でも、この状況でうまくいかない可能性のあることがあまりに多すぎて、わたしは何をどう考えたらいいかわからなかった。

「要するに」とアイダ・ベル。「あたしのバイクか、ガーティのキャデラックか、あんたのジープかって話だ」

「あたしの車を貸してもいいわ」アリーが言った。

「そんなふうに言ってくれるだけであんたはいい娘《こ》だ」アイダ・ベルが答えた。「だが、無事に戻ってきたいときにフォード・エスコート（一九八一年から二〇〇三年まで製造されていた小型車）に頼ろうって気には、あたしはならないんでね」

「それじゃ、あたしのボートはどう？」アリーが提案した。

わたしはぱっと気持ちが明るくなった。〈スワンプ・バー〉はバイユーのすぐ近くに建っている。アイダ・ベルと一緒にイーヴェル・ニーヴェル（アメリカの伝説的なバイクスタントマン。一九三八－二〇〇七年）のまねをするよりも、ボートを使うほうがずっといい選択肢だ。

ガーティがかぶりを振った。「こんなこと言いたくないんだけど、ボートは使えないわ。ウォルターから聞いたんだけど、〈スワンプ・バー〉の船着き場は修理工事中なんですって。歩いて岸にあがるのは無理よ」

「そんな靴じゃなおさらね」アリーが賛成した。「ヒールが泥に沈みこんで、コンクリートみたいに固められちゃうはず。船着き場はあなたがはまったまま、工事を続けることになるわ」

「わかった」とわたしは言った。「バイクに決定」

ナイトスタンドから9ミリ口径とレッグホルスターをつかみ、部屋から出るようにみんなに手を振った。「とっととこれを終わらせちゃいましょ」

過去にはバイクに乗る前に心理療法を必要としなかったとしても、いまは必要だと、強く確信した。自分でも何を予想していたのかわからないが——ハーレーだろうか——うちの私道にとめられていたのはデュアルスポーツバイクだった。舗装路でも非舗装路でも走れるという代物だ。〈スワンプ・バー〉とのあいだにある硬い地面は道路だけであることを考えると、非舗装路が選択肢となっていることにややどころではない不安を覚えた。


でも、本当の楽しみはここからだった。

アイダ・ベルが渡してきたヘルメットは、先週観た白黒映画に出てきたものと同じに見えた。「バイザーはついてないの?」

「あんたが乗るのはあたしの後ろだ」とアイダ・ベル。「それで大丈夫だよ」

納得したわけではなかったが、ストラップをつかみ、頭の上にヘルメットを置いた。わたしが引っぱり、ガーティとアリーがぐいぐい押してようやく、バックルをとめられる位置までヘルメットがさがった。これはノアの箱舟時代の代物かもしれないが、それでもかぶらないよりはましだ。バーに着いたときわたしの髪がどうなっているか、考えるとぞっとした。たぶんよくあるアインシュタインのポスターみたいになっているだろう。なんとかヘルメットをかぶったあとは、ガーティとアリーを支柱代わりにして、スパイクヒールを履いた脚でシートにまたがった。ふたりがわたしの靴のつま先をバイクのステップにのせてくれた。

さっきは却下したものの、少なくともバーに到着するまでは。胸の谷間は拳銃をしこむのに一番いい場所だと考えなおした。だ。アリーの唇がぶるぶると震えたが、そこでホルスターを上腕に巻き、拳銃を胸の谷間に挟んなんて愚かな人間はいない。拳銃を胸の谷間にしこんでいらついている女を笑う

「マートルと話したのよね？」わたしはガーティに訊いた。

「ええ。マートルは真夜中まで保安官事務所で通信係のシフトに入ってるそうよ。〈スワンプ・バー〉に関する通報があったら、あたしに電話をくれるって。そうしたら、あたしが救出作戦を考えるわ」

「よかった」実際に感じているよりもずっと熱のこもった声で、わたしは言った。この計画は穴が多すぎて、完璧にはほど遠かった。

アイダ・ベルはヘルメットと黒い革ジャンに身を固めていた。革ジャンは〈サンズ・オブ・アナーキー〉（違法武器売買をするバイク集団を描いたドラマシリーズ）のワッペンつき。「用意はいいかい？」彼女が訊いた。

「可能なかぎり」

アイダ・ベルはヘルメットのバイザーをおろした。「あたしにとっちゃそれで充分だよ」彼女はバイクのエンジンをかけ、ふかした。あまりに大きな音がとどろいたので、ブロッ

ク中の家の窓がガタガタ震えたにちがいない。わたしが彼女の細い体に腕をまわすと、アイダ・ベルはバイクのギアを入れて走りだした。

最初の一ブロックは目を閉じていたことを喜んで認めよう。死ぬならば、その瞬間が近づいてくるところを見ていてもなんにもならない。知らないほうが幸せな場合のひとつである。しばらくしても何も起きなかったところで片目を開けると、無事に一ブロックを走り抜けていた。予想より悪くなかったので、両目を開けてみることにした。視界が広がった瞬間、バイクがメインストリートに入った。

エンジン音だけでも歩行者がひとり残らず振り向いたはずだが、ヘルメットと徹底的におかしな服装のせいで、みんな、どこかのやせっぽちの男がフッカーを拾ったものと思ったにちがいない。

驚いたことに、アイダ・ベルは適度なスピードを維持し、バイクの運転もうまかった。正直言って、ハイウェイを走っているあいだは快適と言ってもよかった。そんなことを考えていたとき、バイクが舗装路を離れた。

〈スワンプ・バー〉までの道はバイユーを曲がりくねって走る、泥と石から成るいわば小道だ。場所によっては車二台がすれ違えないほど狭く、道の両側に半ば沈んだ車が点々と見えるのはそのためだった。この道にはやたらと穴が開いてもいる——わたしの背中に衝撃が走る程度で済む大きさのものもあれば、バイクがすっぽりはまってしまうほど大きいものもある。アイダ・ベルは大きな穴をよけながら縫うように進み、小さい穴すべての上を通過しているように思えた。彼女は歯の詰めものがひとつかふたつはずれたはずだと、わたしはかなり確信している。〈スワンプ・バー〉の駐車場に着いたのは夕暮れどきだった。駐車場と言っても、要はただの広い空き地であり、天候しだいで地面が乾いたりぬかるんだりする。アイダ・ベルがバイクをとめたのはバイユーに近い一番奥のスペースで、隣にはヴァンが駐車してあった。バーからの明かりはここまで届かず、だから店内にいる人間にはわたしたちが見えないはずだ。駐車場に入ってくる人間からも、ヴァンが邪魔になって見えない。

ヴァンに誰も乗っていないことと、移動式覚醒剤製造所や同等に危険な何かでないことをすばやく確認したが、二列目の座席にチャイルドシートがふたつ取りつけてあるのを見て、わたしは顔をしかめた。少なくともひとりは責任感のある親が家に残っているように祈った。〈スワンプ・バー〉へやってくるのはふつう、シンフルで非常に評判のよい人々というわけではない。暗くなる前に来ているなら、輪をかけていかがわしいメンツが集まっているはずだ。

「フロイドの車はどこかにとまってた?」わたしは訊いた。

アイダ・ベルがかぶりを振った。「いいや。でも、まだちょいと時間が早いからね」

駐車場には二十台かそこらの乗用車がとまっている。前に来たときの経験から、店がにぎわいだすと、車の台数はこの三倍ぐらいになるとわかっていた。「もっと人が集まるまで待ったほうがいい?」

ジレンマだ。まだ店が混んでいないときに入っていけば、注目は集められるが、わたしが求める種類の注目ではない。店が混み、客が数杯あおったころに入っていけば、見かけない顔が入ってきても、あまり気にされないだろう。まだ静かで客の頭がはっきりしていると、わたしをよく見て、前に見たことのある顔だと気がつくかもしれない。カーターの友人だとわかれば、事態はさらに悪化する。

「もう少し客が多くなってからのほうが、溶けこむのが簡単じゃないかね」アイダ・ベルが言った。

「わかった。でも、ヘルメットは脱いでおく」

アイダ・ベルがうなずいた。「やってごらん」

ストラップをはずし、ヘルメットを引きあげた。びくともしない。もっと強く引っぱったが、自分の首を変にひねっただけだった。「ちょっと力を貸してもらえる？」

アイダ・ベルが手ぶりで頭を出すよう指示し、ヘルメットをつかんだ。彼女が引っぱり、わたしが押して、ようやくヘルメットが頭から抜けた。わたしをひと目見るや、アイダ・ベルが声をあげて笑いだした。片手でさわってみると、髪が頭から優に六十センチは立ちあがっていた。

バイクのハンドルについているミラーで確認しようと体を乗りだしたが、ミラーが小さすぎてよく見えない。バイクからおりてヴァンのサイドミラーをこちらに向けると、わたしは息を呑んだ。二二〇ボルトのコンセントにフォークを突っこんだ人のように、髪がまっすぐ立ちあがっている。

なんとかつぶそうとして、爆発した髪のてっぺんを手で押した。「これを平らにしないと」

「それには土砂降りと重しが要るだろうね」

「重しなんて持ってないし、土砂降りになるまでここに立ってるつもりはないわ」

アイダ・ベルが肩をすくめた。「バイユーならいつでもそこにあるよ」

「バイユーに頭を突っこめって言うの？」

「まったく、何もかもあたしが考えてやらないとだめなのかい？」彼女は体を折り曲げ、落ちていた空のソーダ瓶をつかむと、バイユーまで大股に歩いていき、どろっとして汚い湿地の水でそれを満たした。彼女がこちらへ、瓶片手に戻ってくると、わたしは首を横に振った。

「ありえない」わたしは言った。「そのくさい水をわたしの髪にかけるなんてやめて」

「これをかけるか、ヤマアラシのフッカーみたいな形《なり》で店に入ってくかの二択だよ」

もうっ。

「わかった。でもわたしの手に少しだけそそいで。そうしたら、自分で髪を叩いて湿らせるから」

アイダ・ベルは結果を怪しむような表情を浮かべたが、汚れた水をわたしの手にそそいだ。その水のなかに何がいるかは考えないようにして、わたしは両手で頭を叩き、立った髪を押さえようとした。「よくなった？」

「よくなったって、何と比べてだい？」

「前と比べて」

「まあ、それが精いっぱいってとこだろうよ」

ヴァンのミラーをもう一度のぞきこんだ。わたしの髪はガーティがしあげたときに比べるとまだぼさぼさしているけれど、ボリュームは少なくとも三分の一ほど減っていた。

「連中が来たよ」アイダ・ベルがヴァンの屋根の向こうを指差した。

わたしが横からのぞくと、ヘッドライトの列がバーへ向かってくるのが見えた。「なんだか葬儀の列みたい」

「たぶん常連客だからね、たいして変わらないよ」

見ていると車が駐車場に入ってきては、それぞれ別の方向へと分かれていって駐車した。がっちりした中年男たちにときどき安っぽい服を着た女が交じり、乗用車やピックアップトラックからおりてくるとバーへとまっすぐ向かった。

「いまのなかにフロイドはいなかったと思うんだけど」わたしは言った。

「あたしも見なかった。客が増えたし、あんた、フロイドが現れる前になかに入っておくといいんじゃないかね。本人がいるところじゃ、人はあいつの話をしないだろうから」

「ほかの客からフロイドに関する情報を仕入れて、あいつが現れたら、もっと詳しく知ることができるかもしれない」

アイダ・ベルが指を突きつけた。「やつが現れたら、とっとと店から出てくるんだよ、あいつに気がつかれる前に。このあいだ塀を壊した人間のひとりだって」

ジャンプする巨大なネコ科動物とびりびりに裂かれたTシャツの映像が、脳裏をよぎった。

「あなたの言うとおりね」わたしは腕からホルスターをはずして腿にはめなおし、胸の谷間に挟んでいた拳銃を引き抜くとホルスターに差した。

「これで大丈夫？」わたしは訊いた。

「体を折り曲げたり、くしゃみをしたりするだけでだめそうだね」

「どっちも絶対にやらないようにする」

「あたしだったら、深く息するのもやめとくよ」アイダ・ベルが言った。「あんた、携帯電話は持ってるだろうね？」

ゴールドのチェーンを斜めがけにしている小さなバッグから、携帯電話を取りだした。

「このどこまでも役立たずのバッグに入るのはこれだけ。アンテナ表示が一本しか立ってない。励まされる光景じゃないわね」

「湿地のこの辺まで来るとよくあることさ。心配しなくていい。バイクを入口近くの狭い芝地に移動させとく。野球帽とたばこをひと箱持ってきたんだ。ポーチの端に立って見張ってるよ。もし何かあったら、ドアから飛びだしな。あたしはいつでも脱出できるようにしとく」

「たばこ吸いはじめたの？」

「いいや。連中に溶けこむためだよ。外で一服してれば注意を惹かないからね」

「名案」わたしは携帯電話をバッグに戻し、スカートを下へ引っぱり、胸を押しあげてから、例のおぞましいヒールで慎重に歩きだした。

バーへと駐車場を半分ほど歩いたところでアイダ・ベルが叫んだ。「店は午前二時に閉まるからね。ペースをあげたほうがいいかもしれないよ」

「偉そうに」わたしはぶつぶつ言いながら、おぼつかない足取りを無理やり速めた。

ありがたいことに、〈スワンプ・バー〉のオーナーは評判がよくないだけでなく、安もの好きでもあり、正面ポーチから店内まで、床はベニヤ板がはられていた。おかげでわたしにもバランスの取りやすい平面が続き、それまでより自然な歩き方で店の入口へと進むことができた。

ドアの前で二、三秒立ちどまり、深く息を吸ってから勢いよく扉を開け、なかへ入った。次の瞬間、冷たい水がどばっと顔に浴びせられ、わたしはびしょ濡れになった。店内で歓声があがるのを聞きながら、ぶつぶつ言って手で目をぬぐった。

「この阿呆」バーテンダーが叫んだ。「水は顔じゃなくて胸目がけてかけるんだよ、さもないと化粧をだめにされたって大騒ぎされっぞ」

わたしのすぐ正面に男が立っていた。手に持っているのは空のバケツ――わたしが現在びしょ濡れ状態である原因にちがいない。男はわたしの胸を見つめて、バーテンダーに叫び返した。「あんまりデカパイだからよ、顔にくっつきそうで、バケツじゃそこまで狙いを絞れなかったんだよ」

「そもそも、なんで水をかけるわけ?」わたしは訊いた。

バーテンダーが背後の壁にかけられたイベントリストを指差した。水曜日の横に、かろうじて読みとれる手書きの文字で〝濡れTシャツコンテスト〟とあった。

まったく、いい加減にして。

年季の入ったボードと文字がところどころはげているのを見れば、リストが長いことそこにかけられていたのがわかる。つまり、ガーティとアイダ・ベルは濡れTシャツの夜について知っていたわけだ。わたしがここを出て、戦闘服に着がえたら、ふたりには償いをしてもらおうじゃないの。たっぷりと。

「お客さん《マーム》」バーテンダーが声を張りあげた。「コンテスト参加者はただで飲めるんだ。うまい白ワインがあるぜ」

わたしは両手を振って水を払い、バケツ男を〝地獄に落ちろ〟という目つきでにらみつけてから、できうるかぎり足早に横を通りすぎた。いささか頼りない歩き方だったけど、怒りはうまく表現できたと思う。バーテンダーからナプキンの束を渡された。

「ビリーのやつのことはすまなかった」わたしがナプキンで水を拭くあいだに、バーテンダーは言った。「悪気はないんだが、少々おつむが弱くてな」

「だったら、もう少しおばかじゃない人に水をかけさせたほうがいいんじゃない」もちろん、〈スワンプ・バー〉の常連にもう少しおばかじゃない人間がいるとは考えられなかったが、提案をしてみたところで害はない。

男がひとり、わたしの隣のスツールにひょいと腰をおろした。「バックショット・ビリーに動くものを狙わせるとああなるんだよ」

四十代半ば。身長百八十センチ。体重七十キロ前後。夜、バーで黒っぽいサングラスを着用。七〇年代にディスコで流行った髪型。

倒せる相手であるのは間違いないけれど、ものすごく妙なオーラを発しているので、さわるのが嫌だった。わたしが飲んでいるのがビールだったら、ジョッキで顔をしたたかに殴ってやれるけれど、いま手にしている安っぽいワイングラスではかすり傷も負わせられないだろう。

「バックショット・ビリー？」わたしは訊いた。

奇妙な男はうなずいた。「この辺の人間がつけたあだ名さ。どんな大きな的にも当てられない射撃下手なんだよ。あいつが狩りで命中させられるのはバックショット（シカなどの大型動物用の大きな弾装）を使ったときだけだ――ありゃかなり広く飛び散るからな」

わたしはバーテンダーを見た。「〝バックショット〟ってあだ名がついてる男にバケツの水かけをまかせてるわけ？」

バーテンダーはいささかばつの悪そうな顔になった。「ビリーはちょいとかわいそうなやつでさ。やさしくしてやりたかったんだよ」

「それなら、ただでビールを飲ませてやればいいじゃない。バケツを取りあげて、あの入口を入ってくる女性みんなにやさしくしなさいよ」

バーテンダーはあごをこすった。よく考えてみる必要があるかのように。「あんたの言うとおりかもな」

こちらは目玉をぐるりとまわさずにいるのが精いっぱいだった。

携帯電話が鳴ったかと思うと、奇妙な男が画面を見て顔をしかめた。「悪いが失礼するよ」どこへ行くのかを、わたしが気にするとでも思ったのか。男はドアへと歩いていき、外へ出た。バーテンダーはバケツを持ってカウンターの奥に戻り、ビールを注ぐと、切ない目でバケツを見つめているビリーのほうへぐいと押しだした。

「見たことない顔だな」わたしに言った。「最近越してきたのか？」

「ちょっとのあいだいるだけ。昔の友達に会いたいと思って。ここによく来るって、ある人から聞いたんだけど」

「そいつの名前は？」

「フロイド・ギドリー」

バーテンダーが目をすがめた。「おれの知るかぎり、フロイドには友達なんていねえ。それに女はすぐにやばいと気づく。やつにはかかわらないほうがいいってな。あいつは女を手の甲でガツンとやってもぜんぜん平気だ」

わたしは眉を寄せた。「そうなの？　実はあたしの友達ってわけじゃないの。兄さんがこっちで仕事をしたときに会ったってだけで。時間があったら、フロイドに会ってあいさつしとけよって兄さんから言われたのよ。一度会ったときは悪い人じゃないって気がしたんだけど、でもあたしが間違ってたみたいね」

バーテンダーは相変わらず納得がいかない顔だった。「電話帳に載ってるぜ。電話すりゃよかっただろ」

　わたしはにっこり笑った。「でもそれじゃ、バケツいっぱいの水をかけてもらえなかったわよね、あたし」

　バーテンダーはあらためてわたしをじろじろ見た。この服装と軽薄な言動から、こいつはパーティ好きな女だと判断したにちがいない。ややあってうなずいた。「それもそうだな。コンテストに新しいメンツが加わって、嬉しいぜ。フロイドは今週ここに来たが、たいてい現れるのはもうちょい遅くなってからだ」

「急いではいないの。月曜の夜にも寄ったんだけど、あの人がいないとわかると帰っちゃったのよね。また別の晩につかまえられると思って」

「フロイドならおとといの晩は来なかった」ビリーが口を挟んだ。「ニューオーリンズのブタ箱にいたからな」

　わたしはがっかりした。留置場にいたなら、彼が放火犯ということはありえない。

「ありそうな話だ」バーテンダーが言った。

「フロイドって、あたしにはちょっと危ない橋すぎるみたい」わたしは言った。「あなたが言うように、電話をかけるだけにしとこうかしら」

　バーテンダーがうなずいた。「あいつとのあいだには、電話会社が入ってたほうがずっと安全だろうな、バーのスツール一脚よりも」

「決まりね。それじゃ、あたしは帰るわ」

「待った」バーテンダーは言った。「まだ帰ってもらっちゃ困る。濡れTシャツコンテストがもうすぐ始まるんだ」

「あら、それはパスさせてもらうわ。今夜はもう、わくわくも水もたっぷりもらっちゃったから」

バーテンダーががっくりした顔になった。「あんた、優勝確実だったのによ。いつもの顔ぶれはちょいと荒っぽいタイプばっかりでな」カウンターの向こう端で大きな声をあげた客がいて、バーテンダーは注文を聞きにいった。わたしはスツールからおり、スカートを下に引っぱった。

それまでひたすらカウンターの奥の壁を見つめていたビリーがわれに返った。「おもしれえな。あんたともうひとりがそろって、フロイドをさがしてるってのは」

「もうひとりって誰?」

ビリーが目をみはった。「おれ、余計なことを言っちゃいけなかったな」

「そんなことないわ。あたしには話してくれて大丈夫。誰にも話さないから」

ビリーはわたしの顔を見てから入口に目をやり、続いてカウンターの正面にある間に合わせのステージをちらっと見て、唇を嚙んだ。心配そうだった表情が打算的な表情へと変わった――とにかく、間抜け男にできるかぎりの打算的な表情へと。彼はにやりと笑った。「あんたが濡れTシャツコンテストに出たら、話してやる」

最初は〝冗談じゃないわ〟と言って帰ろうと思った。ほかにもフロイドをさがしている人間がいるからといって、そんなのはたいしたことじゃない。女を殴るのが好きで、定期的に留置場にぶちこまれているとすれば、フロイドをさがしている人間のリストはミシシッピ川ほどの長さになるかもしれない。でも、何とは言えないものの、引っかかりを感じた。わたしと同じ晩に、ほかにもフロイドをさがしている人間がいるというタイミングのせいかもしれない。あるいはバーテンダーがわたしに言ったように、その人間はフロイドに電話するか、直接家に行くという手もあったからかもしれない。

それとも、シンフルでは、ものごとが必ずしも見た目どおりではないからか。

でも、濡れTシャツコンテストですって？　屈辱に耐えてまで好奇心を満たす価値はあるだろうか？　どのみち、たぶん意味のない答えを得るだけなのに。

店内を見まわし、コンテストに参加しそうな女性をさがした。「特別何かをしなきゃいけないわけじゃないのよね？」

ビリーが眉を寄せた。「オッパイがあって、あそこに立つのが条件だ」

「ええ、それはわかってる。あたしが訊きたかったのは、歩きまわったり、踊ったり、国歌を歌ったりする必要はあるのかってこと」

「いいや。みんな一列に並んで、そうすっと誰かがあんたらに水をかける――いままではおれだったけど、ただでビール飲むのとその役目を交換したから――そのあとバーテンがあんたらひとりひとりの前で手をあげて、一番歓声が大きかった女が勝ちだ」

わたしは間に合わせのステージを見た。別に面倒じゃなさそうだし、すでに濡れているんだから、その点では失うものはない。〝もうひとり〟はなんの関係もないかもしれない。その名前を知ったところで時間の無駄にすぎないかもしれない。

でも、そうじゃなかったらどうする？

ため息。「わかった、やるわ。でも、あたしがステージからおりたらすぐ、あんたはドアの近くへ行って、出ていくあたしに約束の名前を教えるのよ。ほかに条件はなし。取引成立？」

ビリーはうなずいた。「成立だ」

彼が手を突きだしたので、握手を交わした。後悔することになりそうな予感がした。

「注目願います！」バーテンダーがマイクに向かって声を張りあげるとキーンという音が鳴り響いた。

誰もが手で耳をふさぐ。

「悪い」バーテンダーがふつうの大きさの声で言った。「みんながお待ちかねのコンテストの時間だ。お美しいご婦人方、ステージへどうぞ」

ほかに三人の女が立ちあがり、胸の位置を直してから、意気揚々とステージへ向かった。わたしも負けじと胸を揺らしてから、ゆっくりなめらかに歩くよう努力した。腰を振るのは、ころばずにいたければ論外だ。でも、なんとか客のあいだを通り抜け、並んでいるコンテスト参加者の端に立つことができた。

バーテンダーがステージからおり、常連らしい客からホースを受けとった。「さあ、お楽しみタイムだ」

　ホースを全開にして、胸の高さにステージの端から端へと水を放った。ほかの参加者たちは水を浴びると甲高い声をあげて飛びはねた。わたしは準備ができているつもりでいたが、バーテンダーは絶対、冷蔵庫から水を引いてきたにちがいない。あまりの冷たさに息がとまった。

「ずるいよ」コンテスト参加者のひとりがわめいた。「あの女、ブラをつけてない」わたしを指差す。

「いまその話をしてたんだ！」客のひとりが叫ぶと、店のあちこちから歓声があがった。

「つけるのがルールなの？」わたしは訊いた。

「ハリケーンのシーズンだけさ」バーテンダーが答えた。「安全面からな」

「いいから先に進めてくれる？」わたしは言った。「ヒーターの前に行かないと凍えそう」

　バーテンダーはにやりとしてひとり目の参加者を手で指し示した。「シーナがいいと思ったら声を」

　湧き起こった歓声は小さく、シーナは眉をひそめた。

「ざけんじゃないわよ、レスター」客のほうに向かってわめく。「ちゃんと口を開けて、あたしのために声をあげな。さもないと、今年いっぱい自分で晩メシを作らせるよ」

　最前列に座っていた男がふらつきながら立ちあがり、叫んだ。「おれのかあちゃんのオッパイがいいと思うやつ」

シーナがにんまりした。「それでこそあたしの亭主だ。もっと言っておくれ、ベイビー！」

あ、き、れ、た。

続くふたりは〝亭主〟がいないか、自分の売りものの販促に協力を求めたくないかのどちらかだったので、バーテンダーはすばやくわたしのほうへ移動してきた。彼がわたしを手で指し示すよりも先に、客たちが熱狂した。

ほかの参加者三人はわたしに怒りの目を向けてからステージをおりた。

「勝者決定！」バーテンダーが叫んだ。ややあって、肩に何かが落ちてきたので見ると、サテンのたすきが胸にかけられていたためぞっとした。わたしを〝最優秀オッパイ〟と宣言している。慌ててたすきを取るより先に、フラッシュが光り、スマホの群れに写真を撮られた。

客たちの向こうのドアを見やると、ビリーがそばに立ち、わたしに親指を立ててみせている。ところが、わたしがステージをおりようとしたそのとき、フロイドがドアを入ってきて、こちらをまっすぐ見た。

彼の目は最初、胸にそそがれたから、わたしはそこを利用すべきだった。もしもっと速く反応していたら、フロイドはわたしの顔を見る間がなかったはずだ。でも、このめちゃくちゃな騒ぎのばかばかしさと、ありうるかぎり最悪の瞬間に彼がバーに現れた驚きが重なって、わたしは一瞬動きが止まってしまった。その一瞬が破滅を招いた。

フロイドがかっと目をむいたかと思うと、怒りで顔を歪め、わたしを指差した。「おれん家《ち》の塀を壊したくそアマじゃねえか」

第11章

わたしはステージから飛びおりて走るつもりだったが、片足が腐ったベニヤ板の上に着地してしまい、ヒールが床を突き抜けて動かなくなった。思いきり引っぱっても、びくともしない。

「今度は逃がさねえぞ」人混みのなかでフロイドが叫んだが、わたしがさらにまずいと感じたのは、声の聞こえた場所があまり遠くなかったからだ。

はまった靴をもう一度引っぱったが効果はなく、わたしにはストラップをはずす時間も柔軟性もなかった――とにかく、バーの客全員に武器をさらさずには無理だ。手を伸ばし、客のひとりからビール瓶を奪うとテーブルに叩きつけ、割れたガラスをストラップにさっと走らせた。ガラスで足首が切れた瞬間、痛みに悪態をつきそうになったが、足は自由になり、酔っ払った義足の海賊みたいに前のめりになってよろめいた。わたしはフロイドから見えなくなったはずだ。

裏口にたどり着くと、ビリーを外に引っぱりだした。「もうひとりの名前は?」

「最高だったぜ」とビリーは言った。「あんたが勝つのはわかってた。いいオッパイしてっからな」

「フロイドをさがしてたもうひとりの人間よ。誰なの？」

「ああ、そうだった」ビリーは頭を掻いた。「あんたがカウンターでしゃべってたやつだよ。マーコ・ナントカ。フロイドは大きな厄介を抱えてるって言ってたな……それとも、小さい厄介だったか。どっちか忘れちまったよ」

「マーコの苗字は？」

ビリーは肩をすくめた。「聞きとれなかった」

「このくそアマ！」戸口にフロイドがビール瓶を片手に現れた。顔を見れば、それを使う気満々なのがわかった。わたしが階段をおりようとすると、フロイドはビリーをポーチから押しのけた。「どきやがれ、この阿呆」

バイクのエンジンがかかる音が聞こえ、わたしは階段を駆けおりた。轟音とともにアイダ・ベルが走ってきたかと思うと、わたしの真ん前で百八十度の方向転換をやってのけ、土埃と小石の雨を降らせた。彼女が横滑りしながら停車する前に、わたしは少しばかり悲鳴をあげたかもしれないが、そんなことを認めるつもりはさらさらない。

後部シートに飛びのり、アイダ・ベルの体をかろうじてつかむやいなや、彼女がバイクを発進させ、肩越しにヘルメットを渡してよこした。フロイドがわたしを後部シートから引きずりおろそうとしたが、手が肩をかすっただけで終わった。振り返ると、自分のピックアップへと走っていくフロイドが見えた。二、三秒後、エンジンがかかり、フロイドは轟音をあげ、周囲に土埃や小石をまき散らしながら車をバックで出した。

「フロイドが追ってくる！」わたしは叫び、片手でヘルメットをぐいと引っぱってかぶり、片手で必死にしがみついた。

アイダ・ベルは倒れずに走っていられる限界まで速度をあげたが、バイクがフロイドのV型8気筒エンジンにかなうわけがない。彼女がスピードを出しすぎたまま急カーブを曲がったので、バイクの後ろ端が浮きあがり、横滑りしはじめた。歯を食いしばるあまり、わたしはあごが痛くなった。それに死ぬほど強くしがみついたから、アイダ・ベルの脇腹にあざができたかもしれない。

後輪がもう一度、泥道をつかみ、バイクがまっすぐになった。アイダ・ベルはためらいなく、ふたたび速度をあげた。振り返ると、フロイドが驚異的な勢いで差を縮めつつあった。

「あいつ、わたしたちを轢き殺すつもりよ」わたしは叫んだ。

「この道をおりないと」アイダ・ベルが言った。

「ええっ？　この道をおりたら湿地に沈む」

「ハイウェイに近づくと、地面がそこそこ硬い場所があるんだよ」

そこそこ？

〝そこそこ〟に賭ける人間なんていやしない。

強烈なヘッドライトがわたしの肩の後方から差した。片手を目の上にあげて後ろを振り返る。「そこまでたどり着けない」

ピックアップがエンジンの回転数をあげたかと思うと、前に飛びだした。あまりに近づいてきたため、フロントグリルの格子が数えられそうだった。鋼の神経と曲芸師の手脚が必要になったが、わたしはアイダ・ベルを締めつけていた片手をはずし、腿に装着したホルスターから拳銃を抜いた。腕をひらりとまわし、タイヤを狙って発砲した。

はずれ。

悪路とヘッドライトのまぶしさ、巨大なバンパーからタイヤがわずかしかのぞいていないことを考えると、わたしの腕をもってしても命中させられる確率は低かった。もう一度狙いを定め、今度はヘッドライトを狙った。前が見えなくなれば、速度を落とさざるをえなくなるはずだ。

命中。

運転席側のヘッドライトからプラスチックとガラスが飛び散り、わたしの目を射る光のまぶしさがたちまち半分になった。拳銃を右手に持ちかえ、体をひねって残っているほうのライトに狙いをつける。

狙え、撃て。

引き金を引いた瞬間、バイクが路面の深いくぼみに落ち、弾は狙いよりも低く、バンパーに当たってはじかれた。ピックアップはコースがぶれて十メートルほど距離が開いたが、ふたたびエンジン音が大きくなったかと思うとぐんと近づいてきた。わたしはもう一度狙いを定め、撃った。

当たり!

残りのヘッドライトがこなごなになって、ピックアップはたちまち速度が落ち、猛スピードで前進するわたしたちはたっぷり水をあけることができた。ハイウェイまであとどれぐらいかはかろうと、わたしは前を向いたが、行きに覚えておいた目印を見つけるよりも先に、強烈な光に包まれた。明かりはどこから来るのかと、体をよじって振り向く。

まずい。

フロイドのピックアップがまたぐんぐん近づいてくる。運転台の上に並んだスポットライト四つをぎらぎら輝かせて。ワシントンＤＣでなら、考慮しなくて済んだ可能性だ。もちろん、ＤＣではふつう、バイクの後部シートでバランスを取りながら、ブチ切れた白人労働者《レッドネック》に轢かれないようにするなんて羽目にはならない。ボブキャットはすばらしいペットになると考えるようなレッドネックに。実のところ、この場面を最初から振り返ってみると、わたしがシンフルに来て経験したなかで、一番ばかばかしい出来事かもしれない。

もしかしたら。

当面は、生きてこの話ができるようにする方法を考えなければ。さもないと、思いがけず携わった私立探偵稼業が短期間のうちにとても悲しい結末を迎えることになる。フッカーの扮装で死ぬとあっては、悲しみの上塗りだ。まさに悪夢の設定でしょ。

残された弾は一発でスポットライトは四つ。どう計算しても、こちらに有利な結果は得られない。フロントガラスを撃ち抜くという選択肢はつねにある。フロイドに命中する確率はかなり高い。でもそれは、あの男を殺す確率がかなり高いという意味でもある。フロイドはわたしを殺そうとしているかもしれないし、くそったれなのは間違いないけれど、あいつを殺すのはわたしの信条に反する。シンフル基準では悪人でも、わたしの世界ではひとりの市民にすぎない。自分に考えなおす間を与えず、わたしはもう一度タイヤを狙って撃った。

はずれ。

ピックアップが距離を詰めてくる速さに気づき、脈拍が一気にあがった。アイダ・ベルの肩の向こうをのぞき、ハイウェイの明かりが見えることを期待したが、バイクはちょうどまわりに背の高いガマが茂っているあたりを走っていて、何ひとつよく見えない。急いで後ろを振り返ると、絶望しそうになった。わたしとピックアップのあいだには五、六十センチの距離しかない。

差が一センチずつ縮まってきて、ピックアップのエンジンが発する熱気を感じられるほどになった。運転席のフロイドがぼんやりと輪郭だけ見えたが、わたしにはなぜだか彼が笑っているのがわかった。もうおしまいだと思った瞬間、アイダ・ベルが勢いよくコーナーを曲がり、ピックアップが自分も曲がろうとするあいだに差がふたたび開いた。知らないうちに詰めていた息がどっと吐きだされ、あまりの勢いに胸に痛みが走ったほどだった。わたしたちがリードを維持しつづけられるように、道に充分な数のコーナーがあることを祈った。

〝そこそこ〟硬い地面に達するまで。

ピックアップに追いつかれそうになりながら、コーナーに達したことがさらに二度。轢き殺されるのをすんでのところでさらに二度免れた。でも次のコーナーは、これまでよりも遠いように思われた。わたしの頭はすばやく何度も前後に旋回した。後方のピックアップがどれだけ近づいてきたか見ては、前方にコーナーが現れてくれるよう期待して。

絶体絶命だと思ったちょうどそのとき、アイダ・ベルが叫んだ。「放すんじゃないよ！」

彼女は道をはずれ、湿地へとバイクを飛びこませた。

湿地へ向かって落ちていく瞬間、わたしは胃が喉までせりあがった。次の瞬間、バイクはガツンと地面におりたち、わたしの脊髄《せきずい》に衝撃が走った。これを生きのびたら、身長が一センチ低くなっているだろう。ピックアップが横滑りしながら道の端でとまり、フロイドのわめく声が聞こえた。やつはバックしてからそのまま道を走りだした。アイダ・ベルの近道が失敗に終われば、町の入口でフロイドが待っていることになる。いますぐ轢き殺してやろうと手ぐすね引いて。

アイダ・ベルはわたしが可能と思っていたよりもずっと高速でバイクを飛ばし、その運転能力は悔しいけれど賞賛しないわけにいかなかった。わたしはプロと仕事をしてきたが、プロでもこの土地でバイクを操ることは、それも彼女ほど速度を出しながらというのは絶対に無理だ。

アイダ・ベルの肩越しに前方に目をやり、ハイウェイがどれだけ近づいたか見ようとしたが、そうしたことを後悔した。前には漆黒の闇が広がるばかりで、バイクのヘッドライトが照らしているのはほんの一、二メートル先までだ。わたしはパニックに襲われた。アイダ・ベルがこのあたりを完全に記憶しているなんてことはないだろうし、赤外線暗視装置でもないかぎり、わたしより遠くまで見えているはずもない。つまり、彼女はとことん即興で運転しているわけである。ここまで来られただけで驚きだ。

このまま死ぬ以外に何か方法はないかと頭を目まぐるしく回転させたが、隠れるところなし、ほかに交通手段なし、弾なし、そしてたぶん携帯もつながらないとあっては実行可能な策をひとつも思いつけなかった。わたしがあらゆる望みを捨てようとしたちょうどそのとき、バイクが上へとジャンプし、宙を飛んだかと思うと、舗装された道路に着地した。

ハイウェイだ！

遠くにシンフルのダウンタウンの明かりが見える。町に入ってしまえば、安全だ。くるっと振り返ると、ピックアップが五十メートルほど後方でハイウェイにのってくるのが見えた。かなり引き離せたが、はたして充分だろうか？　アイダ・ベルはスロットルを全開にしているけれど、わたしが振り返るたび、ピックアップは十メートルかそれ以上、あいだを詰めてきていた。シンフルの町はまだ五十メートルほど先で、このままではたどり着けそうにない。

あと三十メートルほどというところで、ピックアップがすぐ後ろに迫ってきた。間一髪で逃げきる希望がついえようとしている。とそのとき、なんの警告もなしに、アイダ・ベルが急に右折してハイウェイをおり、水田へと通じるスロープをくだった。町の端に農家が一軒建っていることを思いだし、わたしはそこの主がまずぶっぱなしてから問いただすタイプでないよう願った。稲田に沿って走っていると、ピックアップが遠ざかっていくのが見えたので、たちまち気分があがった。

次の瞬間、耳をつんざくような雷鳴がとどろいて地を揺るがし、この世の終わりのような土砂降りになった。ものすごく大きな雨粒が、バイクのスピードのせいもあって、わたしの肌を石つぶてのように打った。バイザーつきのヘルメットと革ジャンを着用しているアイダ・ベルは、わたしと比べるとずっとましなはずだ。こちらは服装が服装なので、雹が降る嵐のなかを裸で走っているようなものだった。片手を目の上にあげ、アイダ・ベルの肩の向こうを目をすがめて見つめると、たぶん農家だろう、明かりが近づいてくるのが見えたので嬉しくなった。ここはダウンタウンの西で、バイクはわたしの家があるほうへ向かっているはずだ。

そのときだ、最初の銃声がとどろいたのは。

わたしの頭のすぐ横を飛んでいったので、土砂降りの雨のなかヘルメットをかぶっているのに、弾が空気を裂くシュッという音が聞こえた。「誰か撃ってくる!」わたしは叫んだ。アイダ・ベルが急に右折した瞬間、二発目がバイクのヘッドライトをこなごなにし、わたしたちを完全な暗闇にほうりこんだ。でも、アイダ・ベルは少しも速度を落とさない。わたしには選択肢がふたつしかなかった。手を放し、発砲してくる農場主と向き合うか、祈るかだ。自分の服装と、ここはキリスト教篤信地帯《バイブル・ベルト》の奥深くであることを考えれば、農場主よりも神のほうがわたしの置かれた状況を理解してくれる可能性がずっと高そうだった。

わたしが祈りの最初の言葉をつぶやきもしないうちに、バイクが薄いベニヤ板の壁を突き破り、周囲がニワトリで沸き返った。羽根と藁がくるくる舞うなか、わたしは片方の腕で顔を守った。大慌てのニワトリたちがやかましい声で鳴きながら、バイクの進路から逃げようと必死になり、小さな翼を羽ばたかせている。数秒後、わたしたちは小屋の反対側へと突き抜けた。アイダ・ベルは一度も速度を緩めなかった。

わめき声が聞こえたので振り返ると、女性がひとり、農家の玄関の前に立ち、わたしたちに向かってこぶしを振りあげていた。アイダ・ベルが急カーブを右に曲がって坂をのぼり、わたしの家がある近所の横道に飛びだした。

わたしが何者か、どこに住んでいるかをフロイドが知りませんようにと短く祈りながら、早く家に着かないかとじりじりした。あの農場主は絶対、保安官事務所に通報するはずだし、シンフルで何かおかしなことが起きたとき、カーターが真っ先に調べるのはスワンプ三人組だ。今夜、彼がうちのドアをドンドンと叩くのは間違いなく、それまでにこちらがつじつまの合う話をでっちあげられたら、それは奇跡だ。

わたしたちはびしょ濡れで全身を鳥の羽根に覆われ、その家禽《かきん》ルックの下はというと、わたしはフッカーの装いのままだ。少なくともアイダ・ベルは、服とヘルメットを脱げば、ふつうで通るだろう……とにかく、かろうじてふつう、で。でもわたしは、砂吹き機でも使わないかぎり、絶対に見込みゼロだ。

角を曲がってわが家に着くと、ガレージのドアが開いていて、ガーティが私道に立ち、必死の手ぶりでなかへ入れと合図していた。アイダ・ベルはガレージに飛びこみ、わたしのジープの隣にバイクをとめた。ガーティがガレージのドアをぐいとおろすと、わたしがバイクからおりもしないうちに、アリーが業務用掃除機のスイッチを入れ、わたしの腕と肩から羽根を吸いとりはじめた。

アイダ・ベルはバイクから飛びおり、ガーティが工具箱の上に広げておいたスウェットスーツに着がえた。バイクは湯気をあげており、わずかに焦げたニワトリの羽根がエンジンの表面の少なくとも半分ほどにくっついている。そこから発せられる臭気に、わたしはむせた。ガーティが棚から防水シートをつかみ、湯気をあげている金属の塊にかぶせた。

「農家から保安官事務所に通報があったんでしょ」わたしはヘルメットを脱ぎながら訊いた。

ガーティがうなずいた。「マートルが教えてくれたの。巨大なニワトリがバイクに乗って小屋を突き抜けたあと、道路を逃げていったって電話が入ったって。彼女、カーターに知らせる前にあたしに連絡くれたのよ」

わたしは唖然として目をみはった。どちらにうろたえるべきか――農場主がバイクに乗っているのは巨大なニワトリと考えたことか、ガーティが事態を正確に把握し、対処する準備を整えていたことか。「それで、あなたはガレージに走ってきて、防水シートと着がえと業務用掃除機を用意したわけ?」

「決まってるでしょ」とガーティ。

「でも、何が必要になるか、どうしてわかったの?」

「あら、だって、中学時代にアイダ・ベルとあたしでサミー・クロフォードのミニバイクを盗んだことがあって……あのときは手で羽根を取り除くのに何時間もかかったのよ。いまはつねに業務用掃除機を手元に置くようにしてるの。万が一のときに備えて」

「万が一、大雨のなかバイクでニワトリ小屋を突っ切ることにしたときに備えて？」

「そう」ガーティが答えた。

わたしは口を開いたが、まったく言葉が出てこなかった。ちょっと前に掃除機をとめていたアリーが、〈シンフル・レディース〉の咳止めシロップが入ったグラスをわたしに持たせた。「理解しようとしても無駄よ」

わたしはひと息にその酒をあおった。

「あなた、その服を脱がないと」ガーティが言った。「靴のストラップは切ったほうが手っ取り早いわね」

「片方はそうした」わたしは言った。「こっちとしては、このしょうもない服全部、切ってもらってかまわない」ガーティに指を突きつける。「あなたとは話す必要がある。人にフッカーみたいな格好をさせてあのバーへ送りこんだんだから。濡れTシャツコンテストがある夜に。知らなかったなんてふり、させないわよ」

アリーがはっと息を呑み、目をみはってガーティを見た。「嘘でしょ？」

「あら、もちろん知ってたわよ」とガーティ。「結果はどうだった？」

わたしの背中にまだ張りついていたたすきの残骸を、アイダ・ベルがつかんで宙に振りあげた。

「思ったとおり！」ガーティはそう言って、アイダ・ベルとハイタッチした。

わたしはアイダ・ベルをにらみつけた。「あなたがわたしの服装になんにも言わないのはおかしいと思ってた。最初からぐるだったのね」

アイダ・ベルが肩をすくめた。「あんたには注目を集めてもらう必要があったからね、客がぺらぺらしゃべるように。前もって話しといたら、あんた絶対に行かなかっただろう」

「行くわけないでしょ。わたしひとりで今夜、女性の歩みを五十年分逆戻りさせたわよ」

ガーティがばかばかしいと言うように手を振った。「あなたは犯罪者をつかまえようとしていたのであって、政治的な立場を明らかにしにいったわけじゃないでしょ。それに、あのバーにいるやからは女性に対する意見をとっくの昔に固めちゃってるわよ。女性の権利に関して、あなたのオッパイはどっちにしろなんの変化ももたらさないわ」

「わたしの権利はどうなの？　わたしが屈辱を味わったことは？」

「単なるボーナス」とガーティは答えた。

わたしが何か言うより先に、彼女は体を折り曲げて靴のストラップを切った。ヒールから足が滑り落ち、わたしは横によろめいてアイダ・ベルにつかまった。

しゃがんでいたアリーが立ちあがった。「あたしにできるのはここまで。あとはあなたがタオルで拭き落とせるはずよ」

アイダ・ベルがうなずいた。「もたもたすんじゃないよ。カーターは農家のフランクのかみさんから、ばかげた話を五分と聞いちゃいないだろう。聞き終えたら、まっすぐここへ来るよ」

「フロイドがここへ現れるんじゃないかってことのほうが心配なんだけど」わたしは言った。

「あの男、わたしたちを殺す気だった」

ガーティが目を見開き、アリーは体をこわばらせた。アイダ・ベルがわたしを小突いた。

「あんたがまともな格好になったらすぐ話すよ。いまのあんたはいろんな意味で〈チキン・ランチ〉で働いてる人間みたいだからね」

先週、ガーティにつき合わされて〈テキサス1の赤いバラ〉（〈チキン・ランチ〉という娼館が舞台のコメディミュージカル。一九七八年ブロードウェイ上演、一九八二年映画化。〝チキン・ランチ〟には養鶏場と娼館の両方の意味がある）を見ていたので、アイダ・ベルの言いたいことはわかった。「いいわよ。でもわたしが一階におりてきたら、あなたたちふたりには釈明してもらうことがいくつもあるから。それと、誰かキャンドルか何かともして。ここ、ケ《K》ンタッキーフ《F》ライドチ《C》キンを焼き払ったみたいなにおいがしてる」

わたしは二階へと階段を一段飛ばしで駆けあがった。スパイクヒールに縛られていない足にできることってすばらしい。バスルームに飛びこみ、洗面台の前でブレーキをかけてとまると、鏡のなかの自分をのぞき、ほんの一瞬、誰か別人がわたしの家のバスルームにいるのではないかと思った。

濡れTシャツコンテストのせいで髪はまだ濡れているし、ヘルメットに覆われていなかった先のほうからは羽根を引き抜く必要がある。ヘルメットをかぶったにもかかわらず、まだ頭から五センチくらい上まで盛りあがってもいる。目は酒場の喧嘩で負けたみたいに見えた。アイメイクがにじんで黒く両目を囲み、一部は頬を伝い落ちて、出来の悪いホラー映画の一場面のようだ。

シャワーの蛇口をひねると、ホルスターと拳銃をはずしてから、石鹸と狩猟用ナイフを持って噴きでる湯のなかに飛びこんだ。石鹸を泡立て、目をつぶり、泡が顔の上で仕事をしてくれるのを待つあいだ、狩猟用ナイフで慎重に服を切り、つぎつぎと浴槽のなかに落としていく。服から完全に解放されると、くっついて束になっていたまつげが離れるまで、顔をごしごしとこすった。

シャワーから飛びでたあとは濡れた体を拭きながら寝室へ急ぎ、ショートパンツとTシャツをつかんだ。それを着ると、濡れた髪をぼさぼさ気味のポニーテールに無理やりまとめ、一階へ駆けおりた。勢いよくソファに腰をおろし、背中をもたれさせて息をつく。大急ぎであれこれしたせいで、まだ脈があがっている。

すぐにアリーが来て、わたしの髪をぐるぐる巻くようにすると頭のてっぺんでおだんごにした。「このほうがすっきりして見える。あなたがバーに出かけているあいだにチョコチップクッキーを焼いたの。減量中なのは知ってるけど、食べたい?」

「エアロビクス一時間分の運動をしたところだから」わたしは言った。「食べる資格があると思う」

アリーはにやりとしてキッチンへ行き、すぐにクッキーののった皿とビールを持って戻ってきた。わたしはクッキーを丸ごと一枚頰ばり、おいしさにため息をついた。「トラブルメーカーの双子はどこ?」クッキーを口に入れたまま、もごもご言った。

いってる」

「ニワトリが焦げたようなにおいはろうそくじゃ少しも消えなかったから、ガレージのドアを開けて空気を入れかえることにしたの。で、ふたりはいまバイクを裏庭の生け垣に隠しにいってる」

「家のすぐ後ろの生け垣じゃないわよね？」

アリーが首を横に振った。「それはやめるように言っておいた。あたしたちの運のよさからすると、カーターはここへ来たついでに不審者の捜査もすることにして、バイクを見つけそうだから。そうしたら、すべてが水の泡だもの」

「どのみち、すべては水の泡よ。カーターはわたしたちの仕業だって見抜く。とにかく、うちふたりの仕業だって」

アリーがにやりと笑った。「それか、羽根で覆われたスノースーツ（裏打ちされた防寒着。多くは子ども用）を着たひとりのね」

わたしは声をあげて笑った。「農家のおかみさんが見たときのわたしたち、羽根の生えたマシュマロマン（映画〈ゴーストバスターズ〉に出てくるキャラクター）みたいになってたんだと思う。彼女にどう見えたのか、それと彼女がマートルに言ったことを考えるとおかしくて。でも、わたしがこんなこと言ったって、アイダ・ベルとガーティに話しちゃ絶対にだめよ」

「話さないわよ。いまは笑っていられるけど、要するに、あなたたちふたりとも殺されかけたんだもの」

「まったく。あのフロイドって、ほんとに切れやすいやつ。壊れかけた塀のせいでここまで大騒ぎするなんて。あんなの、強風が吹いたら倒れてたでしょ」

「もう倒れたの。突っかい棒をして立たせてるのよ」

「それなら、いったいなんだって言うの？」

「フロイドは女が嫌いなんだと思う」

「〈スワンプ・バー〉のバーテンダーが、あいつは女を叩くのが好きだって言ってた」

「本当に？　常連に関するそういう情報って、ふつうならバーテンダーが、自分からは出しそうにないけど」

「わたし、フロイドをさがしてるって言ったんだけど、わたしはフロイドの好みのタイプじゃないだろうって考えたから、この町にいるあいだに兄さんの古い知り合いをさがしてるってふりをしたのよ。あいつをよく知らないって演技をしたから、バーテンダーは警告しておく責任を感じたんじゃないかしら」

アリーは眉をひそめた。「あたし、ラッキーだったのかも。フロイドの隣に住んでいて、いままで何もなかったのが」

わたしはうなずいた。「そうみたいね。でも、言っておくと、あいつはたぶん放火犯じゃない」

アイダ・ベルとガーティがキッチンを通って居間に入ってきた。「そう言う根拠は？」アイダ・ベルが訊いた。

「バーにいたある間抜け男が――」わたしは答えようとした。

「ほらまた」とガーティ。「シンフルの善良な人々を間抜け呼ばわりして、この娘《こ》は」

彼女がふざけているのはわかったので、聞こえなかったふりをした。「バックショット・ビリーっていうんだけど」と続けた。

「間違いなく間抜けだわね」とガーティ。

「彼がフロイドは火事のあった晩、バーにはいなかった、なぜならニューオーリンズの留置場にいたからって言ったのよ」

アイダ・ベルとガーティは顔を見合わせてから、わたしに目を戻した。

「大いにありうる話だね」とアイダ・ベル。「マートルに言って、ニューオーリンズに電話して確かめさせるよ」

「そんなことできるの？」わたしは訊いた。

アイダ・ベルがうなずいた。「IDナンバーを言えば、捜査のために確認をしてるんだろうって思われる。マートルに電話するよ」

アイダ・ベルは携帯電話を引っぱりだしたが、ダイヤルするよりも先に、誰かがこの家の玄関をドンドンと叩いた。スウェットパンツに携帯を突っこみ、彼女はキッチンへと急いだ。ガーティはDVDプレーヤーに駆け寄り、〝再生〟ボタンを押した。

アイダ・ベルがすぐに戻ってきて、コーヒーテーブルにチップスを置いた。「あたしたちは映画を観てたんだよ」リクライニングチェアにすとんと腰をおろすと、わたしに玄関に出るよう手ぶりで命じた。

第12章

世界一クリエイティブな作り話とは言えないけれど、嘘だと証明することができないのは確かだ。わたしは急いでソファから立ちあがると、勢いよく玄関のドアを開けた。正面ポーチにカーターが立っていた。顔にはすでに〝何かやらかしていたのは知ってるぞ〟という不機嫌な表情。

「あら」わたしは笑顔を作って言った。「どうしたの?」

カーターは家のなかをのぞきこみ、眉をひそめた。

「お札の雨を降らしてあげる!」ガーティが手に紙幣を何枚もつかみ、居間の真ん中に立っていた。二、三秒おきに数枚をつかんではテレビに向かって投げている。アイダ・ベルは、頭のいかれた人を見るような目で見つめていた。アリーはソファの上で体をふたつ折りにし、涙を流している。

「いったい何をしてるんだ?」カーターが尋ねた。

「映画鑑賞会?」答えながら、わたしはその事実に三十秒ほど前よりもさらに確信が持てなくなっていた。

後ろにさがり、カーターの先に立って居間に入ると、テレビに目をやった。半裸の男性たちがステージで踊り、興奮した女性たちが叫び声をあげ、自分の胸をつかんでいる。映画のなかの女性のように、ガーティが歓声をあげ、さらなる紙幣をテレビに向かって投げた。「この〈マジック・マイク〉って映画は最高だって、言ったでしょ」

カーターの顔から不機嫌な表情が消え、いささか嫌悪を感じている表情に変わった。おそらく、異性愛者《ストレート》の男性は同性がGストリングをはいて踊りまわっている姿にあまりわくわくしないからだろう。たとえそれが画面のなかでも。

「ガーティの好きにさせてあげようってことになったの」わたしは言った。「あなた、アリーに話があってきたの？　なんとか蘇生できると思うけど」アリーはいまやソファから半分ころげ落ち、笑いすぎて全身が震えていた。

「あんたたちはひと晩中ここにいたのか？」

「わたしはね。ここはわたしの家だもの。アリーはちょっとのあいだ保険会社の人に会いに出かけて、アイダ・ベルとガーティは一時間くらい前に来たの。スナックと、ガーティ版女子会用ポルノを持って。どうして？」

「通信係が農家のフランクのかみさんから電話を受けたんだ。誰かがニワトリ小屋をバイクで走り抜けていったそうだ」

「わたし、バイクは持ってないわよ」

「合法的に所有していないことは、あんたにとって抑止力にならないからな、これまでを見ると」

わたしは背中がこわばるのを感じた。カーターの非難の言葉と口調に少し傷ついていた。「なるほど。つまり、この町で何かおかしなことが起きて、そこにわずかでも違法な行為が含まれていたら、やったのはわたしってわけね。どうしてわたしをデートに誘ったのか、もう一度教えてくれる？　わたしのことをそんな人間だと思ってるなら、あなたみたいなバッジをつけてる人にはそぐわない相手よね」

彼はばつの悪そうな顔をするだけの礼儀をわきまえていた。「必ずしもあんたという意味じゃない。あんたがつき合ってる仲間のことを言ったんだ」

それはなるほどと言えなくもなかったので、さっきの台詞についてはこれ以上追及しないことにした。「それなら、あなたがガーティを逮捕しても、わたしはかまわないわよ、彼女の映画の趣味の悪さとふるまいを理由にね。でも、今夜ここで、ほんのわずかでも不適切だったことってそれだけだから」

理論的に嘘ではなかった。なぜなら、フッカーみたいな格好をすることは愚かではあっても不適切とはかぎらないし、問題行為、あるいは違法なことはすべてよそで行われたから。まあ理論的に言って、バイクを生け垣に隠すのは問題行為に入るかもしれないけれど、それを認めるつもりはない。

カーターはもう一度テレビに目をやるとたじろぎ、見るからに落ち着かなそうに体重を左右に移動させた。「それじゃ、失礼することにしよう」

玄関まで送ると、彼は表に出たところでくるっと振り返った。「ああ、言うのを忘れてた。

ガレージのドアが開けっぱなしになってるぞ」

「ありがとう。うっかり閉め忘れたんだわ」

カーターは階段をおりたところで立ちどまり、空気のにおいを嗅いだ。「誰かがまたごみを燃やしたみたいだな」やれやれと首を振り、ピックアップへと芝生を歩きだした。彼の車が見えなくなるまで待ってから、わたしは走ってガレージのドアを閉めにいった。カーターがガレージに近寄らずにいてくれてよかった。さもなければ、においがどこから来ているか気がついただろう――焦げた鶏肉、バニラ、それにファブリーズが混ざったようなにおいが。

家のなかに駆けもどり、ドアを閉め、鍵をかけてから居間に入ってドサリとソファに腰をおろした。床にはドル紙幣が散らばったままだが、テレビは消されていて、ガーティが座ってチップスとディップを黙々と食べている。

「いまの、うまくいったわね」わたしは言った。

三人はわたしをしばしじっと見つめてから、たがいに顔を見合わせた。

「何?」誰からも返事が返ってこなかったので、わたしは訊いた。

アリーがばつの悪そうな顔になった。「カーターったら、本当にぶしつけなんだから。あんなこと言われて、傷ついたでしょ」

わたしはみんなの顔を見まわした。「いまの沈黙はそのため？　驚いた。あなたたち、わたしのことぜんぜんわかってないのね。カーターには間違いなく頭にきたけど、断言できるわ、さっきのやりとりでわたしの気持ちはこれっぽっちも傷ついたりしなかった」

そう言いながらも、それが百パーセント本当ではないことをわたしは知っていた。確かに腹は立ったけれど、感じたのはそれだけではなかった。わたしに対するカーターの評価がさがったと思ったとき、胸に痛みが走った。本当なら喜ぶのが当然だ。カーターが自分の評判と仕事の安定に、わたしは大きなリスクになると考えれば、もう一度デートに誘ってくる可能性が低くなる。そうなれば、こちらは本当なら〝イエス〟と言いたいときに〝ノー〟と答える必要がなくなる。

「あなたがそう言うなら」とアリーが言った。「それでも、さっきのカーターの言い方はひどかったと思う」

「カーターも男だから」とガーティ。「そのうえまだ若いでしょ。これから何度もおばかなことをうっかり言うでしょうね、この世から旅立つまでに」

アイダ・ベルがうなずいた。「実のところ、絶対確実と言っていいね。この二、三週間あれこれあったところへ今度は放火事件だ。あいつもストレスを感じてる。リー保安官が引退するべき頃合いを何十年も過ぎてるのは誰でも知ってるからね。みんな、カーターの一挙一動に注目してるだろう。選挙になったとき、誰に投票するか迷わないように」

わたしはため息をついた。「そこへわたしたちが、彼にとって事態をさらにむずかしくしてるってわけね」

「そのとおり」とアリー。「だからこそ、こんなことやめなきゃ。今夜あなたたちが戻ってきたときの様子からして、何かあったのはわかったわ」アイダ・ベルを見た。「フォーチュンによると、フロイドはあなたたちを殺そうとしたそうだけど。本当？」

「やつはあたしたちを追ってきた」アイダ・ベルが答えた。「殺そうとしてたかどうかは定かじゃない」

アリーはやれやれと首を振った。「つまり、フロイドはバイクを追ってきたのよね、ものすごく大きくて、スピードの出るピックアップトラックに乗って、狭い道を。それで、どこまで迫ってきたの？」

「運転するのに忙しくて、あたしは見てなかった」アイダ・ベルが答えた。

わたしは首を振った。「バックミラーにヘッドライトしか映らなくて見えなかったんでしょ。フロイドがどうするつもりだったかは明らかだし、それについて嘘を言うつもりなんてないわ、アリーはあいつの家の隣に住んでるんだから。放火犯じゃないとしても、あの男は頭がいかれてるし、それがどの程度か、アリーは知る必要がある」

アイダ・ベルがため息をついた。「あんたの言うとおりだ。あたしはアリーに心配をかけたくないだけさ。でも、フロイドは最初に考えていたよりやばいやつだってことを、アリーも知っとく必要がある。たとえ放火犯はやつじゃなくてもね。マートルに電話して、あいつが火事の夜、ニューオーリンズの留置場にいたかどうか調べてもらおう。そうすれば、少なくともひとつは答えがはっきりする」

彼女は携帯を引っぱりだし、電話をかけた。「マートルが確認中だよ」

わたしはうなずき、ソファの後ろにさがっているブラインドの隙間を広げると、外の暗闇をのぞいた。フロイドが放火犯でないなら、シンフルにいるほかの誰かが隠れた動機を持っているか、フロイドに劣らず頭がいかれているということだ。それに、例の不審者はどこにどうはまってくるのか？　あれがフロイドなら、あらゆることが解決する単純な答えに思えたけれど、今度のことはこちらが期待するよりもずっと複雑である気がする。

アイダ・ベルの携帯電話が鳴り、それに出ると、彼女はほんの数秒で通話を終えた。「間違いない。フロイドはニューオーリンズのブタ箱に翌朝の八時までいた。あいつは放火犯じゃない」

アリーがソファから立ちあがった。「ねえ、あなたたちがいろいろやってくれたのは感謝してる。でもやめるべきよ。犯罪者と渡り合うような経験、誰も積んでないでしょ。フォーチュンはほんの数日、わたしを家に泊めてくれてるだけなのに、不審者がまわりをうろつくようになってる。今夜はあなたたちのうちふたりがフロイドに轢き殺されるか、農家のフランクに撃ち殺されてたかもしれない」

「でも、そういうことにはならなかった」アイダ・ベルが言った。

アリーは両手を宙に突きあげた。「あなたたちは司書と、隠退生活に入って長い一般市民なのよ。いつになったら気がつくの？　ふたりともここに座っていられるのは、本当に運がよかっただけなんだから。あなたたちが死んだら、あたしは自分を責めることになる。そんなこと、あたしが望むと思うの？　友達としてのあたしの頼みを聞いて、どうかあとはカーターにまかせてちょうだい」

アイダ・ベルとガーティをちらっと見ると、ふたりとも座ったまま落ち着かなそうにもぞもぞと身動きした。

「フォーチュン?」アリーが返事を促した。

「いいわ。二度と自分の身を危険にさらさないと約束する。でも、みんなを注意深く観察して、耳をそばだてるのは変わらずやるから」

アイダ・ベルが仕方がないと言うように首を振った。「ガーティとあたしはなるべく面倒なことにならないよう努力する。でも、結果は約束できないよ。あたしたちはフォーチュンが来るずっと前から、シンフルのあれやこれやに首を突っこんできたんだ――それどころか、あんたたちが生まれる前からだ。あんたの頼みは、あたしたちに息をするなって言うようなもんだよ」

アリーはため息をついた。「それが精いっぱいって言うなら、それでよしとするしかないんでしょうね」わたしの顔を見る。「保険査定員がね、明日の午前中、キッチンの壁を修理するために業者を来させるって言ってた。夕方には、家に戻れるだろうって」

「あなたはこのままこの家にいるべきよ」わたしは言った。「少なくとも、カーターがもう少し何かつかむまでは」

「あたしがこの家にいたら、あなたを面倒なことの真っただなかに引きずりこんで、カーターとは険悪な状態が続いちゃう。そっちでも、あたしは自分を責めることになりたくないの」アリーはあくびをした。「長い一日だったし、きのうはよく眠れなかったから。もう寝ることにするわ。あたしが寝ているあいだに問題を起こさないようにしてね」

彼女が疲れた足取りで二階へあがっていくのを見送ってから、アイダ・ベルとガーティに手ぶりで合図した。「キッチンで相談」ささやき声で言う。「居間の声は二階に聞こえるから」

わたしたちはキッチンへ行き、いつもの席に着いた。「で、ふたりはどう思う？」わたしは訊いた。

「あんた、ほかにバーで何かつかんだかい？」アイダ・ベルが尋ねた。

「関係ありそうなことは何も。変な男がひとりいて、ビリーがそいつもフロイドをさがしてたって言ってたけど、そんなのあらゆる可能性があるし、なんでもないかもしれない」わたしは男の人相を話したが、ふたりとも思い当たる節はなかった。

「そいつの名前は聞いたかい？」アイダ・ベルが尋ねた。

わたしは肩をすくめた。「ビリーが知ってたのはマーコってファーストネームだけ。でも、ビリーが最高に信頼できる情報源とも思えないし」

「おそらく違うわね」ガーティが言った。「赤ん坊のとき、母親に頭から落とされたのよ」

「赤ん坊の頭ってかなり頑丈にできてると思ってたんだけど」

「母親は給水塔のてっぺんにいたのよ」

わたしは顔をしかめた。「なるほど。とにかく、振り出しに戻るってとこね」

正確に言えば、それは本当ではなかった。ただ、例の怪しい不動産業者について、ふたりにはまだ話したくなかった。アリーからもう少し情報を得るまでは。もしあの男が疑う必要のない相手なら、アイダ・ベルとガーティに彼を追わせるのは地獄の番犬を解き放つようなものだ。

「アリーが家に戻るって件はどうしたらいいかしら」ガーティが訊いた。「あの家に彼女を帰らせるのは危険よ」

「わかってる」わたしは言った。「でもアリーは自分がここにいると、わたしを危険にさらしてしまうと考えてる。わたしが本物のサンディ＝スーで、司書をしているふつうの女性だったら、アリーは間違ってない」

アイダ・ベルがうなずいた。「あの娘《こ》の姿勢を責めるわけにはいかない。あたしたち全員のことを思ってくれてるわけだし、もし彼女の力になろうとしているときに、あたしたちに何かあったら、アリーは責任を感じるだろう。こっちの秘密の能力について、なんにも知らないんだから、絶対的な不利に立たされると決めつけるよね」

「今回ばかりは彼女が正しいかもしれない」

ほぼひと晩中――部屋のなかを行ったり来たりしていた時間は除いてという意味だけれど――わたしは寝返りを何度も打ち、体を反対側へ向けるたび、マーリンを驚かせた。猫はわたしがわざと彼の眠りを妨害していると考えたようだった。見たところ、マーリンは一日に二十二時間は眠っているので、わたしは邪魔をしてもほんのわずかもすまないと感じなかった。仕事でたいへんな一日が彼を待ってるわけでもなし。それどころか、前は屋外で暮らしていたのだから、家のなかでわたしと同居するようになったのは恒久的長期休暇に入ったようなものだ。

ひと晩中、わたしは片目片耳を開き、半分うたた寝状態で、不審者はまたやってくるだろうかと考えていた。カーターが撃たれたことが、不審者にとって警告になってくれるといいんだけど。実際なっているのかもしれなかった。でも、アリーが自宅に戻ってからはどうだろう？　アリーは不審者の狙いは自分だと考えている。彼女がわたしの家へ来てから現れるようになったから。でも、必ずしもそうとは言えない。

シンフルへ来てから、わたしは何人か敵を作っている——刑務所送りにする手伝いをした人間や、犯罪活動中に死んだ人間の身内や友人。そういう不満を抱えた何者かが、わたしに対して実力行使に出た可能性も大いにある。

あるいは、アーマドか。

わたしはベッドの上に跳ね起き、ぐっすり眠っていたマーリンをびっくりさせた。彼は部屋から飛びだしていったので、わたしは部屋にひとり残された。心臓が激しく打つあまり、胸が裂けるかと思った。大きく息を吸い、ゆっくりと吐きながら、鼓動を落ち着けることに集中する。

いったいどこからそんな考えが出てきたのか。

シンフルに来て数週間のうちにいろいろあったけれど、背後にアーマドがいるのではなんてことは一度たりとも頭をよぎらなかった。それがどうしていま思い浮かんだのだろう？アーマドやあいつの手下が不審者であるわけは絶対にない。アーマドの配下の誰かがシンフルに来たら、わたしはものの数分で殺され、向こうは痕跡を残さずに姿を消すだろう。窓の外に身をひそめるなんてちゃちなことはしない。すばやく錠をはずし、音もなくなかへ侵入し、寝ているわたしの息の根をとめるだけだ。

目覚まし時計を見た。午前五時。たとえもう一度眠れたとしても、そんなことをしてなんになる？　実のところ、ふつうの状況に――それがどんな状況であれ――戻るまでは、たぶん昼間に寝るのがベストだ。夜、警戒していられるように。アリーが自宅に戻るならなおのこと。彼女を無防備なまま自宅にいさせるつもりはさらさらなかった。わたしを家に入れずにおくことはできても、わたしが裏の湿地から見張れば、彼女は決して気づかない。

上掛けをはねのけてベッドから出ると、立ちあがった瞬間に、動くのが速すぎると筋肉に文句を言われた。腿と上腕をしばしマッサージしながら、わたしは屈辱を覚えた。バイクにまたがった高齢者とハイヒールのせいで、体力調整が不充分だと思い知らされるとは。

ショートパンツをはき、キッチンへ行くとコーヒーメーカーのスイッチを入れた。できるだけすばやく、最小の努力で一杯目が飲めるように、いつも前の晩に用意しておくことにしているのだ。ボタンを押すという力仕事を終えると、キッチンテーブルに向かって腰をおろし、ノートパソコンを開いた。ＣＩＡのパートナー、ベン・ハリソンとの連絡に使っている秘密のメールアドレスにアクセスし、メッセージを打つ。

TO: hotdudeinNE@gmail.com
FROM: farmgirl433@gmail.com

ネブラスカはどんな具合？　こっちの農場は何もかもいつもどおり。暑い夏だけど、わたしは涼しくいられるように最善を尽くしてる。ネブラスカはどれぐらい暑い？　このあいだまで暑かったのは知ってるけど、近いうちにそれもひと休みになるといいわね。

秋に会えるのを楽しみにしてる。

時間があるときにメールか電話ちょうだい。

〝送信〟をクリックし、ノートパソコンを閉じた。どちらのメールアカウントも、知っているのはハリソンとわたしだけだし、彼はこのアカウントには予備のノートパソコンからしかアクセスしない。そのノートパソコンは発信者をたどれないように、プロキシサーバがつぎつぎと変わる設定になっている。それでも、わたしたちは暗号を使って会話をする。アーマドをめぐる状況がどうなっているかを伝えるのに、天気は一番簡単な方法だ。〝暑い〟は、わたしがワシントンDCに戻れる状況にはまだないことを意味する。涼しくなってきたと書かれたメールが来るといいんだけれど。

ハリソンから返事が来るまでしばらくかかるはずなので、わたしは勝手口のドアを開けて外に出た。アザレアの茂みの葉やら何やらが裏庭のあちこちに散らばっている。バイクを隠し、また引っぱりだしたときに犠牲になったものたちだろう。カーターにバイクをさがされることになったから、アイダ・ベルはあれを処分するのではないか。そんな考えがちらっと頭をよぎったけれど、彼女はほぼなんでも抜け目なくかわすことがうまいので、バイクは処分しないまま、ニワトリ小屋事件への関与を死ぬまで否定するにちがいない。

芝生におり、家の横の生け垣沿いに歩きながら、人の通った跡がないかさがした。きのう、茂みの前と後ろの地面を掻きならしておいたのだ。掻いた土を踏んだ者がいたら、足跡が残る。しかし、地面はならされたままだった。肩と首のこわばりが少し抜けたように感じた。岩塩弾ではしくじったものの、不審者を遠ざけることはできたのかもしれない。少なくともわたしの家からは。今後重要になるのは自宅に戻ったアリーを守ることだ。

早くコーヒーが飲みたくなってなかに戻ると、驚いたことにアリーがキッチンにいて、棚からコーヒーカップを出しているところだった。「きょうはお昼のシフトかと思ったけど」

「そうよ」アリーはコーヒーを注ぎ、わたしにカップをひとつ渡してから、椅子に腰をおろした。「目が覚めちゃって」

目の下に隈ができているし、動作からも、彼女がどれだけ疲れているかわかった。さらなる心労を加えてしまったことに、後ろめたさを感じた。「きのうの夜は慌てさせて本当に悪かったわ。あそこまで収拾がつかなくなるとは思いもしなかった」

アリーは小さく笑った。「アイダ・ベルとガーティが絡んだら、ほとんどどんなことだって、あの快い夜のなかへ静かに流されていく（正確な引用ではないが、晩年の生き方について詠んだディラン・トマスの詩 Do not go gentle into that good night の一節にかけている）わけがないでしょ」

「ガーティが選んだ映画のことを考えると、反論はしない。それでもわたしとしては、アイダ・ベルがバイクをだめにして、わたしがあの格好で緊急救命室のスタッフから治療を受ける羽目になるのがせいぜいだろうって考えてた」

「アイダ・ベルが衝突事故を起こしてたら、あなたの衣装はほとんど残ってなかったんじゃないかって気がする」

「そもそも布地がふつうの半分だったことを考えればなおのこと」

「半分もなかったでしょ」

「フッカーの衣装はさておき、あなたの心配を増やすつもりはなかったの」

アリーがわたしの手をぎゅっと握った。「あなたたちがあたしの力になろうとしてくれたのはわかっているし、それはすごく感謝してる。確かにガーティがマートルから連絡を受けたときは、ちょっと焦ったわ。それにあなたがフロイドの話をしたときは、聞いた瞬間に心臓発作を起こしそうになった。でもきのうの夜のことはあたしが抱えている心配事の小さな一片にすぎないし、ベッドに行くころにはもう終わったことになってた」

「それなら、何が気がかりなの？　その、わかりきったこと以外では？」

「ここに泊まらせてもらってること。自宅に戻ること。修理中の家で暮らすこと。隣にフロイドがいること。不審者。放火犯。もっと並べる必要ある？」

「いいえ、それだけで充分長いリストだわ」

「それに今夜デートの予定があるし」

まだいまのリストが頭から離れなかったわたしは惰性でうなずき、たったいまアリーが何を言ったか、気づくのに二、三秒かかった。「えっ？」急に背筋を伸ばし、コーヒーをテーブルにこぼした。

アリーはにやりと笑って、ナプキンを渡してくれた。「そこ、気になるのね」

「デートって、相手は誰？　あのかわいい消防士？」

「そう」アリーの顔がほんのり赤くなる。「きのう、雑貨店でばったり会ったの、保険査定員との話が終わったあと。その後、問題はないか、家のことで力になれることがないかって訊かれて。少し立ち話をしたら、あれからこれへとつながって」

「で？」

アリーは笑った。「で、彼からデートに誘われたわけ。どうなったと思ったの？　彼と雑貨店でサルみたいにワイルドなセックスをして、ウォルターがそれを録画したとか？」

「まさか！　わたしはそんな……ただ男女間の対話ってもの全般があまり得意じゃなくて。はっきり言ってくれないとわからないの」

アリーはあきれたように首を振った。「それ、ほんとに冗談で言ってるんじゃないのよね？　あなた、前は暇なとき何して過ごしてたの？」

わたしはどう答えたらいいかわからず、眉を寄せた。司書ということになっているけれど、わたしは武器に関する本と戦記もの以外はあまり読書をしない。シンフルに来るまでテレビはほとんど観なかったので、テレビ中毒だとはとても言えない。編みものや絵を描いたりもしなければ、ほかに女性が余暇にしそうなことはいっさいしない。

「そうね、毎日エクササイズしてた」

アリーが目玉をぐるりとまわした。「ジムに行く以外にもやってたことってあるでしょ」

わたしはうなずいた。それは真実と言える。わたしのエクササイズの多くは管理された環境で行われる類のものではなかったから。「ほかにもやってたことはある」

「ずいぶん秘密主義な答え方ね」

先週観たドキュメンタリーがぱっと思いだされた。「わたし……それについてはあんまり話したくないのよね。いくつかの団体に協力しているんだけど。たいてい夏は海外で人道的な活動に携わってるの」

それは嘘じゃない。悪人を殺すのは人類のためになることだ。

アリーが笑顔になった。「すばらしいじゃない。約束する、もう二度と、あなたの人生って退屈みたいなからかい方はしない。確固たる目標を持って生きてるみたいだもの」

わたしはうなずいた。でも自分が偽善者になったような気分だった。わたしの仕事には確固たる目標がある。ミッションの標的をそうとらえれば。でも、わたしの人生は空っぽとも言える——次の任務を待って過ごす空白の時間。

「誰にも話さないでいてくれるとありがたいんだけど」わたしは言った。「この活動はとても個人的なものだから。人に知られると、いろいろ訊かれるでしょ。そういうのに答えるのが苦手なの」

「了解。誰にも話さないわ」

安堵感と罪悪感がこみあげてきた。シンフルに来る前は、真実を語るようにたやすく嘘をつけた。でも相手を個人的に知るようになると、そして好きになると、すべてが変わってしまう。だいたいにおいて、すべてが複雑になる。かつて人生はずっと単純だった。誰のことも大切に思わず、仕事以外では誰もわたしに頼る人がいないあいだは。いま、わたしには友と呼ぶ人たちがいて、それを嬉しく思っているけれど、それには代価を伴うのも事実だ。

アイダ・ベルとガーティは危険を冒すから、わたしはふたりのことを心配する。でも、ふたりはわたしの正体を知っているので彼女たちとの関係はむずかしくない。曖昧にする必要がない。それに比べてアリーとの関係は微妙なところでバランスを取る必要がある。いつも真実と嘘のあいだで揺れている。カーターとの……あいだは……なんと呼ぶべきにしろ、さらに混乱する。これまでのところ、わたしがなんとか前進した点は、彼に惹かれていると認めたことだけだ。そして彼はわたしに惹かれている。

ただし、それは本当のわたしじゃない。

そこが悩ましいところだ。男女関係にうといとはいえ、嘘の上に築かれた関係がうまくいかないのはわたしだって知っている。カーターが惹かれているのは実際には存在しない女性で、わたしの偽装について知ったら、彼はすっかり興味を失うだろう。そういうことをじかに体験するのはこたえるはずだ。だからこそ、わたしは心に決めている。シンフルにいるあいだは絶対カーターに正体を突きとめられてはならないと。

　そうなると、いま彼とつき合うことに倫理的な問題が生じる。

　わたしのなかの一部は、カーターもわたしがここにいるのは夏のあいだだけだと知っている、だから長期的なことを考えているはずがないと主張する。でも、本当の友達ができたいま、人間関係はそういうものではないとわたしは知った。ワシントンＤＣに戻ったからといって、アイダ・ベルやガーティ、アリーに対するわたしの気持ちが消えてなくなるわけがない。郵便番号が変わったからといってそんなことにはならない。彼女たちとの関係は、恋愛感情を含まないのにだ。カーターに対する気持ちは、わたしが過去に感じたことのあるものとはすでに異なっている。それをさらに発展させてしまったら、人生が元に戻ったときがますますむずかしくなる。

「フォーチュン？」アリーの声がわたしの考えごとに割って入ってきた。

　わたしは目をしばたたき、彼女を見た。

「ずいぶん考えこんでたみたいね」とアリー。「話したい？」

　ひと月前に同じ質問をされたら、あなた頭おかしいんじゃないの、と答えていただろう。でも不思議なことに、話したいと強く思った。しかし残念ながら、それは許されないことだ。

「ちょっと考えちゃって。東部へ戻ったら、あなたたちのことがどんなに恋しくなるだろうって」

　アリーは少しのあいだ、わたしの顔をじっと見つめていた。「カーターとのことに消極的なのはそのせい?」

問題のど真ん中を突かれたせいで、一瞬たじろいだ。「もしかしたら。たぶん。もうっ、わからない」

アリーはうなずいた。「わかった気がする。あなた、心配なのよ。彼のことが本当に好きになりそうで、そうなったらどうなるだろうって。そりゃ、夏が終わっても、あなたはここを去らないってわずかな望みをあたしは抱いてる。でも、その可能性が低いことは知ってるわ」

「この町は好きよ――大好きにすらなるかもしれない――でも、わたしの人生はほかの場所にある。重要な部分をよそへは、特にシンフルへは移すことが不可能なの。わたしが自分を変えるにはもう遅すぎる。東部にいるときの自分じゃないと、うまく生きていく方法がわからないのよ」

「自分を変えるのに遅すぎるなんてことはないわ。そうじゃなかったら、やってられないわよ」アリーはフーッと息を吐いた。「聞いて。あたしはぜんぜん興味のないことを勉強しにニューオーリンズへ行った。母にそうしろって言われたから。母が病気になると、学校をやめて、母の世話をしにここへ戻ってきた――少なくとも、自分にそう言い聞かせてた。でも、自分に正直になって振り返ってみると、変化を起こす理由をさがしてただけだったのよね。その後、母はニューオーリンズの施設へ移らなければならなくなった。でも、母と一緒に向こうへ、比べものにならないほどチャンスの多い場所へ行くんじゃなく、あたしはここに残った。自分の人生を変えようとはぜんぜんしないで。あなたが現れて、やってみろって言ってくれるまで」

わたしはほほえんだ。「あんな簡単なアドバイスってなかったわよ。あなた、ベーカリーを開くために生まれてきたような人だもの」

「だとしても、真剣に考えるようになったのは、よそから来た人に言われてからだった。そりゃ、ずっと夢見てはいたのよ。泡風呂に入って考えごとしてるときとか、釣りをしてるのはふりだけでうたた寝を始める直前とか。でも、実現に向けて行動を起こすことはなかった。実現できるって信じてもいなかったと思う」

「でもいまは信じてるでしょ」

アリーはうなずいた。「だからあなただって同じことができる。あたしと比べてそんなに年上じゃないんだし、〝老犬と新しい芸〟みたいなことは言わないでよ（〝老犬に新しい芸はしこめない〟ということわざがある）。当てはまらないから。それにアイダ・ベルとガーティなんて、あの年で毎日、新しいことに挑戦してる」

わたしはにやりとした。「アイダ・ベルとガーティは別格だから」

「まあね。でも、だからってあなたが方向を変えられないってことにはならないでしょ」

「変えられるのはわかってるの。わからないのは変えたいかどうか」

「それでもいい。ただ約束してほしいの。自分の選択肢について考えるぐらいはしてみるって」

「約束する」そう言うのは簡単だったし、実際に考えてみることだってできた。もしＣＩＡを辞めて一般市民になったら、わたしの人生はどんなふうになるだろうと。でも、最終的には何も変わらない可能性が圧倒的に高く、だからそれははかない幻想でしかない。

「急いでシャワー浴びてくる」アリーが言った。「待てるなら、おりてきてからフレンチトースト作るけど」

「絶対に待てる」

アリーはコーヒーを飲みほすと立ちあがった。

「ねえ」わたしは言った。「あなたのお母さんの家を買いたいって言った不動産業者だけど――彼の名前、覚えてる？」

アリーは眉を寄せた。たぶんわたしがマージの家を売りたいから尋ねていると考えたのだろう。「ずいぶん前のことだから。マークとかジョンとか……よくある名前だった。ロバート！　そうよ。ロバート・パターソン。思いだせたのが驚き」

「ありがとう」急いでキッチンから出ていくアリーに、わたしは言った。

ノートパソコンを引っぱりだし、ロバート・パターソンと不動産業者ですばやく検索をかけた。検索結果の一ページ目にウェブサイトが出てきたので、リンクをクリックした。サイトの左上にロバートのプロフィール写真がある。〝業務詳細〟をクリックしたところ、彼が商業用物件を専門にしていて、顧客の大半が輸入や輸送関係の会社であることがわかった。

それならどうして住宅用物件の買い取りを申しでたのか？

わたしはかぶりを振った。買い手は同僚の友人や家族かもしれない。何もわからない、というのが正直なところだ。肝心なのは、ロバート・パターソンは合法の業者らしいということ。たとえ情報をあまり出したがらないにしても。

ハリソンから返信が来ている見込みは薄いけれど、新しいタブを開き、メールアカウントにアクセスした。受信ボックスにメールが届いているのを見て、脈が速くなった。

TO: farmgirl433@gmail.com
FROM: hotdudeinNE@gmail.com

そっちが順調そうでよかった。農場にいると収穫期が待ち遠しいだろう。残念ながら、こっちはますます暑くなってきた。二、三日前にひと息つけるかと思ってたんだが、涼しくなる気配はどこかへ消えた。近いうちに涼しくなってくれるよう、おれはまだ期待してるけどな。

親父がきのうきみのことを訊いてきた。で、そっちが大丈夫そうだと聞いて喜んでたよ。収穫が終わったら、訪ねてくれって。

それじゃ、気をつけて！

背中がこわばるのを感じ、メールを読みなおして意味を正確に受けとっていることを確認する。ハリソンは事件が解決しそうだと考えたが、そうはならなかったらしい。わからないのは〝消えた〟という表現だ。アーマドが消えたという意味だろうか？　もしそうなら、それはものすごくまずい事態だ。わたしは新しいタブを開き、中西部の収穫期を調べた。ハリソンとのあいだで、作物はトウモロコシと決めてある。

十月。

冗談でしょ。十月なんてもう夏じゃない。感謝祭に恐ろしく近い。

椅子の背にもたれてフーッと息を吐いた。八月の終わりまでにこのごたごたが解決しなかったら、わたしはどうすればいいのか？　本物のサンディ＝スーは遺産の整理をしなければならないけれど、シンフルに越してこようとは思わないはずだ。つまり、この家となかにあるものを売るということ。それればかりか、すべてを自分でやるためにシンフルへ来るかもしれない。そうしたら、この工作は間違いなくおしまいだ。

もっといいニュースが聞けることを、わたしは期待していた。アーマドをめぐる状況は解決に近づき、ここでの生活がこれ以上ややこしくなる前にわたしはDCへ戻れると。でも、状況が解決しないだけでなく、もろもろが明らかに悪化しているらしい。わたしは夏中ずっとシンフルにいることだけでなく、そのあとどこへ行ったらいいかまで心配しなければならなくなってしまった。

まだ午前六時にもなっていないのに、眠気の覚める問題が多すぎだ。

第13章

朝食にフレンチトーストをおなかがふくれるほど食べたので、いまにも自分がフランス語で話しだしそうな気がした。本当なら立ちあがり、シンフルからペルーまで走るべきだったが、そんなにすぐ、あるいは遠くまで体を動かす気分にはなれなかった。わたしがしたのは、アリーと一緒に本を持って外へ出ること。わたしはハンモックに寝ころび、アリーはそばの木の下にラウンジチェアを引っぱってきて座った。

睡眠不足とたっぷりの朝食、それに涼しいそよ風のおかげで、わたしはまもなくうとうとしはじめた。どれぐらい眠っていたかわからないけれど、誰かが腕を揺するのを感じた。

「フォーチュン」アリーだった。「起きて。カーターが来ていて、あたしたちふたりに話があるんですって」

わたしはぱっと目を開けた。「何があったの？」

「わからない。でもすごく機嫌が悪そうだった」

「むかつく。バイクのことを突きとめたにちがいないわ」

アリーが確信のなさそうな表情で家を振り返った。「どうかしら。もしそうだったら、まずアイダ・ベルのところへ行くだろうし、そうしたらアイダ・ベルはあなたに警告の電話をかけてきたはずでしょ。それに、あたしはきのうの夜の一件には関係してない——ごまかすためのお芝居はしたけど、もちろん——だったら、どうしてあたしと話す必要があるわけ？」

わたしは眉をひそめてハンモックからおりた。「それじゃ、何があったんだと思う？」

アリーは首を横に振った。「見当もつかない。でも、嫌な予感がする」

わたしも同じように感じながらアリーと並び、重い足取りで家へと戻った。

勝手口を入ると、カーターがキッチンを行ったり来たりしていた。表情から判断すると、百パーセント保安官助手モードであるのは間違いない。わたしに向かってすばやくうなずいてみせると、テーブルを指した。「かけたほうがいい話だ」

「そこまでよくない話なの？」わたしは訊いた。「それとも、そこまで長くかかるってこと？」

「どっちも少しずつかな」カーターが答えた。

ちらっと見ると、アリーは下唇を噛み、椅子の一脚に腰をおろした。わたしが彼女と並んで座ったので、カーターはわたしの正面に腰をおろした。

「ほかにどう言ったらいいかわからないから」彼はアリーの顔をまっすぐ見て口を開いた。「単刀直入に言う。あんたの家を修理する業者が今朝、裏庭でフロイドが死んでるのを発見した」

アリーが息を呑み、わたしは背筋を伸ばした。

「嘘でしょ」アリーがささやいた。

「どうしてそんなことに？」わたしは尋ねた。酔ったフロイドが気を失い、落ちていた板切れか何かで肺を突きさしてしまったのならいいけど。とにかく殺人でさえなければ。

「報告を待たなければならないのは当然だが、何者かがツーバイフォーの木材であいつの頭を殴ったようだ。横に木材が落ちていた」

いまいましい。

「フロイドはうちの裏庭で何をしていたの？」アリーが尋ねた。

「いい質問だ」とカーター。「おれもそれを知りたい。フロイドとは〝深夜に勝手口から行き来〟って関係じゃなかったよな」

「フロイドとのあいだにあったのは、なるべく避けるってタイプの関係だけよ」アリーが答えた。

「おそらく賢明だったな」カーターは言った。「現場の状況からは、あいつが何をしていたのか、まったくわからない。盗みを働くのに手っ取り早い方法だと考えたのか。ただの穿鑿《せんさく》好きだったのか。おれが気になってるのは、ほかに先客がいたのか、あるいはやつをあそこまでつけていった人間がいたのかってことのほうだ」

「あとのほうの可能性だといいと思う」わたしは言った。

カーターがうなずいた。「おれもだ。それなら、フロイド殺しは、フロイドを狙っただけってことになるからな。しかし、間違いなくそっちだとわかるまでは、何者かがすでにアリーの家にいて、フロイドに目撃されたくなかったという可能性を無視するわけにいかない」

「わからないわ」アリーが見るからに苦悩の表情で言った。「この町で暮らして二十年以上になるけど、あたしはいてもいなくてもほとんど変わらない人間だった。それが突然、シンフルで起きる悪いことが全部、あたしのまわりに集まってきて。どうして？　あたしは何も変わってないのに。何もしてないのに」

わたしは彼女の腕に手を置いた。「あなたのせいじゃない。何かおかしなことが起きてるけど、それはあなたが原因だとは思えない」

「どうしてわかるの？」アリーは訊いた。「誰かがあたしの家に火をつけたのよ。あたしがあなたの家へ来てから、誰かがまわりをこそこそうろついてる。今度はあたしの家の裏庭で人が殺された。共通する要素はあたしだけ」

「あんたを中心にいろんなことが起きてるように見えるというのは、おれも同感だ」カーターが言った。「しかし、それはあんたが何かしたからとはかぎらない」

「それじゃなんなの？　〝でたらめに被害者を選ぼう月間〟で、帽子のなかから引かれたのがあたしの名前だった？　電話帳を的にしてダーツで決めた？」アリーは首を横に振った。「ねえ、あなたたち、あたしの不安を減らそうとしてくれてるのよね。でも、今回のことをあたしと関係がないって信じさせようとするのは、現実を忘れろって言うのと同じよ。絶対にありえないから」

「状況を実際より楽観的に見せようとしてるわけじゃない」カーターは言った。「あんたは疑いを持ったまま、警戒を怠らないでいたほうが身のためだ。おれが言いたいのは、まわりでいろいろ起きていても、あんたが意図的、あるいは直接的にかかわってるはずはない、そう信じてるってことだよ」

アリーは体から少し力を抜いた。「それならあたしも賛成できる」ちらっと腕時計を見た。「まだ長くかかりそう？　もしそうなら、フランシーンに電話してシフトに遅れるって言わないと」

カーターは首を横に振った。「話は以上だ。あとはフォーチュンに関することなんで、よければ、彼女とふたりだけで話したいんだが」あごに力が入り、眉が寄せられた。

アリーは片方の眉をあげてわたしの顔を見ると、椅子から立った。「それじゃ、あたしは二階へ行って、仕事に出かける準備をするわ。ここを出ていく前に、ふたりとも武器を捨てってって頼む必要ある？」

「わたしは武器を持ってない。だから、もし発砲事件が起きたら、やったのはカーターだから」

アリーは励ますようにわたしに向かってほほえんでからキッチンをあとにした。でも、彼女もわたしと同じく漠然とした気配を感じていたはずだ。これからカーターが何を言うつもりにしろ、それは楽しい内容ではない。

アリーの足音が二階へと消えていくまで待ってから、わたしは口を開いた。「話してちょうだい」

カーターはわたしの隣の椅子に移動し、ポケットから携帯電話を取りだした。「フロイドは背後から頭を木材で殴られていた。しかし、死因はそれじゃない」携帯電話をくるっとまわし、フロイドの死体の写真をわたしに見せた。アリーの家の焼け焦げた裏手のポーチに仰向けにひっくり返っている。「胸を刺されたんだ」カーターは言った。「武器について、興味深いことに気づかないか?」

彼の手から携帯電話を受けとり、フロイドの胸の部分を拡大した。突き刺さっている物体は黒くて細く、あまり長くなかった。画面を見ながら、わたしはまばたきした。なんとなく見覚えのある物体だが、はっきりとはわからない。携帯電話を左右に少し傾けてみると、銀色に輝く小さなものがその物体についているのが見えた。

嘘でしょ!

わたしの靴のヒールだ――〈スワンプ・バー〉のベニヤ板に刺さったまま残してきた。すぐさま脳裏にアーマドの弟とわたしの靴の映像――わたしがシンフルに身を隠す発端となった事件――がよみがえってきた。宇宙がわたしにメッセージを送ってきているのは明らかだ。おまえはハイヒールを履いてはならないと。

「それはある女が履いてた靴のスパイクヒールだ」カーターが言った。「昨夜、フロイドが殺してやると言って〈スワンプ・バー〉から追いかけていった女。ほかのやつが運転するバイクに飛びのり、逃げ去った女」

「それって、ニワトリ小屋を突っ切っていったバイクだと思う?」いつもと変わらぬ声を保つよう努めながら、わたしは訊いた。〈スワンプ・バー〉の常連は、雑貨店やフランシーンの店でわたしがばったり会う類の人間じゃない。きょう道ですれ違っても、わたしが昨夜バーにいたけばけばしい女とは気づきもしないだろう。だから、カーターがあれはわたしだという確固たる証拠をつかむまで、こちらは知らないふりをするのが一番の防御策だ。

「ニワトリ小屋を突っ切っていったバイクであるのは間違いないし、あんたはもうそのことを知ってると思うんだがな」

「わたしが？　なんにも知らないわよ」

「そうか？」カーターはわたしの手から携帯電話を取ると、次の写真へとスクロールし、もう一度携帯の向きを変えた。「それはあんたじゃないって言うつもりか？」

画面を見て、わたしはたじろいだ。ステージに立っているわたしの写真。胸がびしょ濡れになり、〝最優秀オッパイ〟のたすきをかけている。

「動画もある」とカーター。「画像が加工されたんだと、あんたが主張した場合に備えて。動画には、あんたが履いてた靴もはっきり映ってる」

万事休す。

「コンテストに優勝したってことで、特別に点数を稼げたりする？」

「逮捕を免れるには、〝最優秀オッパイ〟よりもう少し上のタイトルを取らないと無理だな」

「わたしがフロイドを殺したって言いたいの？」

「いいや。フロイドが殺されたとき、あんたは自分の寝室で行ったり来たりしていた」

わたしは顔をしかめた。「わたしを見張ってたわけ？」

カーターは首を横に振った。「不審者が戻ってきたときのために、あんたの家を見張っていたんだ」

「なるほど。フロイドが死んだ時間はどうしてわかったの？」

「やつが倒れたときに腕時計が壊れた」

「それじゃ、わたしは潔白が証明されてるわけね？」

「おれに対してはな。しかし、州検事に証拠がどう見えると思う？」

わたしは勢いよく息を吐いた。「よくは見えないわね」

「控えめな表現もいいところだ。あの男は、殺してやると言いながらあんたを追いかけてバーを飛びだし、その後刺し殺されて発見されたんだ。あいつに追いかけられてたとき、あんたが履いてた靴のヒールでな。陪審の協議は十分とかからないぞ」

「でも、あなたはわたしが自宅にいるのを見た。あなたは保安官助手よ。それってものを言うはずでしょ」

「ははあ。おれはあんたをデートに誘った保安官助手でもある」

「ああ、まったくもう」

彼は身を乗りだし、わたしの目をまっすぐ見た。「そこでだ、おれは公務に就いているにもかかわらず、あんたに頼む。証拠から導きだされる結論を、検事に差しださなくてすむ理由をおれにくれ。真相を知りたいんだ、フォーチュン。ひとつ残らず」

わたしはうなずいた。「どこから始めればいい？」

「武器からにしよう。殺人犯がどうやってあんたの靴を手に入れたのか、わかるか？」

「それなら簡単よ。フロイドはコンテストが終わった直後に〈スワンプ・バー〉に入ってきたの。ステージにいるわたしを見るなり、わめきはじめたわけ」

「わめきはじめたって、何について？」

まったく、まったくもう。

店にいた人間はみな、フロイドがなんと言ったか聞いていた。カーターはすでに答えを知っていて、これはテストだという可能性が高い。ため息。「自分の家の塀について」

カーターはかぶりを振った。「それもあんたはかかわりを否定してたな」

「とにかく、わたしはステージから飛びおりたの、人混みに紛れて脱出できることを期待して。ところが、片方のヒールが腐ったベニヤ板に刺さっちゃったのよ。フロイドがどんどん近づいてきたから、靴のストラップを切ったの、逃げられるように」

「それじゃ、あんたは靴をバーに残してきたわけだな」

わたしはうなずいた。

「つまり、店にいたやつは誰でもそれを手に入れられたわけだ。畜生」

わたしは目をすがめて彼を見た。「あなた、アリーに嘘ついたわね」

「どういう意味だ」

「可能性のひとつとして、あなたは何者かがすでにアリーの家にいて、邪魔されたやつがフロイドを殺したって言った。でも〈スワンプ・バー〉からわたしの靴を持ってきた人間がそれを使ってフロイドを殺したなら、謀殺よね」

「靴を持ってきたのがフロイドだったら、話は別だ」

「そんなことしてなんになるって言うの？」

「あんたの身元を証明するためかもしれない。強請《ゆすり》に使うためとか」

「説得力に欠けるわ」

彼はうなずいた。「しかし、何者かがあんたを殺人犯に仕立てるために盗んだと考えるよりは、ましな選択肢だ」

わたしは椅子の背にぐったりともたれた。一理ある。

「で、そもそもどうして〈スワンプ・バー〉にいたんだ」

「アリーの家が火事になったとき、フロイドがどこにいたのか、知りたかったからよ。アイダ・ベルとガーティはあいつが〈スワンプ・バー〉の常連だと知っていて、だからあの男を容疑者からはずすために出かけたわけ」

「フロイドのアリバイを調べるなんて、おれが真っ先にやることだと思わなかったのか？やつの素行の悪さと法執行機関を軽視してることは別に秘密じゃない。フロイドは容疑者リストの筆頭だった」

「それじゃ、あの男がニューオーリンズの留置場にいたことはもう知ってるのね？」

「ああ」

わたしはため息をついた。「どうしてあのふたりに説得されて、こんなことしちゃったんだか。ものすごく簡単に聞こえたのよ――セクシーな格好をしてバーへ行き、いくつか質問をして帰ってくる。わたしたちはアリーに安全でいてほしかっただけ。彼女の家を焼き払おうとしたのがすぐ隣に住んでる男だったら、最低でしょ」

「それはわかる。だが頼むから教えてくれないか、あんたはどうして、おれのことを仕事ができないと考えるのか。おれたちは友達だと……ひょっとしたら少しだけそれ以上の関係かと、おれは思っていた。でも、どうしてもわからないんだ。友達がなんでおれの評判をくり返し落とそうとするのか」

罪悪感が波となって押し寄せてきて、わたしは突然、小さく丸まって姿を消したくなった。自分の行動がカーターに仕事面で迷惑をかける可能性があることは知っていた。でも彼を個人的に侮辱することになる可能性は、考えてもみなかった。自分がどう考えるかばかりに集中していて、カーターの視点でものごとを見てみたことが一度もなかった。

「あなたはとても有能な人だと思ってる」なんとかそう言ったものの、彼と目を合わせられなかった。

「それならどうして、首を突っこんでくるんだ」

わたしは肩をすくめた。「〈スワンプ・バー〉のお客は法執行機関の人間よりも女のほうに口を開く確率が高いと考えたのよ。誓って、あなたの能力は考慮に入れてなかった。その、あなたにはオッパイがないってことを除いて」顔をしかめる。「そう言われてもあんまり気分はよくならないわよね」

「ならないな。いいか、友達に対するあんたの義理堅さはすばらしいと思うし、尊敬もする。たとえその友達がアイダ・ベルとガーティでもだ。おそらくあのふたりは影響を受ける相手としちゃ最悪だけどな。しかし、こういう勝手な捜査で、あんたたち三人はそのうち怪我をするか命を落とすぞ。いままでどれだけ運がよかったか、本気でわかってないのか？」

無能なふりをするのは果てしなく悔しかったけれど、わたしはうなだれた。

「それじゃ、今後はおれの捜査に首を突っこんでこないこと。もう警告はいっさい出さない。あんたかアイダ・ベル、あるいはガーティが、事件にわずかでも関係あると疑われることをしていたら、留置場にぶちこむからな、あんたたちのためにだ」

「わかった」

カーターは首をかしげ、わたしを見つめた。「本当にわかってるのか？　おれはあんたの行動を制限しようとしてるだけだ、そう考えてるように見えるんだがな。一度でも考えたことがあるのか？　おれはあんたの身に何かあったらと心配してるんだぞ。あんたたちがおれの仕事に首を突っこんで、そのあいだに何かあったら、それを防ぐことができなかったって自責の念を、おれはずっと抱えて生きていくことになる」

わたしは胸がきゅっと締めつけられるのと同時にざわざわしはじめた。カーターは自分が守っているほかの市民よりも、わたしのことを心配する気持ちが強いと言っているのだろうか？　性的に惹かれるのとは別に、心の絆を感じているとほのめかしているわけ？　そんなふうに考えると、わたしは体が熱くなり、ぞくぞくし、怖くなり、パニックに襲われた。すべて同時に。

「フォーチュン?」カーターの声がわたしの考えごとに割って入ってきた。

ものすごく居心地が悪かったけれど、無理やり彼と目を合わせた。「心配させてごめんなさい。そんなつもりじゃなかったの。でもわたし、あなたが思ってるよりも能力が高いのよ」

カーターはほほえんだ。「あんたはきっといろんな能力を持ってるんだろう。しかし人間であることに変わりはない」

「わたしは一般市民だって言いたいんでしょ」

「それもある」彼は立ちあがった。「失礼するよ。この件を文書にする方法を考えないとな。おれが嘘つきになることも、あんたを有罪にすることもない書き方で。そんなことができるかどうか、わからないが」

わたしは感情を抑えきれなくなり、はじかれたように立ちあがった。「あなたの首を危険にさらすようなまねはしないで。わかっていることをそのまま文書にして。わたしなら大丈夫だから」

報告書に名前が載ったら、わたしはシンフルを去らなければならなくなる。それはわかっていたけれど、わたしのために仕事を失うリスクをカーターに冒させるわけにいかなかった。彼が真実を知らないことを考えるととりわけ。カーターの腕に手を置いた。「これはわたしの問題だから。わたしにまかせて」

彼はわたしとの距離を詰めると、目をじっと見つめた。数秒間。わたしは膝が震えはじめ、この世の何よりも、彼に触れてほしいと願った。どちらにとってもさらにむずかしいことになるとわかっていながら。カーターが顔を近づけてきたので、届かないように後ろにさがるべきなのはわかっていた。でも、ああ神よ、どうしてもできなかった。

彼の唇がわたしの唇に触れた瞬間、ハリケーンのなかの花粉さながら、わたしの決意は吹き飛ばされてしまった。カーターはわたしの頭の後ろに手を添え、唇を開かせてキスを深めた。

わたしはめまいがしてふらつきそうになり、彼の腕をつかんで体を支えた。全身に生気がみなぎった――心臓は早鐘を打ち、呼吸は速くなり、肌が疼《うず》いている。彼の舌が口のなかに入ってきて、官能的なダンスを始めると、わたしはいまにも爆発しそうになった。

こんなふうになるはずじゃなかった。カーターと個人的なかかわりを持ったら、彼に対してフェアではなく、わたしにとっては事態が複雑になるだけだとすでに断じていたのに。でも癪《しゃく》にさわることに、体が頭の言うことを聞かなかった。

彼の服をすべて引きちぎり、キッチンの床に倒してわたしの好きにしてしまおうと思ったちょうどそのとき、彼が唇を離し、わたしを見た。「あんたの問題は、おれの問題でもある」

こちらが反論の言葉を口にするより先に、彼はもう一度短く、激しいキスをしてからくるっと背を向け、キッチンから出ていった。わたしが同じ場所に立ったまま、動けずにいるあいだに玄関の扉の閉まるカチッという音がした。

わたしの問題は、たったいま千倍に悪化した。

「フォーチュン？」アリーの声で、わたしはわれに返った。

彼女はしげしげとわたしを見た。「大丈夫？」

「ええ、大丈夫」

「なんの話だったの？　それとも言えないこと？」

「人前で言ったりしちゃいけないんだろうけど、カーターはわたしが〈スワンプ・バー〉へ行ったことを知ってる。写真と、ああ神よ、動画を撮られてたみたい」

アリーが目を見開いた。「そんな。カーター、怒ってた？」

「怒ってたし、混乱してたし、心配してた。バーの客全員が、フロイドがわたしを猛スピードで追いかけるのを見てたから」

「彼が混乱して心配するのも当然ね」

「そのうえ客の何人かは、フロイドが店を出ていくとき、わたしを殺してやるって言ってた話をしたみたい」

アリーは口を押さえた。「ああ、嘘！　カーターは……まさか……」

「それはない。彼はわたしがやったとは考えてない。実は、違うって確信を持ってる。なぜなら、きのうの夜、カーターはこの家を見張っていたから。フロイドが殺されたとき、わたしは寝室を行ったり来たりするので忙しかった。カーターがどこに隠れていたのか知らないけど、そこからわたしが見えたみたい」

アリーは口から手をおろし、フーッと息を吐いた。「よかった」

わたしはうなずき、それ以上は話さなかった。フロイドがわたしの靴のヒールで殺されたなんてことを、アリーは知らなくていい。カーターが知り得たことを地方検察局へ報告せず、そのせいで大きなリスクを冒そうとしているなんてことも。変えられないことについて、ふたりそろって気を揉んでも得るところはひとつもない。

アリーがカウンターに置いてあった車のキーをつかんだので、わたしは彼女の肩に手を置いた。「ねえ、いちおうの修理が済みしだい、自宅に戻るつもりなのはわかってる。でも考えなおしてほしいの。あなたはこの家にいたほうがいいと思う。カーターがすべてを解決するまで」

アリーは唇を噛んだ。「こんなにつぎつぎと事件が起きて、あたしはノーって答えたい。だって、あたしがここにいると、あなたを危険にさらすから。でも、いまあの家にひとりでいるのが怖くないって言ったら、嘘になるわ」

「だったら言わないで。数が多いほうが強いってあるでしょ。それに、カーターがわたしたちの身のまわりに目を光らせてくれてる。ふたりでしっかり注意を怠らずにいれば、ここでそろって無事でいられる」

アリーがわたしの体に腕をまわし、ぎゅっとハグした。「ありがとう、いい友達でいてくれて。あなたがシンフルに来てくれて本当によかった」腕を解くと、彼女は赤い目をして鼻をグスグス言わせ、それから小さく手を振ってキッチンから出ていった。

わたしは椅子にドサリと腰をおろした。脳みそが目まぐるしく回転するあまり、頭から飛びだしそうだった。いまさっき起きたのはいったいどういうこと？

体が完全に頭を裏切った。

ひと言で言うならそれ。おかげでわたしはカーターと深いかかわりを持ったりしない、そう自分に言い聞かせて自分を騙しつづけることが不可能になった。現実に、もう持ってしまったから。

第14章

わたしはアイダ・ベルとガーティに緊急招集をかけ、それから忙しく働いて何も考えないようにした。ふたりが到着したときには洗濯機に汚れものを突っこみ、キッチンの床にモップをかけ、居間の埃を払い終わり、私道をきれいにするために漂白剤をまこうとしていたところだった。

アイダ・ベルとガーティは、漂白剤の容器片手にガレージに立っているわたしを見るなり、すぐさま行動に移った。ガーティはガレージのドアを引きおろし、アイダ・ベルは前日、バイクを隠すのに使った防水シートをつかんだ。

「死体はどこだい？」アイダ・ベルが訊いた。

「ええっ？　やめてよ、死体なんてない！」

ガーティが見るからにほっとした様子になった。「ああ、よかった。このブラウス、おろしたてなの」

「それに漂白剤を使うのはベストと言えないからね」アイダ・ベルがつけ加えた。

わたしは啞然とした。ふたりのギアチェンジの速さに感銘を受けたらいいのか、彼女たちがそこそこふつうの人間からサムの息子（一九七〇年代にニューヨークで起きた連続殺人事件の犯人の通称）モードへたやすく切りかえられる事実にぞっとしたらいいのか。感銘を受けると同時に少し恐れるあたりがよさそうだ。

「私道を漂白しようと思ったの」説明して、漂白剤の容器を棚に戻した。

ガーティが眉を寄せた。「血が残ってた？　あなたの足首からちょっと垂れたのは、あたしがきれいにしておいたはずだけど」

「血は残ってないし、きれいにする必要があったわけじゃなし。あなたたちが到着するまで、忙しくしていたかっただけ。だって、ただじっと座ってたら、しまいに爆発しちゃいそうで」

アイダ・ベルがガーティをちらっと見て心配そうな表情になった。「それじゃ、なかへ入ったほうがよさそうだね、あんたが話せるように」

怒濤の勢いで家事をこなすあいだに、わたしはコーヒーも淹《い》れておいた。でも自分は飲む気になれなかった。そこで〈シンフル・レディース〉の咳止めシロップを瓶半分、タンブラーに注いでぐいと飲んだ。アイダ・ベルとガーティはテーブルに着き、わたしがキッチンを行ったり来たりするあいだ、無言でコーヒーをかき混ぜていた。

ようやく、わたしは唐突に口を開いた。「カーターはきのうの夜のことを知ってる」

「どこまで知ってるんだい？」アイダ・ベルが訊いた。

「全部」わたしは答えた。「とにかく関係あることは全部よ」

ガーティが目を丸くした。「あなたが話したの？」

わたしはうなずいた。

ふたりは顔を見合わせた。わたしの告白に驚いた様子で。

「罪悪感を感じてるわけじゃないだろうね」アイダ・ベルが訊いた。

「感じてる……っていうか、罪悪感のせいで彼に話したわけじゃないの。ただ、いまは罪悪感に苛まれてる」わたしは勢いよく息を吐き、椅子に座った。「アリーの家を修理する作業員が、裏庭で死んでるフロイドを発見したのよ、今朝。殺人」

ガーティは息を呑み、アイダ・ベルは背筋を伸ばした。

「どうやって殺されたんだい？」とアイダ・ベル。

「何者かが木材でフロイドの頭を殴ったの」

アイダ・ベルは少し安堵した表情になった。「それなら、犯人は絞りこめないね」

「犯人はフロイドを殴ったあと、わたしが履いてた靴のヒールで刺したのよ」わたしはそう締めくくった。

「まいったね」アイダ・ベルは意気消沈した様子で椅子にぐったりともたれた。ガーティは口をあんぐりと開け、その場に凍りついてしまったように見える。

「カーターはあなたを逮捕しなかったの？」ガーティがどうにかという様子で訊いた。

「しなかった。したのはキス」

アイダ・ベルとガーティがわたしの顔をまじまじと見た。来るはずもないオチを待つかのように。いまこの瞬間より惨めな気分になることが可能だと言われたら、わたしはそう言った人を嘘つきと呼んでやる。

「つまり」ややあってアイダ・ベルが口を開いた。「カーターはあんたがやったとは思ってないってことだね？」

「わたしは確実にやってないって知ってるの」フロイドの腕時計と、カーターがこの家を見張っていたことを説明した。「でも、検事の目にどう映るかも、彼は知ってる」

アイダ・ベルがなるほどという顔になった。「とりわけ、カーターがあんたをデートに誘ったってことが、検事の耳に入った場合はね。やれやれ、ややこしいことになったもんだ」

「証拠を全部、地方検事に渡すようカーターに言ったの」わたしは説明した。「これはわたしが対処すべき問題だからって」

ガーティが息を呑んだ。「そうしたら、カーターはあなたにキスしたの？」

わたしはうなずいた。

ガーティが身を乗りだす。「〝ゴッドファーザー〟、あなたと知り合いでよかった〟的なキス？　それとも〝誰にもきみを傷つけさせはしない〟的なキスだった？」

「あとのほう」

ガーティは犬がキューンと鳴くような声を出してから、片手で胸を押さえた。「なんてロマンチックなの」

「それにばかげてるね」アイダ・ベルが言った。「〈スワンプ・バー〉にいるフォーチュンの写真や動画が出まわってるなら、カーターと同じように関連づけて考えるやつがいるはずだ」

「そうかしら?」ガーティが疑問を投げかけた。「〈スワンプ・バー〉の常連はふだんフォーチュンと接点があるタイプじゃないわ。それにフォーチュンは厚化粧してたし」

「フロイドはフォーチュンだと気がついた」アイダ・ベルが指摘した。

わたしはうなずいた。「だからわたしはカーターに証拠を提出するよう言ったのよ」

「あんたがフェアな扱いを受けるとは考えてないんだろうね、カーターは」とアイダ・ベル。

「でもって、おそらくあいつが正しい。この地区担当の検事は無能な出世主義者のとんでもない間抜けだから。あの男にとって大事なのは有罪判決率だけ。実際に町から犯罪が減るかどうかなんて関係なしだ。役立たずがひとりぶちこまれれば、昇進がまた一歩近づくってわけさ」

「アイダ・ベルの言うとおりよ」ガーティが言った。「それに、カーターはあなたの正体も、あなたにはこの窮地から脱出させてくれるコネがあるってことも知らないから、証拠を提出すれば、あなたにアンゴラ行き特急券を買うようなもんだと考えるでしょうね」

「そこなのよ」わたしは言った。「わたしのために彼の将来を危険にさらすようなまねはさせられない。カーターが真実を知らないからにはとりわけ」

ガーティがかぶりを振った。「あなたに選択肢はないわ。唯一考えられるのは、自分から出頭することだけど、そんなことしたら、偽装が暴かれるだけじゃなく、留置場へ入れられることになる。あなたの命を狙ってる男が、射撃のうまいやつにまわりを囲ませて、出てきた瞬間にあなたを始末できる場所」

「パートナーと連絡を取るっていう手があるわ」わたしは言った。「彼に救出が必要だと知らせる」

ガーティの顔がくしゃくしゃになった。「突然、姿を消すってこと？」

うなずき。「そうすればカーターは証拠を提出できるし、そこから生じる影響についてはわたしの上司が対処できる」

「でも、あなたはいなくなってしまう。ひょっとしたら永遠に」ガーティの目に涙がこみあげてきた。

「証拠を提出せずにいたとわかれば」わたしは言った。「カーターは職を失うだけじゃすまないかもしれない。共謀罪で、彼自身が刑務所行きになることだってありうる」

アイダ・ベルが身を乗りだした。「保安官助手としちゃベストの選択肢じゃないね」

見るからに苦悩している様子で、ガーティが両手をぎゅっと組み合わせた。「ほかに方法があるはずよ」

「ある」とアイダ・ベルが言った。

ガーティとわたしはそろってアイダ・ベルを見つめた。

「本当に?」わたしは訊いた。「わたしは何も思いつかないけど」

アイダ・ベルはこっくりとうなずいた。「あたしたちで殺人犯を見つけるんだよ」

わたしは首を横に振った。「カーターに約束したのよ、もう捜査には首を突っこまないって。彼はもう充分、危ない橋を渡ってる。わたしたちが捜査をすると、いつもこっちに、それからカーターにも何かしら跳ね返ってくるでしょ」

「でも、あたしたちはいつも悪人をつかまえてるじゃない」とガーティ。

「途中で殺されかけながらね」わたしは言った。

「それなら、もっと慎重になればいいわ」ガーティが言った。

「殺人犯を追うのに慎重な方法なんてない」とわたし。

「フォーチュンの言うとおりだ」アイダ・ベルはわたしと同意見だった。「殺人犯に迫ろうとしたら、大きな危険はつきものだよ。それにフォーチュンがカーターとの約束を破りたくないって思うのも、よおく理解できる」わたしの顔をまっすぐ見た。「でも、そうしたことを全部引っくるめても、あんたにはまだシンフルから出ていってほしくない」

「シンフルから出ていきたいわけじゃない」わたしは言った。「でも、カーターにクビになる危険を冒させるのはフェアじゃないでしょ。わたしは彼に隠しごとをしてるっていうのに」

「だったら、あんたはかかわらなけりゃいい」とアイダ・ベル。

「どういう意味?」

「捜査はガーティとあたしが全部やる。あんたはいっさいかかわらない。ガーティとあたしがばかみたいなことをしても、いつものことだ。カーターは怒りゃしないよ」

「だめ。危険が大きすぎる。それに手がかりが何もないじゃない」

ガーティの顔がぱっと明るくなった。「ビリーによれば、あなたがバーで話をした男はフロイドをさがしていたのよね？」

「そうだ」とアイダ・ベル。「それにその男が靴を持っていったのかもしれない」

「でもあの男が何者か、ぜんぜんわからないのよ」わたしは反論した。「手がかりとしてあるのはわたしが覚えてる人相と、きわめて信頼できない相手から聞いたファーストネームだけ。いったいどこから手をつける？　もう一度〈スワンプ・バー〉へ行って聞きこみするなんて、絶対になしよ」

「なしだね」アイダ・ベルも賛成した。「〈スワンプ・バー〉にはしばらく近寄らないほうがいい」

「〝しばらく〟がキリストが再臨するまでって意味ならオッケー」

アイダ・ベルがやれやれと首を振った。「バーにいた男に話を戻すよ。ビリーによれば、その男、フロイドが大きな厄介を抱えることになるって言ってたんだろう？」

「大きな《ビッグ》厄介か、小さな《リトル》厄介って言ったらしい」

「それは変ね」ガーティが言った。「厄介ごとは大きいか小さいかのどっちかでしょ。どっちかわからないなんて」

アイダ・ベルがはじかれたように立ちあがった。「厄介ごとがビッグとリトルだったら話は別だ」

ガーティが息を呑んだ。「ビッグとリトルなの?」わたしは訊いた。「ビッグとリトル・ヒバート」

「名前がビッグとリトルなの?」わたしは訊いた。「誰それ? 芸人の通り名か何か?」

「通り名なのは確かだけど」ガーティが言った。「娯楽方面の人間じゃないわね。ソニー・ヒバートの手下の親子なの」

「ソニー・ヒバートって誰?」わたしは訊いた。

「ニューオーリンズのマフィアのボスで、ビッグとリトルとはまたいとこか何かなんだよ」アイダ・ベルが答えた。「FBIが一年ほど前にようやく、やつをなんかの理由でぶちこんだんだけど、刑期はほんの二年ぐらいじゃなかったかねえ」

「ビッグとリトルはソニーのために何をしてるの? 殺し屋?」

アイダ・ベルがありえないと言うように手を振った。「そんなんじゃないよ。あたしが聞いたところじゃ、腕力にものを言わせることはやってないね。高利貸しや違法のギャンブルとかそんなところだよ」

「それじゃ、フロイドは彼らに借金をしていた可能性があるってことね」わたしは言った。

「そうだね」とアイダ・ベル。「しかし、あたしの経験じゃ、賭屋は借金のあるやつを殺さない。そんなことしたら、金が返ってこないのは確実だ」

わたしはうなずいた。アメリカのマフィアに関するわたしの知識は、ガーティに観させられた映画から得たものにほぼかぎられているけれど、アイダ・ベルの話は納得がいく。死人に請求書の支払いはできないし、賭屋は先取《さきどり》特権（債務者の財産についてほかの債権者よりも先に自己の債権の弁済を受ける権利）を登記しておくような商売じゃない。

「たとえばよ」わたしは言った。「フロイドがほかの誰かとのトラブルを解決するために、ビッグとリトルからお金を借りたとしたら？」

アイダ・ベルが眉を寄せた。「ところが、それじゃ充分じゃなかった。あるいはまたトラブルになったけど、もう金は借りられなかった」

「そこで、その誰かがフロイドを殺した」とガーティ。「そうにちがいないわ」

「いまのは単なる仮定の話よ」わたしは言った。

「そうだね」とアイダ・ベル。「しかし、納得のいく仮定だ」

「となれば、あとはあたしたちが正しいって証明すればいいだけ」ガーティが言った。「助かったわ。この一件はずっとむずかしくなるだろうって思ってたから」

わたしは彼女の顔をまじまじと見た。「いったいどうやったら、わたしたちが正しいって簡単に証明できるわけ？」

「決まってるじゃない。ビッグとリトルに訊くのよ」

「あなた、頭いかれたの？」

「たぶんね」アイダ・ベルが笑いをこらえつつ言った。

「つまり、こう言いたいわけ？」わたしは言葉を継いだ。「ふたりのオフィス――か何か知らないけど――そこへふらりと入っていって尋ねればいいって？　フロイドはお金を借りていったか、もし借りていったなら、なんのためだったのかって」

「そうよ」とガーティ。「違法なところなんてなんにもないもの」

「ないけど、フロイドにお金を貸すのは間違いなく違法よ。ふたりが自分たちは高利貸しだって大っぴらに認めるようなこと、すると思う？」

ガーティは顔をしかめた。「いざとなれば、あたしが借金を申しこむわ。そうしたら、ふたりの秘密は秘密じゃなくなって、あたしの質問に答えちゃいけない理由がなくなるわ」

わたしはアイダ・ベルを見た。「ありえないでしょ？　この国のマフィアについて、わたしは何も知らないけど、そんな話、マフィアがするとはとうてい信じられない」

「ふつうなら、あたしもあんたに賛成だよ」とアイダ・ベル。「しかし、ビッグとリトルは変わり者だってことと頭があんまりよくないってことで知られていてね。だからソニーも、ふたりをニューオーリンズで使うんじゃなく、この湿地に置いてるんだよ。ふたりがあたしたちに話す可能性はある。とりわけフロイドが死んだからには」

「そのふたり、シンフルにいるの？」

「いいや」とアイダ・ベル。「ニューオーリンズとのあいだのハイウェイをおりたところに古い倉庫を持ってるんだ。シンフルから三十キロちょい行ったところだね」

わたしは椅子の背にもたれて勢いよく息を吐いた。アイダ・ベルたちの計画について失敗しそうな点がつぎつぎ頭に浮かんでくる。けれど、失敗しそうなことが千かそれ以上あるいっぽうで、フロイドを殺した犯人について確かな手がかりを得られる可能性もあった。手がかりが得られれば、カーターもわたしも窮地から脱することができるかもしれない。

「危険な相手じゃないのね？」

アイダ・ベルが肩をすくめた。「無害とは言わないが、何か訊いたからって撃ってくるとも思わない。おれたちはなんにも知らない、帰ってくれって言うほうがありそうだね。〝何も知らない〟って単純な返事で充分なときに、ぶっぱなす必要がどこにある？」

「でも何かわかった場合は」わたしは言った。「それをカーターに知らせるのよね？」

「決まってるじゃないか」アイダ・ベルが答えた。「ビッグとリトルが保安官事務所の人間に話すと思えば、あたしはいますぐカーターを行かせるよ。でも、そんなことはありっこないって、あたしたち全員知ってるだろう」

「そうね」わたしも彼女と同意見だった。「たぶんない」

このきわめてざっくりした計画に賛成するなら、ふたりに守ってもらわなければならない決まりがいくつもある。それを列挙しようとしたちょうどそのとき、誰かが玄関のドアをドンドンと叩きはじめた。わたしは勢いよく居間のほうを向いた。

「誰か来る予定だった？」ガーティが訊いた。

「いいえ」わたしははじかれたように立ちあがった。「でもあのノックの仕方は知ってる」

カーターが怒ったときのノックだ。

彼はわたしのキッチンを盗聴していたのだろうか？　それとも地方検事への報告に関して

気が変わり、わたしを逮捕しにきたのだろうか？　わたしはカーターが手錠片手に立っているものと思って、ドアを勢いよく開けたが、そこにいたのはひどく動揺した様子で、もう一度ドアを叩こうと腕をあげたウォルターだった。どうやら、あのノックの仕方は血筋らしい。

「ああ、いたいた」彼はそう言って、急いでなかに入った。「残りのふたりもここにいるか？」

「キッチンに」わたしは彼に奥へ行くようにと手を振った。

ウォルターがキッチンに入ってきたのを見て、アイダ・ベルとガーティは目をみはり、ふたりそろってわたしを見た。わたしは肩をすくめて、さっきまで座っていた椅子に腰をおろし、ウォルターに向かって残っている椅子を指した。

「全員ここにそろっていてよかった」座りながら、彼は言った。

アイダ・ベルが心配そうな顔でちらっとガーティを見てから言った。「あんた、店にいなくて大丈夫なのかい？」

「スクーターにしばらく店番を頼んできた。名案じゃないのはわかってるとも。だから、急がにゃならない」ウォルターはポケットから箱入りのチョコレートを出し、わたしの前に置いた。「あんたにこれを渡してくれって」

「スクーターからのチョコレートを届けるために、うちのドアをバンバン叩いたの？」

「違う。行き先を教えたら、スクーターがどうしてもと言って聞かなくてな、押し問答するよりこうするほうが早かった」

おかげでチョコレートを手に入れられたわたしとしては、納得のいく説明に聞こえた。

「それじゃどうしたの?」箱を開けながら尋ねた。スクーターとつき合う可能性はまったくないけれど、すばらしくおいしそうなチョコレートを無駄にする気は毛頭なかった。

「今朝早くカフェで建築業者からフロイドのことを聞いたんだ」ウォルターが言った。「おれは……あー……きのうの夜、無線をいじってたんだが、なんだか混線しちまってな、ばかでかいニワトリがバイクに乗ってるって無線を傍受したんだ」

チョコレートを口に入れようとしてあげた手を、わたしはおろした。「あなた、隠れてそういうことやってる人だったのね。警察無線スキャナーを持ってるくせに、いままでわたしたちにひと言も言わないなんて」

「とにかく」ウォルターは聞こえなかったふりをして、話を続けた。「ニワトリ騒ぎにはあんたら三人が絡んでるとぴんと来た。なんとなくな」片手をあげた。「詳しいことは知りたくない。だが、あんたたちの誰かがフロイドを殺《や》ったとも思わない」

「あたし、フロイドを殺すことはできるわよ」ガーティが不満そうに言った。

「できるのと」ウォルターが言った。「実際にやるのはまったくの別ものだ。おれたち全員ができるし、全員がいつの時点かで殺してやりたいと思ったことがあると、おれは賭けてもいい。違いはだな、おれたちにはやらないだけの分別があるってことだ。とにかく、うちの店には保安官事務所へ持ってく棚が届いていてな。そこで、そいつを持っていったんだ。ついでにカーターと話せるんじゃないかと期待して」

「その棚って、トイレに置くための？」わたしは訊いた。

ウォルターはうなずいた。「あんたにつけとくようにと、カーターが言っていた」

ため息。

「保安官事務所へ棚を運んでいって、カーターの部屋の向かいにある物置に持ちこんだ。梱包を解くためにな。カーターは電話中だったんで、待ってたんだが、電話が終わるやいなやスーツを着た男ふたりがあいつの部屋に入っていって、ドアを閉めたんだ」

ガーティが目を見開いた。「〈メン・イン・ブラック〉よ。フロイドはエイリアンに殺されたんだわ」

ウォルターは眉根を寄せた。「黒いスーツじゃなかったぞ。ひとりはグレーでひとりは紺色だった」

ガーティががっかりした顔になった。「ここじゃ、クールなことは何ひとつ起こらないんだから」

わたしたちはそろって彼女をまじまじと見つめたが、すぐに注意をウォルターに戻した。

「なんの話か、聞こえた？」わたしは尋ねた。

「物置からじゃ無理だった」ウォルターは言った。「だが、棚をトイレへ運んでいったら、まあ、あそこの壁が薄いって話をあんたにする必要はないだろうな」わたしをじろりと見た。

わたしは手を宙に突きあげた。「ガムが靴にくっついたのよ。どうして誰もわたしを信じてくれないの？」

ウォルターは眉を片方だけつりあげた。

「なんでもいい」わたしは言った。「先を続けて」

「とにかく、壁際に棚を置いたんだが、そのときだよ、男たちの話が聞こえることに気づいたんだ。まずい話だった」

「芝居がかった間の置き方をするんじゃないよ」とアイダ・ベル。「とっとと最後まで言いな」

「あのふたりは連邦政府の役人だった」

第15章

わたしは食べかけのチョコレートを呑みこんだ。「連邦政府の役人って、正確には？」

「FBIだ」

体から少し力が抜けた。FBIならまだ人間的だ。ウォルターが国家安全保障局《NSA》と言ったら、もっと不安になっていただろう。「そのふたりはどうしてこの町へ来たの？」

「フロイドが殺された事件は自分たちが引き継ぐとカーターに言っていた。事件ファイルを渡して、この件に関するあらゆる捜査をやめるようにってのがカーターへの指示だった」ウォルターの顔がしかめられた。「もし捜査の邪魔をしたら、おまえをぶちこんでやると脅してな。まったくなんて言い草だ、法執行機関の人間が同類に向かって言う台詞じゃないだろう。カーターがぶしつけな態度をとったわけじゃなし」

「関係ないのよ」わたしは言った。「地方の法執行機関の人間はみんな縄張り意識が強い、そうＦＢＩは考えてる。それをずけずけと口にも態度にも出すの」

ウォルターが啞然としてわたしの顔を見た。

しまった。

「東部でのお隣さんが警官なのよ」最初に思い浮かんだ嘘を口にした。「彼がぼやくのを何度か聞いたことがあって」

「カーターがされたみたいな口のきき方をされてるなら、その警官の気持ちはよくわかる」ウォルターが言った。「他人の職場にずかずか入ってきて本来の仕事をするなと言うだけでもひどいのに、脅すとは何ごとだ」

彼は立ちあがった。「とにかく、あんたら三人が何をたくらんでいるのか知らないし、知りたくもないが、このことをすぐに伝えるのが大事だと思ったんでな」

わたしも急いで立ちあがった。「そのとおりよ。まっすぐここへ知らせにきてくれて感謝してるわ」

アイダ・ベルとガーティも真面目な表情でうなずいた。わたしはウォルターを玄関まで送ってから、急いでキッチンに戻った。最新の意表を突く展開を分析しきれないまま。

「で」椅子に腰をおろしながら、わたしは言った。「どう思う?」

「よくないね」アイダ・ベルが答えた。「ＦＢＩがフロイドの件でここへ来たなら、あいつは何かデカい事件にかかわってたってことだ。カーターが捜査から閉めだされるほどデカいやつにね」

わたしはうなずいた。「こっちも同じ意見。それに、わたしたちの仮説とも話が合うわ。フロイドは何かトラブルを抱えていて、ビッグとリトルからお金を借りたっていう」

「ＦＢＩが追ってるのがビッグとリトルだったら、話が別になるけど」ガーティが指摘した。

「それはないと思うよ」とアイダ・ベル。「そりゃね、ＦＢＩはやつらに目を光らせてるだろうよ。しかしヒバートの組織全体からすりゃ、ビッグとリトルは小物だっていうのが、あたしの見方だ」

「そうね」ガーティが賛成した。「カーターが渡したファイルにはどんな情報が入ってたと思う？」

「現場の詳細と写真」わたしは言った。「フロイドの前科、それとひょっとしたらアリーの家の火事についても」

「あなたに関する、あるいは〈スワンプ・バー〉に関するものはなし？」ガーティが尋ねた。

「あの男はフォーチュンにキスしたんだよ」とアイダ・ベル。「最初に現れたむかつくスーツ野郎なんかに引き渡すわけないだろう。もう少しあいつを信用してやりな。誰かがフォーチュンをつかまえるとしたら、あいつは自分でやる。沽券にかかわるからね」

「アイダ・ベルの言うとおりだと思う」わたしも言った。

ガーティはわたしとアイダ・ベルの顔を交互に見てから、にんまりした。「これが何を意味するか、わかってるわよね？」

アイダ・ベルもにやりとしたかと思うと、ふたりしてわたしの顔を見た。

「わたしだけわかってない？」

「フロイドが殺された事件はカーターの担当じゃなくなった」ガーティが言った。「それはつまり、あなたが首を突っこんでも、彼の捜査を邪魔することにはならないって意味。あなたが邪魔をするのはＦＢＩ」

「で、そんなことしたからって、誰が気にする？」とアイダ・ベル。

わたしは一気にわくわくしてきた。「ＦＢＩはカーターをきびしく監視する。彼らの目を盗んで何かするのは、カーターにはほとんど無理」

アイダ・ベルがうなずいた。「それにＦＢＩはこの町で時間を無駄にするだけだ。よそ者がこの町に来て、殺人事件を解決するなんてありえないからね」

わたしはにやりと笑った。「優位に立てる条件なしにはね」

「あんたはよそ者じゃない」とアイダ・ベル。「最初からここの人間だった。自分じゃ気づいてなかっただけで」

「つまり」ガーティが言った。「この殺人事件を解決することはフォーチュンの問題を解決するだけじゃなく、カーターを窮地から救うことにもなるわけだわ。この状況をコントロールするのは、シンフルのリーダーであるあたしたちの義務よ」

「まったく同感だ」とアイダ・ベル。

にこにこしている顔ふたつを見ながら、わたしはいまの提案を検討した。リスクが大きい。狂気と紙一重。それに少しでも失敗したら、運がよくてもわたしはシンフルから永久に姿を消すことになる。でも、もしうまくいったら、すべてが三日前、わたしの最大の悩みがセクシーな保安官助手とのデートだったころの日常に戻る。

「やるわ」

「これ、いったいなんのにおい？」わたしは鼻にしわを寄せて訊いた。ガーティのキャデラックの後部座席で悪臭のもとを探る。

「二、三日前にパーマ液をそこでこぼしちゃったのよ」とガーティ。「たぶんそのにおいね」

パーマ液が何か知らないけれど、死ぬほどくさい。「車内に残ってても大丈夫な薬品なの？　窓を開けるか何かしたほうがよくない？」

アイダ・ベルが声をあげて笑った。「パーマ液ってのは、ウェーブをつけるために髪に塗るもんだよ。なんにもしないでガーティの髪がこんなにボリュームが出ると思うのかい？」

わたしはぞっとしてガーティの髪を凝視した。「こんなくさいものを髪に塗るの？　わざわざ？」

ガーティはバックミラー越しにわたしをにらんだ。「あたしはね、邪魔な男が要らないからって、自分が男みたいに見えたいとは思わないんです――誰かさんと違って。あたしの髪は赤ちゃんみたいに細いの。パーマをかけてボリュームを出さないと、白くて薄いコットンがぺしゃっとなったみたいに見えるのよ」

「わたしならそっちのほうがいい」わたしは言った。「ぺしゃっとなったコットンに帽子をかぶるわ。こぼして二、三日たつのにわたしの目から涙が出てきたことを考えると、これって頭蓋骨にしみこんで脳みそをフライにしちゃうんじゃないかしら。だとすると説明がつくことがいくつかあるわね」

アイダ・ベルがにやついた。

「少なくとも、あたしはフッカーみたいな格好はしないわよ」ガーティが言った。

「薄くてぺしゃっとなったコットンみたいな髪じゃ無理でしょ」わたしは言い返した。「〝薄いコットン〟をばかにすると、いじめだってコットンに告訴されるから」

「言いたいこと言ってらっしゃい。あなた、歩いて帰ることになるわよ」

「現時点では、そうなっても不都合なことが見つからない。ところで、そのTシャツはどうしたの?」

ガーティにとっての〝お出かけ着〟はふつう、伸縮性のあるポリエステルのパンツとシルクっぽいブラウスなのだが、今回はジーンズに黒いTシャツという格好だった。Tシャツには銀色の文字で〝神《ロード》のことはわたしに尋ねなさい〟とある。ちょっと突飛だ。いくらガーティにしても。

「去年、聖歌隊のコンテストがあったから、ニューオーリンズまで教会のメンバーと行ったときに着たの」

「人はおおぜい集まった？」

ガーティはため息を漏らした。「いいえ。その週末は〈スター・ウォーズ〉のファン集会も開かれていたのよ。どのシスを信奉してるのかってくり返し訊かれたわ」

わたしはにやついた。「で、ビッグとリトルも〈スター・ウォーズ〉のシス卿《ロード》ファンクラブの会員ルックになびくと考えたわけ？」

「いいえ。ただ教会信者のおばあちゃん風の外見なら、向こうを油断させられるんじゃないかと思って。相手はヒバート一家だし。神さまを一緒に連れていくのも悪くないと考えたわけ。万が一のためにね」

自分たちが何をやろうとしているか、あらためて考えると、わたしはにやついていられなくなった――マフィアが経営する事業所へ行き、そこの客で殺された人間について尋ねようとしているのだから。こうして一文にまとめてみると、わたしの家で感じられたような刺激の少ない行動には思えなかった。若くて無邪気な娘に見えるよう、わたしはサンドレスを着て、リップグロスを塗ってきた。もしそれが功を奏さなかったら、ガーティと彼女のTシャツがビッグとリトルを〝おそらく無害〟な方向へ動かしてくれることを期待しよう。

「そこの脇道に入っとくれ」アイダ・ベルが左の湿地へと進む舗装されていない小道を指差した。

「こういう場所って、どうして必ず湿地を通る一車線の道の端にあるのかしらね」ガーティが文句を言った。「脱出するときの選択肢がひどくかぎられるじゃない。自然のなかの閉所って感じだわ」

　つい最近〈スワンプ・バー〉から逃げだしたときのことを思いだすと、彼女の言いたいことは理解できた。いっぽう、もしマフィアから逃げなければならない事態となったら――それもガーティのキャデラックで――その脱出は始まる前に終わっている。

「あたしたちが冷静沈着でいれば、なんの問題も起きないよ」

　ガーティはうなずいたけれど、彼女の肩と首がすでに緊張しているのが見てとれた。冷静沈着はガーティの日常の一部ではない。

「しゃべるのはアイダ・ベルとわたしにまかせて」黙っているのがガーティにとっては一番安全だろう。

　ガーティはカーブを曲がり、倉庫の前で車をとめた。「さあ、着いたわ」

　わたしは彼女の肩をぽんと叩いた。「心配するのはやめて。教会信者らしくしていれば大丈夫だから」

「教会のネズミ並みに静かにしてるわ」ガーティは答えた。

　教会のネズミとは何か、それがどれくらい静かなのか知らなかったけれど、彼女はしゃべるのを控えるという意味だと受けとった。そのほうがいい。ガーティは動揺するとどうでもいいことをぺらぺらしゃべりだす傾向がある。

「約束するかい？」アイダ・ベルが訊いた。

「沈黙の誓いを立てるわ」ガーティは請け合った。「しゃべるのはあなたたちふたりにまかせる」

アイダ・ベルは満足したように見えた。そこでわたしたちは車からおり、倉庫へと向かった。わたしが扉を叩き、待ったが、返事がない。把手をまわしてみると、鍵はかかっていなかったので、扉を開けてなかをのぞきこんだ。

倉庫の内装に、わたしは驚いた。ふつうの倉庫に似た光景、すなわち吹き抜けの天井や何列もの棚を予想していたら、この倉庫はリフォームされて、まるで高級オフィスビルのようだったからだ。ロビースペースの床は大理石。受付デスクまである。

わたしはアイダ・ベルとガーティを振り返り、肩をすくめてからなかに入った。受付デスクに呼びだしボタンがあるかもしれないと考えて。無言でついてくるアイダ・ベルとガーティの前に立ち、デスクまで歩くとボタンか電話がないかとさがした。ない。メモ用紙やペンすらない。

「こんにちは?」わたしは呼びかけた。建物の端から端まで渡されている頭上の狭い通路《キャットウオーク》を指差す。「あそこに並んでいるドアの向こうがオフィスにちがいないわ」

「マフィアの根城を勝手にうろつくわけにいかないわよ」ガーティがささやいた。

「でも、こちらの用を訊いてくれる人を見つけないと。ここに突っ立ってたら何も解決しない」

「なんの用だ?」低くとどろくような声が右手から聞こえた。わたしたちが急いでそちらを向くと、筋骨たくましい男がわたしたちのほうへ歩いてくるところだった。

三十代半ば。身長百九十センチ以上。体重は百十キロほどで筋肉の塊。ものすごく危険。プロレスラーの体にシリアルキラーの顔。でも革ジャンや鋲つきアイテム、あるいは破れたジーンズではなく、わたしの年収に相当しそうな黒い絹のスーツに身を包んでいる。男が正面に立つと、わたしたちは彼をただ見つめた。

ガーティをちらっと見ただけで、彼女がその場に凍りついているのがわかった。アイダ・ベルでさえ、巨大な男がすぐそばに立っているせいでいつもの自信を失っているように見える。少しでも話をするとしたら、わたしがするしかなさそうだ。

「なんの用だと訊いたんだ」男がくり返した。

〝ごめんなさい、間違えました〟という作り話をして、できるかぎりすばやくここから退散するようにと心の声が叫んでいる。でもそうしたら、カーターが職を失う危険とわたしがシンフルから出ていく日が目前に迫った状況は変わらない。

「ビッグとリトルのヒバートさんに会いたいんだけど」わたしは実際より自信に満ちあふれて聞こえるよう期待して言った。

男は鼻で笑った。「いったいどういう用件でだ?」

見るからにばかにした態度をとられて、わたしはむっとした。狂暴そうな男だけれど、それでもわたしはこの男を倒せる。「ビジネスよ。個人的な」

男はほんのわずかもこちらに調子を合わせるつもりがないようだったので、〈ゴッドファーザー〉から学んだタフガイ作戦を試してみることにした。あの映画の登場人物たちは、自分にはすべてを手に入れる権利があるというふりをすることで、欲しいものを手に入れているように見えた。もしかしたら、あれがマフィアにとっては唯一の言語なのかもしれない。

「こんなふうに詰問されるの、気に入らないんだけど」わたしは言った。「見張り番に詳しい用件なんて話すつもりないわ。ビッグとリトルに会える？　それともこの件をわたしの仲間に報告すべき？」

頭でもいかれたのかという顔でアイダ・ベルとガーティがわたしをまじまじと見た。超人ハルクはしばしわたしの顔を見つめてから、笑いだした。

「おまえの仲間？　小娘、ふてえ神経してるじゃないか。ここへ来て、くだらねえ台詞かますとはよ」上着の下に手を入れ、9ミリ口径を引っぱりだした。「おれが誰か、知ってんのか？」

このタイミングで、ガーティが沈黙の誓いを破った。「あなた、イエス・キリストを知ってる？」

わたしは彼女を見やり、首を横に振った。「いまはだめ」ささやき声で言った。

超人ハルクはどう考えたらいいかわからないらしく、額にしわを寄せた。彼を責めはしない。この状況はおそらく、彼の日常からかけ離れているはずだ。もう帰ろうと提案しようとしたそのとき、男の後ろから声が響いた。

「よう、マニー。何か問題か？」

男の横に身を乗りだしてのぞくと、シルクのピンストライプのスーツにアリゲーター革のローファーを履いた小柄な男がこちらへ歩いてくるところだった。三十絡み。身長百六十センチぐらい。体重は濡れた服を着ていたとしてもせいぜい五十五キロ。脅威度は湿ったトイレットペーパーにも劣る。

マニー――またの名を超人ハルク――は拳銃を上着の下に戻した。「いいえ、ボス」上着を正す。「こちらの婦人二人がビジネスでお目にかかりたいとか。しかし、スケジュール帳に予約が入ってないんで」

アイダ・ベルを横目で見ると、彼女は肩をすくめた。マフィアが予約を取るなんて、誰が知るだろう。

小柄な男はマニーの隣まで来ると、わたしたちひとりひとりに目を走らせた。こちらが何をたくらんでいるにしろ、自分で処理できると考えたのだろう。わたしに握手の手を差しだした。「おれがリトル・ヒバートだ。なんの用で来た?」

これがリトル・ヒバート? ニックネームはジュニア/シニア的なものかと思っていた。身長を表していたのか。握手をしながら、ビッグがリトルと比較してどれぐらい大きいのか想像しようとしたが、うまくいかなかった。

リトルにまだ返事をしていなかったことに気がついた。「あの、えっと、融資のことで」

彼は笑顔になった。「それならそうと言ってくれ。二階へあがって、細かいことを親父と話し合おうじゃないか」受付デスクの後ろの階段を指し示し、わたしたちが二階へと向かうと、あとからついてきた。マニーは彼にうなずいてみせてから、ガラス壁の部屋へするりと姿を消した。

片側からだけ見えるガラス。そういうことか。彼は様子を見てから、近づいてきたのだ。

「右の三番目の扉だ」わたしたちが階段をのぼりきると、リトルが言った。キャットウォークを進み、扉を開けると、そこにはわたしがこれまで見たことがないほど大きな人間がいた。

五十代半ば。身長百九十センチ。体重二百三十キロ――ひょっとしたら左脚だけで。上に乗っかられたら脅威。でも、それにはまずわたしをつかまえる必要がある。

ビッグ・ヒバートは息子と同じシルクのピンストライプのスーツを着ていて、それが既製品である可能性はゼロだった。生地だけで低価格車ほどの値段だろう。マホガニーの机の奥に公園用のベンチを置いて座っているが、それは彼の全身を支えられる椅子がいまだ作られたことがないためと思われた。この倉庫のどこかに貨物用エレベーターがあるのだろうかとちらっと気になった。なぜならビッグはもう何年も階段を目にしたことがないはずだから。

「この人たちは融資のことで来たそうです」リトルが言った。

ビッグが机の前に並んでいる椅子を指したので、わたしが真ん中になり、三人とも腰をおろした。この部屋に入ってから三人のうち誰ひとりとして、まばたきもしなければ、息を吐いてもいないのはほぼ確実だ。リトルが隅にあったバースツールを引っぱってきて、父親と並んで腰をおろした。バースツールと公園用ベンチのおかげで、ふたりは座ると同じ高さになったため、わたしはにやつきを抑えるのに苦労した。

ビッグは机から紙の束を引っぱりだし、わたしのほうへ押しだした。「社会保障番号、資産の一覧、過去二カ月の給与明細、身分証明書二種類が必要だ。いくら借りたい？」

必要書類の多さに興味をそそられ、わたしは紙の束を取りあげるとぱらぱらめくりだしてしまい、ややあってアイダ・ベルに脇腹を小突かれた。「ごめんなさい。あなたたち、誤解してるみたいだわ」

リトルの表情が険しくなったので、急いで説明した。

「というか、こちらの言い方がよくなかったのね」

リトルが体から少し力を抜いた。

「わたしは融資を必要としているんじゃないの。ある人物にあなたが融資をしたかどうかを知る必要があるの」

ビッグとリトルは顔を見合わせてから、わたしに目を戻した。「あんた、警察か？」ビッグが訊いた。

「わたしたちが警察みたいに見える？」

リトルがわたしたち三人をざっと見た。「Tシャツを着たあんたは〈ゴールデン・ガールズ〉（一九八五年から放送されたアメリカのドラマ。一軒の家をシェアしている四人の高齢女性を描いたコメディ）に出てくる嫌な女に似てるな。間抜けなやつだ」

わたしは笑いをこらえるために咳をし、横目でアイダ・ベルを見ると、彼女は手で口をこすっていた。

ガーティが元気を取り戻した。「あら、やめてよ。あたしはローズなんかじゃあ、りま、せん」

リトルは肩をすくめた。「そうだって言ったんじゃない。似てるって言ったんだ」

「それであんたは何者なんだ?」ビッグがわたしに訊いた。

「サンディ＝スーよ。夏のあいだだけシンフルに滞在しているの。亡くなった大おばのために片づけることがあって。学校の司書で、警官じゃないわ」

司書の標準的見た目にわたしは合っていたのだろう。ビッグはうなずいた。「おれたちは客の情報を提供するようなまねはしないんでな」ベンチに背中をもたせ、木の幹みたいな腕を分厚い胸の前で組んだ。「それがどんなに大事か、あんたも知ってるはずだ。学校組織で働いてるなら」

「あなたの方針は理解できるし、すばらしいと思うわ。ただ、わたしが知りたいのは死んだ人についてなの。だから、あなたが彼についての情報をわたしにくれても、問題ないと考えたのよ」

そのときだった。ガーティが冷静さを忘れ、沈黙の誓いをまたまた破ったのは。

「もちろん、話は違ってくるわよね」と彼女は言った。「あなたが彼を殺した犯人だったら。そうしたらものすごく大きな問題になるし、ここであなたに質問をしてるあたしたちは本物の間抜けってことになるわ」

第16章

ガーティは椅子の背にもたれて深く息をついた。わたしは椅子の肘掛けをぎゅっとつかみ、これで話がおしまいになるのを待った。ビッグとリトルはそろってガーティをじろじろ見た。たぶん、心臓発作で倒れるのではないかと思っているのだろう。彼女はすでに顔が真っ白、体がこわばっていて、心停止の前段階にあるように見えた。

「どうやら」ビッグがわたしに目を戻して言った。「ひどく不運なフロイド・ギドリーの話らしいな」

「ええ」

「あの男がもう客じゃないにしても」ビッグは言葉を継いだ。「おれがあんたに情報をやらなきゃならないわけがあるか？」

わたしは彼の顔を見つめながら、ひらめきが訪れてくれるよう祈った。いったいどうしたら、この男に口を開かせられるだろう？　大型油圧救助器具《ジョーズ・オブ・ライフ》（事故車両などをこじ開けて人を救出するための万力）を使うとか？　個人的な理由では心を動かせない。わたしが容疑者にされていたって、このふたりにはどうでもいいことだ。ふたりとも人生でなんらかの容疑者になっていなかった時間がないくらいだろう。わたしは観たことのあるマフィア映画を必死に思いだし、説得材料として使える共通点をなんとか見つけようとした。

そして、ひとつ思いついた。

「正直言って、あなたはわたしに何も話すべきじゃない。話したら、プロの道にはずれるわ。ただ、わたしがこうして頼んでいるのは、フロイドが殺されたのがわたしの友人の敷地でだったからなの」

ビッグは頭をかしげ、ペンで机をトントンと叩きはじめた。

「彼女は若い独身女性で、ひとり暮らしをしているの」わたしは先を続けた。「そんな彼女の家に、何者かが三日前、放火したのよ。彼女のお母さんは余命わずかでニューオーリンズの施設にいる。だから、わたしの友人はすでにいろいろと苦労を抱えていたの。それなのに、今度は自分自身の家で暮らすのにも不安を覚えなければならなくなって。あなたたちには関係ないことだってわかってるし、フロイドも死ぬつもりなんてなかったはずだわ。それもわたしの友人宅の裏庭でなんて。でも、肝心なのは、わたしの友人がこんな事件に巻きこまれたのは本当に失礼な話だし、わたしとしてはなんとか解決してあげたいってことなの。彼女がふたたび安心して暮らせるように」

机をトントン叩く音がとまった。ビッグとリトルは背筋を伸ばし、顔を見合わせた。リトルがうなずくと、ビッグがふたたびわたしに目を戻した。

「客の話をするのはプロの道にはずれるが、おれとリトルは古いタイプの人間なんでな、こと礼儀の大事さとなると。相手が女ときたらなおさらだ。若いひとり身の女で、おふくろさんがもうすぐ危ないって打ちひしがれているんじゃあ、できるかぎりの力を貸してやるのが当然だ。フロイドについて知ってることは話そうじゃないか。しかし、それで何かが変わるとは思わないがな」

安堵感がどっとこみあげてきて、危うく椅子から飛びあがり、叫び声をあげそうになった。

「ありがとう。意外なことが重要な手がかりになるかもしれないわ」

ビッグはうなずいた。「フロイドはスポーツ賭博とよくない種類の女が好きでな。どっちに関しても、たいていは大きく負けていた。二年ほど前に、おれたちはやつに金を貸した。ピックアップを担保にな」

「金額は?」わたしは尋ねた。関連があるからと言うより、好奇心のほうが強かった。

「一万ドルだ。返済は半年後」ビッグは顔をしかめた。「ふだんなら、フロイドみたいなやつに金は貸さない。あいつは定職に就けないし、その状況が改善されるようには見えなかった。しかし、あいつはちょうど油井《ゆせい》作業員として働く契約をしたところで、その給料なら借金を返せると、わかってたんでな」

「フロイドはあなたのところで賭けはしなかったの?」

「しなかった。おれたちは数年前に賭屋業から手を引いたんだ。競合相手がニューオーリンズに多すぎてな。経営していくのに必要な書類仕事が割に合わなくなった」

わたしはうなずいた。「フロイドが誰に借金をしていたか、知ってる?」

「あいつは言わなかったし、おれたちは訊かなかった。そのほうがいい」

「フロイドはあなたに返済した？」

「おれの金は必ず返済される」

「さっき、二年前って言ったわよね……そのあと、彼はあなたからお金を借りた？」

「いいや。しかし、借りようとしなかったわけじゃない。ひと月ほど前にも借りたいと言ってきた」

「どうして貸さなかったのか、教えてもらえる？　だって、フロイドは前に返済したんでしょう？」

ビッグは机の上で両手を組み合わせた。「ミスター・ギドリーから金を回収するのに問題はなかったが、あの男に会うたび、おれはウィスキーでも消せない後味が口のなかに残った。あの男の態度や価値基準が気に入らなかった。あいつは敬意や礼儀のかけらも持ってなかった。不快な思いまでして利益をあげることたあない」

大胆な気分になって、わたしは最後の質問をした。「フロイドがあなたにお金を返したって、どうしたら確証が得られるかしら？　わからないわよね？　あなたはフロイドから、取り返せるはずのものを取り返せなくて、損切りのために彼を殺したかもしれない」

ビッグがにやりと笑った。「ああ、わからないな」

そこまでだった。これ以上調子に乗るのはまずいと判断し、わたしは立ちあがると彼に時間を割《さ》いてもらった礼を述べた。ガーティとアイダ・ベルも立ちあがったが、ガーティはバッグから手のひらサイズの聖書を二冊引っぱりだすと、ビッグとリトルそれぞれの前に一冊ずつ置いた。ふたりは聖書を見て、次におたがいの顔を見た。わたしたち三人をどう解釈したらいいか、困惑しているのは明らかだった。

「ありがとう」わたしは言った。「話してくれて、本当に感謝してるわ。微妙な性質の情報だということと、あなたの立場を考えるととりわけ」

ビッグはうなずいた。「あんたの友達の問題が解決され、平穏な暮らしが取り戻せるといいな。友達のおふくろさんのためにろうそくをともすよ」

彼はフロイドのためにろうそくをともすとは言わなかった。

わたしたちはリトルのあとについて一階へ戻った。そこで彼はわたしに名刺を渡した。

「融資が必要になったら、おれたちを思いだしてくれ」

車に戻り、わたしがドアを閉めるやいなや、アイダ・ベルがガーティに食ってかかった。

「頭でもおかしくなったのかい？　あいつらの見張りは、あたしたちが倉庫に入っただけで銃を向けてきたんだよ。それなのにあんた、ビッグとリトルがフロイドを殺したなんて、最初っからほのめかして」

「ほのめかしたりなんてしなかったわ」ガーティはばつの悪そうな顔になって反論した。「訊いただけ」

アイダ・ベルがぐるりと目玉をまわした。「そうだったねえ。そりゃあ犯罪者にとっちゃ大きな違いだよねえ。あんた、黙ってるって約束はどうしたんだい？」

「気が動転しちゃったのよ。文句があるなら、訴えればいいでしょ」

わたしはかぶりを振った。「あなた、見張りにイエス・キリストを知ってるかって訊いたわよね。あれは気が動転したんじゃない。降伏よ」

「わかりました」とガーティ。「そうやってがみがみ言ってなさいよ。あたしはとっとここから帰ります。あたしたちにまずい情報を渡したって、あの男たちの気が変わると困るから」

「いい考えね」わたしは言った。

ガーティがキャデラックのギアをバックに入れるなりアクセルを踏みこんだので、わたしはもう少しで床に投げだされそうになった。彼女はギアをドライブに入れなおすとものすごいスピードで発進したため、後輪があたりに泥と石をまき散らした。アイダ・ベルが首を振りながらシートベルトを締めた。ガーティの運転ぶりを見て、わたしは身動きできるほうがいいと判断した。彼女が車ごとバイユーに突っこんだときのことを考えて。

ハイウェイにのったころには、ガーティの不機嫌もおさまり、通常モードに戻ったようだった。

「で、どう思った?」わたしは尋ねた。

「あたしたちの仮説と話が合うようだったね」アイダ・ベルが答えた。「フロイドはまずいことに足を突っこんでいた。一カ月前に金を借りようとしてたんなら、おそらくその絡みで殺されたんだ」

「ギャンブル、よね。でも、賭屋は彼を殺すより、金が手に入るほうがいいはずよ、あの男がこれまでなんとか返済してきてたとすると」

「賭屋はビッグと同じくらいフロイドを嫌ってたのかもしれないわね」ガーティが可能性を述べた。

「ありうるね」アイダ・ベルが賛成した。「フロイドがいつも厄介な相手だったとしたら、損切りをするのと同時にあいつを見せしめにしようとしたのかもしれない」

わたしは眉を寄せた。「ビッグは嘘をついてた」

「なんですって？」

「いつ？」

ガーティとアイダ・ベルが同時に声をあげた。

「フロイドが金を借りた理由は知らないって言ったとき。彼の目を見たらわかった。二年前フロイドが現金を必要としたときも知っていたし、一カ月前に必要になったときも知っていたんだと思う。ビッグ自身は賭屋から手を引いたとしても、ニューオーリンズで商売してるのは、同じファミリーの人間でしょ？」

「ニューオーリンズで賭屋をやってるファミリーがいくつあるかは知らないが」とアイダ・ベル。「ヒバート一家がそのひとつであるのは間違いないね」

「つまり、フロイドがヒバート一家に借りがあれば、ビッグは簡単に、フロイドの借金相手と理由をつかめたはず」

「たぶんね」アイダ・ベルも賛成した。「しかし、それをなんでわざわざ秘密にするんだい？　フットボールで作ったもんでも競馬でも、たいして違わないだろう。借金としては、みんな同じじゃないか」

「そうよね。だったら、どうして嘘をついたのか？　どうして嘘を？」

アイダ・ベルが眉をひそめた。「まったくだ。その理由は重要だって気がする」

わたしは首を振った。「わからない。でもなんとなく、その理由は重要だって気がする」

「やつらが殺したんだと思うかい？」アイダ・ベルが訊いた。「あるいは殺させたとか？」

「ビッグがフロイドを殺させたとは思わない。わたしの質問にあんな自信たっぷりな態度で答えたはずがないもの。自分が事件に関与していたら」

「だがあの男は誰がやったか、その理由も知ってると、あんたは思うんだね？」

わたしはうなずいた。「ええ、そう」

「それじゃ、どうやって突きとめる？」とガーティ。

「フロイドの家に入ることができれば」アイダ・ベルが言った。「手がかりを見つけられるかもしれないね」

「FBIが見張ってるのに？」わたしは言った。「無理よ。ただし……」

ひとつの案が形を成しはじめた。いかれていて、危険で、失敗するのがほぼ確実な案が。

「言ってごらん」とアイダ・ベル。

「FBIは家に錠をかけて立入禁止にするだろうけど、なかに生きた証人がいるわけじゃないから、外に見張りを置くだけのはず。アリーはきょうの夕方、自宅に戻る必要がある。今夜のデートに着ていく服が要るから」

「デートですって?」ガーティが色めきたった。「デートってどういうこと?」

わたしは彼女のほうに手を振った。「それはあとで。とにかく、わたしは彼女の家のまわりを見て、何かおかしなものがないか確認したいの――そもそもなんでフロイドがアリーの家の敷地にいたのか、突きとめられたらっていうか」

アイダ・ベルが興奮した顔になった。「それじゃ、あたしたちも一緒にアリーの家に行こうっていうんだね、彼女を守るためと防犯目的の調査のために」

「でも、アリーがデートに出かける準備ができても、わたしたちはまだやりたいことが残っている」わたしは言った。「だから、彼女に鍵はわたしたちが帰るときにかけると約束する」

「いいね」とアイダ・ベル。「そうすれば、あたしたちはこっそり裏庭に出て、あのやわな塀を壊して隣の裏庭に入り、フロイドの家に侵入することができる」

わたしはうなずいた。「危険だけど」

「とっても危険だ」アイダ・ベルが同意した。

ガーティがにんまり笑った。「あたしたちにぴったりじゃないの」


ビッグとリトルを訪問しているあいだ、わたしは携帯電話をサイレントモードにしていたのだが、家に着くまで着信履歴の確認を忘れていた。カーターから四回もかかってきていた。まずい。FBIが来て、捜査を取り仕切る権限が彼にはなくなったことを、わたしに警告したかったのだろう。アイダ・ベルとガーティに慌ただしく説明をすると、わたしは保安官事務所へと急いだ。この話は会ってしたほうがいいと思ったからだ。

保安官事務所の受付にはブロー保安官助手がいて、わたしが入っていくと警戒気味にあいさつしてきた。例の不運なトイレ事件が起きたとき、わたしを事務所の外に出しておくよう命じられていたのは彼だったから、またもや自分が責められるようなことをやられるのではと恐れているのだろう。

「カーターはいる？」

「はい。電話します」彼は受話器を取りあげ、カーターにわたしが来ていることを知らせた。まもなくほっとした顔で電話を終えた。「奥のオフィスに来てほしいとのことです」

「ありがとう」わたしは建物の裏側へと向かい、廊下の端にあるカーターのオフィスまで歩いた。ドアは閉まっていたので、軽くノックしてからなかをのぞいた。カーターは窓際に立ち、バイユーを眺めているところだった。こちらを振り向くと、なかへ入るよう手ぶりで示した。

わたしがデスクの前の椅子に座ると、彼はデスクの端に腰をのせてわたしと向き合った。

「ずっとあんたをつかまえようとしていたんだ」

「知ってる。ごめんなさい。アイダ・ベルとガーティと一緒に、あれこれ用事を片づけていたの。そのほうが気持ちが紛れると思って。携帯電話がサイレントモードになってるのに気がついてなかったのよ」

カーターはうなずいたが、わたしの説明をどこまで聞いていたかは怪しかった。知り合ってからというもの、彼は何度か深刻な問題を抱えたことがあったが、これほど心配そうで、もっと悪いことに、打ちひしがれた様子の彼を見るのは初めてだった。

「何かまずいことがあったのね」わたしは言った。

「そんなにわかりやすいか」

「まあ……そうね」

カーターは深く息を吸いこんでからゆっくりと吐きだした。「フロイドの件で新たな展開があった。嬉しくない展開が」

「そうなの？」

「今朝、ＦＢＩが現れて、向こうが捜査を引き継ぐことになった」

わたしは目を見開き、衝撃を受けて見えるようにできるだけがんばった。「ＦＢＩ？　何が……だって、どうして……びっくり」

「正確な理由はわからない。連邦捜査局は地方の法執行機関に説明をする必要はないからな。おれにわかってるのは、フロイド殺しの捜査はやつらが引き継ぎ、もしおれが捜査を続けていると見なされたら、逮捕されるってことだけだ」

「連邦捜査局はフロイドの事件をいったいどうしたいの？」

「なんとも言えないな。フロイドは模範市民というわけではなかったし、殺されたという事実を考えると、あいつはおれがにらんでいたとおり、違法かつ極悪なことにあれこれ手を出していたはずだ。ＦＢＩは立件する機会を狙ってフロイドを監視していたってところか。ほかの件で利用するために」

「それでもし誰がフロイドを殺したのか突きとめられれば、ＦＢＩの主張の証拠固めができるのかもしれない」

「それを期待してるんだろうな」

「あなた、フロイドの家を捜索する機会はなかったわよね」

「救急隊員が遺体を搬送する準備をしているあいだに、ざっと見ただけだ。特におかしなところはなかったが、念入りに調べる時間はなかったから」

「ボブキャットはいなかった？」無頓着な訊き方になるよう努めた。今夜一番遭遇したくない相手は、かみそりのような爪を持った怒れる動物だ。

カーターは眉をひそめた。「そう言われてみると、ボブキャットは影も形もなかったし、フロイドがペットを飼っていた形跡もなかったな。もしかしたら、ときどき餌をやっていただけなのかもしれない。ボブキャットがあんたたちを追いかけてきたのはたぶん偶然で、フロイドはそれを喜んで利用したんだろう」

「たいした偶然だわ」

彼は手を伸ばしてわたしの手を握った。「あんたに心配してほしくないんだ。おれのファイルにはごくわずかな情報しか含まれていなかったし、〈スワンプ・バー〉での一件についてはいっさい入ってない。ＦＢＩはほかに何も、おれから引きだせない」

「ありがとう。あとは祈るだけね、もし彼らが〈スワンプ・バー〉までフロイドの行動を追っても、あそこの常連はあなたと同じように口を固く閉ざすって」

「その方向には行かないんじゃないかと思う。ＦＢＩは誰がフロイドを殺したか、すでに当たりをつけてるはずだ。あいつらは自分たちの捜査を邪魔されたくないだけなんだよ、田舎町の無能な保安官助手に」

「それなら、損するのは向こうね。でしょ？」

カーターはほほえんで顔を寄せ、わたしの唇に軽く唇を触れさせた。「すべて解決したら、あんたにディナーをおごってもらわないとな」

「わたしがおごってもらうんじゃないの？」

「急に伝統主義者になるつもりか？」

「かもね」わたしは彼の手をぎゅっと握った。「あなたが担当からはずされて残念だわ。わたしが〈スワンプ・バー〉へ行ったりしなければ……」

「そうしたら、ほかのことが起きてたはずだ」カーターはわたしの手を放し、背筋を伸ばした。「あんたがおれの賢明な忠告に――間違いなく賢明な忠告だぞ――耳を貸そうとしないんで、何度も頭にきた。しかし、大事なことはだ、いつも他人から言われたとおりにしていたら、たとえそのほうがあんた自身のためになる場合でも、あんたはあんたでなくなるってことだ。おれはそれを受けいれられるようにならなきゃならない。たとえあんたが忠告を無視して、その結果がおれに跳ね返ってこようとも」

「それってずいぶん大きな譲歩よね、わたしと一緒にいるためだけにしては」

カーターは肩をすくめた。「おれの良識と、法律を遵守する性質があんたにもうつるって希望は捨ててない」

わたしは立ちあがると、やめておいたほうがいい理由が百万個あるにもかかわらず、彼をハグせずにいられなかった。わたしは放火犯ではないし、人を殺してもいないし、ＦＢＩを運営しているわけでもないけれど、いまカーターが置かれている立場に責任を感じていた。

「何もかもきっと解決する」彼の体に腕をまわしながら言った。

ほんの一瞬、カーターはためらいを見せたが、わたしをぎゅっと抱きしめた。「そうならなきゃ困る」

わたしは彼の体にまわした腕を解くと、よりいっそう決意を固くして保安官事務所をあとにした。フロイドを殺した犯人を見つけて、カーターの生活もわたしの生活も元どおりにしてみせると。

それがどんな生活になるのか、早く知りたくて仕方がない。

第17章

アリーがワンピース二枚をこちらに見せた。「どっちがいい？　青いほう？　それとも黄色？」

　わたしは二枚の候補を見ながら、不思議に思った。どんなにがんばっても、わたしが女子的なことから逃れられないらしいのはなぜだろう。「ええと、着てて楽なほうかな？」

　クロゼットから出てきたガーティが目玉をぐるりとまわし、サンダルを一足、ラグの上に置いた。「青いほうよ。あなたの目の色が引きたつし、日に焼けた肌がきれいに見えるわ」

「青ね」アリーはにっこりして、廊下の先にあるバスルームへと着がえにいった。

　アイダ・ベルとガーティ、そしてわたしは寝室でくつろいでいるふりをしていたけれど、実際はアリーが出発して、捜査に取りかかれるときを待ち、じりじりしていた。

　アリーはすぐ寝室に戻ってくると、ダッフルバッグに服を詰めはじめた。「もうちょっとあなたの家にいさせてもらうことになったから、着がえをもう少し持っていきたいの」

「そのほうがいいわね」わたしは言った。「毎日洗濯したければ別だけど」

「ガーティ」アリーが言った。「クロゼットに入ってすぐのところにかかってるシャツを取ってもらえる？」

　ガーティがクロゼットのドアを開け、緑のポロシャツを出してアリーに渡した。「ここのクロゼット、どうなってるの？　奥にもドアがあるわ」

　アリーが天井を見た。「それも母のすばらしい思いつきのひとつなの。おたがいのクロゼットを隔てる壁を取りはらったのよ。簡単に服の貸し借りができるようにって。でもひとつ屋根の下に住んでいるあいだ、親子で服の貸し借りをしたことなんて一度もなかったわ」

ガーティが顔をしかめた。「それじゃ、このクロゼットは向こうにあるお母さんの寝室とつながってるわけ？　そんなの穿鑿《せんさく》好きってだけに聞こえるけど」

「あたしもそう思ったわ」アリーが言った。バッグのファスナーを閉めてわたしの顔を見る。「悪いけど、帰るときにこのバッグを持っていってくれる？」

「いいわよ」

アリーは息をついてから、わたしたち三人を見た。「あなたたちがここに残るのが心配。だって車にも乗ってきてないし」

「こっちは三人だから」わたしは彼女を安心させるために言った。「殺人現場に戻ってくるばかなんていないわよ。暗くもなってない時間には特にね。三人で手早くあれこれ調べて、そうしたら鍵をかけて帰るから」

「それにあたしたちには運動が必要なんでね」アイダ・ベルが言った。「そもそもここまで歩いてきたのはそれが理由だ」

アリーは下唇を嚙んだ。「きっと何も見つからないわよ。母は価値のあるものはひとつも持ってなかった。だって、あるのは家と家具やらだけで、宝石や美術品、ほかに人を殺してでも手に入れる価値のあるものなんて何もないから」

「あんたの言うとおりだと思うよ」アイダ・ベルが賛成した。「しかし、この家が安全だとわかれば、あたしたちは安心できる。なんにもしないでぐだぐだしてるのは性に合わないんでね」

アリーが笑顔になった。「あなたたちが友達でいてくれて、あたしって幸運だわ」

「そうだね。さてと」アイダ・ベルはいささかどぎまぎした様子で言った。「デイヴィッドはここへ迎えにくるのかい?」

「いいえ。服を取りにくる用事があったから、雑貨店の前で待ち合わせすることにしたの」

「帰りは」ガーティが言った。「フォーチュンの家までデイヴィッドに必ず車で送ってもらうのよ。自分の車を取りにいったりしないで。帰ってくるころにはダウンタウンも人気《ひとけ》がなくなってるでしょうからね」

わたしもうなずいた。「あしたはお店までわたしが送っていく」

アリーが首を横に振った。「もうこれ以上、あなたに迷惑かけたくないわ」

「誰に迷惑ですって?」わたしは訊いた。「チキンフライドステーキとパンケーキを食べるいい口実になるじゃないの」

アリーはほほえんで、ガーティがラグの上に出しておいたサンダルを履いた。「わかったわ。それじゃ、あたし見苦しくない感じになったかしら。そろそろ出かけないと」

「きれいよ」ガーティが言った。「デイヴィッドはとってもラッキーな男だわ」

アリーは赤くなり、手を振ってから出ていった。わたしは寝室の窓から外を見て、アリーの車がバックして私道から出ていくとすぐ、アイダ・ベルとガーティに親指を立ててみせた。

「あなたたちふたりはここから始めて」わたしは言った。「収納家具やらクロゼットやら、調べる場所がいっぱいある。わたしは一階を調べるわ。窓は全部、錠を確認するのを忘れないで。なにかおかしなものが見つかったら、たとえ理由はわからなくても大きな声をあげて。三人寄れば、答えが出せるはず」

アイダ・ベルとガーティがうなずいたので、わたしは一階におり、家の表側にある居間から手をつけた。

大きな部屋ではなかったし、ありがたいことに、アリーの母は収集家タイプの女性ではなかった。居間にある収納家具は本棚二台とテレビ・キャビネットだけで、ほかに何か隠せる場所は小さな上着用クロゼットしかなかった。本棚に置かれていたのは置物がほとんどだった。本が多いとページをめくってみる必要があって時間がかかる。そんなわけでその部屋はすばやく調べ終わり、フォーマルな食堂へと移った。食堂にあったのは軽食用のカウンターとテーブルだけだった。どちらの部屋の窓もしっかり施錠されていて、細工を加えられた形跡はどこにもない。

キッチンへ移動すると、まずは火事で損傷した朝食用のコーナーへ行き、そこにはられたベニヤ板を調べたが、板はすべてしっかりと釘が打たれたままで、はずそうとした痕跡はまったくなかった。勝手口は鍵がかかっていたが、デッドボルト錠が壊れていた。たぶん消防士が突入するときに壊したのだろう。キッチンには窓が三つあり、ひとつは板で封じられ、シンク上のひとつはしっかりと掛け金がかかっていた。残るひとつは火事が起きたのとは反対側の横の壁にあり、掛け金がかかっているように見えたが、引っぱってみると、音もなくするりとあがった。

掛け金をさわってみたが、緩んではいなかった。窓をもう一度下までおろし、アイダ・ベルとガーティを呼んだ。数秒後、ふたりが急いでキッチンに入ってきた。

「何か見つかったの?」ガーティが尋ねた。

「ええ。でも見つけたかったものとは違う」わたしは窓を指差した。「あの掛け金、かかっているように見える?」

ふたりは近づいて窓の掛け金をよく見た。ガーティがうなずき、アイダ・ベルが言った。

「あたしには問題なく見えるよ」

「窓、開けてみて」わたしは言った。

アイダ・ベルは眉を寄せて窓に手を伸ばした。するりと開いた瞬間、目をみはった。「いったいどうなってるんだい?」腰を曲げて掛け金をあらためた。「向こう側から切断されてるじゃないか!」

わたしはうなずいた。

ガーティが目をみはると同時に、顔から少し色が失われた。「でも、こんなことする理由が考えられないわ。唯一……」

「唯一ありうるのは、住人に知られることなく他人の家に忍びこみたいときだけね」わたしは言った。

「いったいここで何が起きてるんだい?」アイダ・ベルが訊いた。「何ひとつ筋が通りゃしない」

わたしはうなずいた。アイダ・ベルの言うとおりだ。放火に不審者、フロイド殺し、ビッグとリトル、不動産業者……すべてがなんらかの重要な意味を持っているという気がしてならない。でもどう並べても、全体像が見えてこなかった。「二階で何か見つかった?」

ガーティが首を横に振った。「あたしたちが考えたとおりだったわ。アリーの母親は派手好きじゃなかったし、散らかすのも好きじゃなかったから、調べるのは楽だった。いい装身具を二、三持っていたけど、いいっていうのはアリーにとって感傷的な意味で。貴金属店に持っていっても二、三百ドルってところじゃないかしら。質店だったらもっと安いと思うわ」

わたしはもう一度窓を見て顔をしかめた。「つじつまの合わないことばかり。この家のなかにあるものが欲しいなら、どうして焼き払おうとしたりするの?」

ガーティが首を振った。「それに、窓に細工をするほど手に入れたいものがあるなら、それがなんだか知らないけど、どうしてまだ持っていってないの?」

「もう持っていったのかもしれないよ」アイダ・ベルが言った。

わたしの頭に凶悪な可能性が思い浮かんだ。「あるいは、手に入れたいものがもうここにはないとか」

ガーティがはっと息を呑んだ。「アリー?」

アイダ・ベルの表情が険しくなった。「それしかつじつまが合わないね。だとすれば、その窓も不審者も説明がつく」

「でも火事はおかしい」わたしはキッチンカウンターをバンッと叩き、ふたりを飛びあがらせた。「癪《しゃく》にさわる！　絶対、手がかりはすべて目の前にそろってるって気がするのよ。それなのに何かを見落としている」

アイダ・ベルがわたしの腕に手を置いた。「あたしたちはこの事件を解決するよ。アリーの身には何も起きない。あたしたちが目を光らせているかぎり」

アイダ・ベルが話すのを聞きながら、わたしは安心感がこみあげてくるのを感じた。アイダ・ベルほど有言実行の人をわたしは知らない。彼女の言うとおりだ。アリーに手を出そうという人間は、わたしたち三人を相手にしなければならない。そんなことをやってみようとする人間がいたら、わたしは相手に同情してしまいそうだった。

しないけど。

「そろそろ日没よ」わたしは言った。「フロイドの家へ行く準備をしないと」

「家の前を確認してくるわ」ガーティがそう言って居間へと足早に立ち去った。まもなく、大きな声が聞こえた。「ヒューストン、問題発生（アポロ13号のスワイガート宇宙飛行士がヒューストンの管制センターに向けて発した言葉）」

アイダ・ベルとわたしは家の表側へと急ぎ、ブラインドのあいだから外をのぞいた。

「通りの反対側、三軒離れたところ」ガーティが言った。「あの茶色のセダンはベアトリスのでも娘のでもないわ。でもベアトリスの家の正面に駐車してる」

わたしは目をすがめ、あたりが暗くなっていくなかで車のなかをよく見ようとした。車の前部に人がふたり。肩幅から見て、男にちがいない。

「ＦＢＩね」わたしはそう言って窓から離れた。

ガーティがわたしの顔を見た。「ねえ、どうしてフロイドの家を見張る必要があるのかしら？　まさか殺人犯が戻ってくると考えてるわけじゃないわよね？」

「違う」わたしは答えた。「ただ、新人捜査官ふたりに車で張りこみさせているんだと思う。なにか起きたとき言い訳ができるように」

アイダ・ベルがうなずいた。「それじゃ、今朝カーターに会いにいったのとは違うふたりだね？」

「そのはず」わたしは答えた。「上級の捜査官はたいてい捜査のほうを担当する。退屈な仕事をやるのは下っ端」

「車のなかから、誰もいない家をひと晩中見張るとか？」ガーティが訊いた。「わくわくするわね」

「新人の仕事なんてみんな同じようなものよ」わたしは言った。

ガーティが眉を片方だけつりあげた。「あなたの場合は違ったはずだわ」

「まあね。わたしは標準よりちょっと上をいく成績をあげてたから」

アイダ・ベルが鼻を鳴らした。「そんなこと、とっくに知ってるさ。あいつら、朝まであそこにいるかね？」

「おそらく。でも関係ないわ。家のなかで動くものが見えなければ、彼らは車から離れない。こちらはブラインドが閉まっていることを確かめて、懐中電灯を窓に向けないようにするだけでいい。バイユーに人がいなければ、わたしたちは誰にも気づかれずに家に入って出てくることができる」

アイダ・ベルがうなずいた。「漁師はもうすぐひとり残らず、店じまいして帰っちまうよ。まだ残ってるやつがいたとしても。アリーの寝室の窓から、この家の裏のバイユーにボートが二艘いるのが見えた。でもいったん暗くなったら、バイユーをこっちに進んでくるボートがいても、広角のビームライトを持ってるやつじゃなきゃ見られる心配はないはずだ」

「日没まではあと五分」ガーティが言った。

「それじゃ、支度を始めましょ」わたしは持ってきたバッグから手袋を三組取りだした。全員が手袋をはめると、懐中電灯を渡した。「金槌とバールも持ってきた。フロイドが塀の修繕を念入りにしてるといけないから」

ガーティが鼻で笑った。「前と同じに突っかい棒で立たせてるほうがありそうね」

わたしはバッグのストラップを肩にかけた。「行って確かめましょ、いい?」

勝手口から外に出ると、ドアに鍵をかけた。こうしておけば、何か問題が起きても、アリーの家に侵入されることはない。月明かりがわずかに差すだけの裏庭を、わたしたちは突き当たりの鉄柵まで急ぎ、出入り口を通り抜けた。フロイドの家の塀へと近づく途中、わたしはバイユーにさっと目を走らせたが、行き来するボートはまったくない。このあいだ塀が倒れたあたりまで行くと、軽く押してみた。ぐらついたので、もう少し強く押すと全体がフロイドの裏庭へと倒れこんだ。

「あいつが芝刈りをぜんぜんしてなくてよかった」アイダ・ベルが言った。「雑草のおかげで塀が倒れても音が響かなかった」

わたしはぼんやりと照らされた裏庭に、動くものはないかと目を走らせた。「何か見える？」

ガーティが首を横に振った。「FBI捜査官もボブキャットもいない」

アイダ・ベルがフンと笑った。「あんたにゃどっちも見えないだろう、目の前にスポットライトを浴びて立ってるんじゃなきゃね。とはいえ、確かに何も見えないよ」

「ついてきて」わたしは倒れた羽目板を越えると塀の右側に沿って家まで歩いた。裏手の窓を調べたが、開かなかったため、ポーチにあがってドアノブを小刻みに動かしてみた。安手の古いノブだった。バッグからドライバーを取りだし、手早く解錠する。

そろそろと勝手口のドアを開け、首をなかに入れた。FBIは階段の照明をつけたままにしていたため、行き来できるようになっているキッチンと居間がぼんやりと照らされていた。FBIがすでに何もかも調べたあとであるのはすぐに見てとれた。なかに足を踏み入れ、アイダ・ベルとガーティについてくるよう合図する。散らかりぶりを見てうんざりした。

キッチンの抽斗という抽斗が引き抜かれ、中身がカウンターか床に投げだされている。容器はひとつ残らずひっくり返され、棚は空っぽにされ、壊れた残骸が床に散らばっていた。

「繊細な仕事ぶりだねえ」とアイダ・ベル。

「いかにもFBIらしい」わたしは言った。「でもって下手くそ。鋤《すき》で耕すみたいに家を捜索したら、大事なことを見逃してしまうのに」

「あんたFBIとは何度も一緒に仕事したことがあるのかい？」アイダ・ベルが訊いた。

「そういうわけじゃない。わたしが……本格的に仕事をするのはよその国でだから。でも、こっちで話をする警官がいるの。彼はFBIについていつも文句を言ってる」わたしは散らかされた室内を見てため息をついた。「FBIが見逃したものがないか、さがしてみましょ」

わたしがカウンターの片方の端から手をつけると、ガーティが反対側から調べはじめた。アイダ・ベルは居間へ向かった。

「あいつら、ソファの上のクッションを引き裂いて、詰めものを全部引っぱりだしてるよ」アイダ・ベルが言った。「こりゃひどいね」

わたしはやれやれと首を振り、カウンターの上に散らかっているものを見ていった――プラスチックのフォークと使い捨ての皿がカウンターに散乱していたので、それを奥に押しやってひとまとめにした。缶詰がいくつもカウンターと床にころがっている。

「何か見つかった？」ガーティが尋ねてきた。

「あいつはベイクドビーンズが好きだった」わたしは答えた。

「それとたばこもね」ガーティが言った。「この棚に四カートン（たばこ一カートンは通常十箱入り）もあるわ」

「あの男、何かいい習慣ってなかったのかしら」

「いい習慣のある人はたいてい、殺されたりしないわね」ガーティが言った。「食堂のテーブルを見てくるわ」

わたしはうなずいた。「ここはわたしにまかせて」カウンターの次の場所に移り、シリアルの箱をざっと脇に寄せた。下から書類が現れたので、わたしは脈が少し速くなった。書類の束を取りあげ、ぱらぱらとめくっていく。

「何か見つかったかい？」アイダ・ベルがキッチンへ入ってきながら尋ねた。

「事後通知、通話停止やなんかの警告、保険証書」

「生命保険かい？」

保険証書までもう一度戻った。「いいえ。住宅所有者保険みたい」書類の束をカウンターに投げた。「わかったのはすでにわかっていたこと――フロイドは破産状態にあって、急いで現金を手に入れる必要があったってことだけ。居間のほうはどうだった？」

アイダ・ベルがガラス製品を持ちあげた。「麻薬吸飲用のパイプだ。でも麻薬は見当たらなかった」

「買うお金がなかったんでしょ。シンクにショットガンの空の装弾がふたつ落ちてた。フロイドは自分で再充塡してたんだと思う？」

「たぶんね。この辺で猟をする人間はたいていがそうする。それが重要かい？」

「そういうわけじゃないけど。ただ知りたかっただけ」わたしはキッチンを見まわし、かぶりを振った。「正直言って、どうしたらいいかわからない。次の行動がひとつも思い浮かばない。ものすごくばかげていて、危険で失敗するのがほぼ確実なものさえ」

アイダ・ベルが顔をしかめた。「あたしもだ」

「あたしも」ガーティがキッチンに戻ってきながら言った。

アイダ・ベルが彼女をちらっと見た。「ガーティがいかれたことを思いつかないとあっちゃ、あたしたちはおしまいだね」

ガーティはカウンターにもたれた。「落ちこみすぎて反論する気にもなれないわ」

「ねえ」わたしは声をあげた。「そもそも今回は望み薄だったでしょ。一か八かやってみたけど、結果が得られなかっただけ。もっとまずい事態になっていた可能性もあった」

「そうよね」とガーティ。「たとえばFBIが銃をぶっぱなしながら突入してきて、あたしたち全員を不法侵入の罪で逮捕するとか」

彼女がそう言った瞬間、玄関ドアの鍵がまわされる音がした。

第18章

というわけで、FBI捜査官は突入してきたわけではなかったけれど、わたしたちは大慌てで勝手口から飛びだそうとした。ガーティはドアに一番近い位置にいたものの、彼女の反応速度はわたしとアイダ・ベルほど速くなかった。

アイダ・ベルがすばやくカウンターをまわり、わたしがすぐそのあとに続き、ガーティを勝手口から押しだすようにした。ポーチの照明を叩き割ろうと、わたしが後ろに手を伸ばしたとき、こちらに向かってとまれと叫ぶ声が聞こえた。ポーチの端まで走り、飛びおりたら、着地したのは自分のジャンプ力を誤算し、倒れていたガーティの上だった。

アイダ・ベルとわたしで腕を片方ずつつかみ、彼女を立ちあがらせると、奥の塀に向かって全力疾走した。月が雲の後ろに隠れ、前を照らすのはほんのわずかな光だけになったが、それはつまりFBI捜査官にもわたしたちが見えないということだった。わたしはスピードをあげ、アイダ・ベルとガーティが少なくともわたしの八〇パーセントの速度でついてきてくれるよう期待した。湿地で追っ手をまけば逃げきれる可能性がある。

向こうが発砲してこないかぎり。

そんな考えが頭をよぎった瞬間、最初の銃声が後ろから聞こえた。「いまのは威嚇射撃」わたしは言った。「次は違う」

FBI捜査官が背後で叫ぶのが聞こえ、彼らが追ってくるのがわかった。わたしは倒れた板塀を飛びこえ、湿地に入った。月がふたたび現れ、ぼんやりした光がバイユーに反射して、わたしが道を定める助けとなってくれた。残念ながら、これはFBI捜査官にも等しく有利な条件だ。

バイユーを避け、草木が鬱蒼と茂るほうへと向かい、彼らを振りきれるように祈った。短く後ろを振り返ると、アイダ・ベルとガーティがなかなかの速度を保ち、ほんの二十メートルほど後ろを走ってくるのが見えた。FBIはまだ裏庭から飛びだしてこない。わたしは前方の生け垣を目指してさらに速度をあげた。そのせいで腿が燃えるように熱くなった。

生け垣まであと二メートルほどまで迫ったとき、二度と聞きたくなかったうなり声が湿地に響きわたり、わたしは急停止しようとした。足を滑らせながら立ちどまった瞬間、茂みからボブキャットが飛びだし、まっすぐこちらへ向かってきた。わたしはすばやく向きを変えると、いま来たほうへ走りだし、唖然としているアイダ・ベルとガーティのすぐ横を駆け抜けた。でも、わたしには計画があった。計画のようなものが。

「そのまま走りつづけて」ふたりに命じた。

ふたりがそのまま走っていくのが聞こえると、わたしは懐中電灯を取りだし、月明かりのなかでフロイドの家の裏の塀が見えないかと目を凝らした。ＦＢＩ捜査官たちが裏の塀から湿地へと出てくるとすぐ、わたしは懐中電灯をつけ、ボブキャットの前の地面を照らしてから湿地の草むらへと光を向けた。ヤマネコも飼い猫と同じ性質を持っていてくれるよう祈りながら。

ボブキャットはたちまち光線に惹きつけられ、飛びかかろうとした。わたしが光を遠くに投げると、ボブキャットは猛スピードで追いかけていった……ＦＢＩ捜査官たちに向かってまっすぐ。

彼らのひとりが悲鳴を、とても女子っぽい悲鳴をあげるのが聞こえたが、こちらはそれを楽しんでいる時間的余裕がなかった。

ボブキャットは、あの動物に出せそうな声の十倍は大きいうなり声をあげ、女子っぽい叫び声の捜査官目がけて突進していった。

「クーガーだ！　逃げろ！」

捜査官たちは大慌てで向きを変え、途中でぶつかり合いながら、フロイドの家の庭へと駆けもどった。ボブキャットが塀のなかまで彼らを追っていくのを見届けてから、わたしはアイダ・ベルとガーティのあとを追って走りだした。

アリーの家へ行く前に、わたしたちは代替案として脱出ルートを決め、そのルートの端にある空き地にガーティの車を駐車しておいた。すべてがうまくいったら、歩道を通って車まで行き、運転して帰る。もし問題が起きたら、命がけで走り、運転して帰る。一度でいいから、代替案を使わずにすめばよかったんだけれど。

五十メートルほど進んだところで、わたしは速度を落として耳を澄ましたが、人もそれ以外のものも追ってくる音は聞こえなかった。ふたたび速度をあげたけれど、先ほどまでの全速力ではなかった。二分ほどすると、湿地を抜けて空き地に飛びだした。アイダ・ベルとガーティが車の横で前屈みになっていて、近づいていくと、ガーティがゼエゼエ言っているのが聞こえた。

「あたし……死ぬ……かも」彼女は苦しげに言った。

「死にゃしないよ」アイダ・ベルが言った。ガーティほど息は切れていないが、明らかに消耗している。「とっとと脱出しよう」

ガーティがポケットからキーを出し、持ちあげた。「疲れとめまいで運転できないわ」

わたしはキーをつかんで運転席に乗りこみ、キャデラックをまっすぐうちへと走らせた。

家に着くと、わたしたち哀れな一団は、足を引きずって玄関まで歩いた。ポーチの階段をあがるとき、わたしはガーティが倒れないように体を支え、彼女を壁にもたれさせてから、玄関の鍵を開けた。なかに入ると、めいめい居間のソファや椅子に倒れこんだ。

数分のあいだ、聞こえる音と言えば、わたしたち三人の息遣いと、ときどきガーティの口から漏れる「あたし、死ぬ」というつぶやきだけだった。動いてもいいと思えるぐらい回復すると、わたしはキッチンへ行き、それぞれにミネラルウォーターを一本ずつ持ってきた。アイダ・ベルとガーティは感謝しながらボトルを受けとり、わたしはもう一度ソファにドサリと腰をおろすと水をひと口飲んだ。

「あっ、かき氷を食べたみたいに頭がキーン！」ガーティが片手で額を押さえた。

アイダ・ベルがやれやれと首を振った。「毎回やるんだから」

ガーティが肘掛けから二、三センチほど手を持ちあげ、震える中指を立ててみせた。ガーティよりもはるかに体を鍛えていて回復もずっと早いアイダ・ベルが、背筋を伸ばして座り、わたしを見た。「で、何があったんだい？　走ってるあいだはよく聞こえなかったけど、悲鳴が聞こえた気がしたよ」

わたしはうなずき、ボブキャットに懐中電灯を使った手口について説明した。話が終わるころにはアイダ・ベルは体をふたつ折りにして笑い、ガーティも大笑いするあまり、またあえぎだしていた。

「あたしも見たかったねえ」アイダ・ベルが目から涙をぬぐいつつ言った。「やつらの表情ときたら見ものだったにちがいない」

「そんなにしっかりとは見えなかったんだけど」わたしは言った。「叫び声からすると、すごくいい動画が撮れたでしょうね」

三人でクスクス笑っていたら玄関をノックする音が聞こえたので、わたしは凍りついた。

「まずい。FBIがカーターに電話したにちがいないわ」

椅子の横からずり落ちそうになっていたガーティが、どうでもいいと言うように手を振った。「あたし、疲れすぎて嘘をつけそうにないわ。留置場にぶちこまれましょ。たぶんここ何週間かで一番よく眠れるんじゃないかしら」

異論はなかったものの、わたしたちの秘密をそんなに簡単に明かしてしまうのは、間違っている気がした。カーターの捜査に首は突っこまないと、わたしは約束した。彼が捜査からはずれたことが、わたしたち三人が自らの行動を正当化した根拠だった。でもカーターはわたしたちと同じ見方はしない、そんな気がする。

ソファから立ちあがり、玄関へ行くとドアを開けた。思ったとおり、カーターが立っていたが、これまでにわたしたちの基本計画が破綻して彼が現れたときと異なり、落ち着いて見えた。

「こんばんは、おふたりさん。アリーはいるかな?」わたしの後ろから居間に入ってくると、カーターは訊いた。アイダ・ベルはやあとあいさつし、ガーティは片手をあげてから、またドサリと膝に落とした。

「いないわ」わたしは答えた。「デイヴィッドとデートなの」

「ほんとに？」とカーター。「アリーにとってはいいことだな」

「彼女に用？」わたしは訊いた。「何かよくないこと？」

「というわけじゃないんだ。フロイドの家で今夜ちょっとした……あー、事件が起きて、それで彼女がどうしてるか確かめておこうと思ったんだ。何かよくないことがあったと考える理由はひとつもない。おれが自分を安心させたかっただけだ」

わたしはふたたびソファに腰をおろした。「事件ってどんな？」

「ＦＢＩ捜査官がふたり、フロイドの家を監視するよう命じられていたんだが、そのふたりによれば、三人組が不法侵入をしたらしい。捜査官たちがなかを点検しに入っていったとき、三人と出くわしたそうだ」

「その侵入者、つかまったの？」

「いや。勝手口から脱出して湿地に逃げこんだんだと。捜査官は三人を追ったが、邪魔が入った」

「邪魔って？」

「フロイドと仲良しのボブキャットだ」カーターの口元がひくつき、ついにこらえきれなくなって顔がほころんだ。「捜査官たちはクーガーに食われそうになって、フロイドの家まで駆けもどったと言ってる。クーガーが入ってくる前にドアを閉めることができて、それから保安官事務所に掩護の要請をしたそうだ。ふたりとも、おれが到着して車までつき添うことになってようやく、フロイドの家から出てきた。たぶん朝まで車のなかだな。小便したくなっても出てこないだろうよ」

みなで声をあげて笑うと、カーターの顔がさらに嬉しそうになった。

「その捜査官たちはきっと転勤を希望するね」アイダ・ベルが言った。「そうしたら、あんたが悩まされることもなくなるかもしれない」

カーターがうなずいた。「そう期待するしかないな。さて、きょうの仕事をしまう前に、おれはまだやることがいくつかあるんで」

わたしはソファからすばやく立ちあがり、彼を玄関まで送った。カーターはポーチに出てからこちらを向き、わたしの顔を見た。わたしがよく知っている表情だ。

ため息。「フロイドの家へ侵入したのはおまえだろうって言いたいの？」

「もっともらしい否認（関与がほぼ明らかであっても、証拠が欠如するために疑われている人物が否認をすること）が使えそうかな」彼はウィンクをして立ち去った。

わたしはドアを閉め、居間へと戻った。

ガーティが切なげにため息をついた。「カーターは完璧な男かも」

アイダ・ベルが首を横に振った。「あいつは男だからね、完璧なんてことは絶対にないよ。

しかし、やばいくらい近いと認めようじゃないか」

わたしはほほえんだ。こちらとしては、それで充分だ。

アリーが帰ってきたのは真夜中に近くなってからだった。アイダ・ベルとガーティはデートの話をじかに聞きたいと言って、残っていた。材料があったので、わたしがナチョスを作り、ガーティが手早くブラウニーを焼いてくれた。そのあと、わたしたちは〈X‐ファイル〉マラソンをしたのだけれど、それはガーティが、本物のFBI捜査官が異常な事態に遭遇したとき、どう振る舞うべきかをわたしに見せたいと言ったからだった。ナチョスとブラウニーはとてもおいしかったし、正直言って〈X‐ファイル〉はおもしろかった。ガーティがこのドラマをいたく気に入っている本当の理由は、モルダーが彼女にとって〝火傷しそうなほどセクシー〟だからだとすぐにわかったけれど。

わたしたちがおなかいっぱいになり、楽しくくつろいでいたところへ、アリーが腕いっぱいにチューリップを抱えて玄関から入ってきた。ただいまを言うと、彼女は居間に来て腰をおろした。表情は明るいものの、理想の男性とデートしてきた女性という感じではない。

「で、どうだった?」わたしは訊いた。

「オッケーだった」とアリー。

わたしがアイダ・ベルの顔を見ると、彼女は眉を片方つりあげた。

「オッケーってだけ?」わたしは尋ねた。

アリーは眉をひそめた。「そう。ううん。よくわからない」

「最初から話してみちゃどうだい?」アイダ・ベルが言った。「雑貨店の前で待ち合わせて……」

「彼はわたしにチューリップを持ってきてくれたの」アリーは花束を持ちあげた。

「あら、わたしへのおみやげかと思ってたのに」わたしはふざけた。

「きれいじゃないの」とガーティ。

アリーはうなずいた。「チューリップは昔から大好き」

「彼、ディナーへ連れていってくれた?」わたしは訊いた。

アリーは笑顔になった。「ニューオーリンズの〈ルイージズ〉へ。あたしが一番好きなイタリアン・レストランよ。それから〈バーニスのベーカリー〉でペストリーを食べたの。そこもあたしがあの街に住んでいたときによく通っていたお店。あそこのペストリーは最高においしいの」

アリーのほほえみがゆっくりと消えていき、彼女は花束のリボンをもてあそんだ。

「でも?」わたしは先を促してみた。

アリーは少し元気を取り戻した。「彼は楽しい人で礼儀正しいし、とても魅力的だわ。よくわかってるのよ、そんな男性ってこの州全体でもそんなにいないって。ましてやシンフルじゃね」

「でも?」

アリーは肩を落とした。「何かがだめなの。自分でもこれって言えないんだけど。頭では完璧な人に思えるのに」

「心は理屈で動くものじゃないわ」ガーティが言った。「ときめきが感じられないなら、違うってことよ」

アリーはため息をついた。「そうなのかもしれない。わからないわ。問題はあたしじゃないかって気もするの。デートしてみるには、いまは最悪のタイミングじゃないかって。あたしはいまこうしてフォーチュンと一緒に住んでいて、何者かがあたしの家をまた焼き払おうとするんじゃないかと心配してる。不審者のことも心配。フロイドを殺したのは誰かってことも。気がかりなことがこんなにあるのに、デートの約束をしたのが間違ってたのかも」

「気にすることはないよ」アイダ・ベルが言った。「何もかも落ち着いてから、また試してみるって手もある。そうすれば、問題は状況だったのかデイヴィッドだったのか、きっとわかるはずだ」

アリーはうなずいたものの、納得したようには見えなかった。「そうかもしれない。あたし、自分がすごく嫌な女に思えて。すてきな人が一緒に時間を過ごしたいと言ってくれてるのに、あたしときたら、彼にそれほどわくわくできなくて、二度目のデートにイエスって答えることもできなかった」

「次のデートを申しこまれたの？」わたしは尋ねた。

「ええ。今週末に映画を観にいこうって誘われたんだけど、あたし、まず予定を確認しないとって答えたの」

「うわ」とガーティ。「断り文句だってわかるわね」

「そうなの」アリーが惨めそうな顔になった。「そう答えたとき、ひどい気分になったわ。それにものすごく陳腐な台詞でしょ。でも、はっきりノーとは言いたくなかったの。そんなふうに感じるのは、いまあれこれ抱えてるせいってこともあるから」

「向こうも大人の男だ」アイダ・ベルが言った。「このことで自分を責めるんじゃないよ。つき合う心の準備ができたら、つき合えばいい。一秒早いだけでもだめだからね」

わたしもうなずいた。「アイダ・ベルの言うとおりよ。いまあなたが一番避けるべきなのは、いまよりも精神的な負担を増やすこと。デイヴィッドがまた誘ってきたら、火事絡みのごたごたがすっかり片づくまでは、何もかも保留にしておきたいって言うといいわ」

アリーがわたしたちを見てほほえんだ。「あなたたち、大好きよ。それじゃ、話題を変えましょ——あたしの家で何か見つかった？」

わたしがちらっと見ると、アイダ・ベルが顔をしかめた。窓の件はアリーに話すべきだということで、三人の意見はすでに一致していたけれど、誰も彼女に話すのを楽しみにはしていなかった。「あることが見つかった」とわたしは言い、窓の掛け金について話した。

アリーの目が大きく見開かれ、口が開いた。「嘘、やだ。あなたたちから聞かされたんじゃなかったら、あたし信じもしなかったと思う。こんな話、いままで聞いたこともないもの」

「あたしも聞いたことがない」アイダ・ベルが言った。「まったく面食らったよ」

わたしもうなずいた。「最近、あなたの家に入った人、誰か思いつく？　ひとりになった時間が、窓の掛け金に細工ができるくらい長かった人だけど」

「いいえ」とアリー。「シーリアおばさん以外は誰も家に入ってないわ、母が施設に移って以来」

「修理工は？　ケーブルテレビの配線工とか？」アイダ・ベルが訊いた。

アリーは首を横に振った。「代理権が認められたあと、母の口座をすべてあたしの名義に変えたの。利用しているサービスはひとつも変更していないし、修理が必要になったこともないわ」

「スペアキーはどう？」わたしは訊いた。

「キッチンの抽斗にひとつ入れてる」

「誰かほかに持ってる人は？」

「シーリアおばさんだけ。母が施設に移ったあと鍵を変えたの。誰にスペアを渡してあるか、わからなかったから。あたしがいないあいだに、何者かが勝手口から侵入したってことはない？」

「その可能性もあると思う」わたしは答えた。「残念ながら、火事と消防作業による損傷とで、勝手口がこじ開けられていたとしても、見きわめるのはむずかしいでしょうね。最後に窓を開けたのがいつか、思いだせる？」

アリーは額にしわを寄せた。「湿気が強くて、空気の入れかえに窓を開けるってこともなかったから。最後に開けたのは、パイ皮を焦がしたときじゃないかしら。うん、そうよ。煙を外に出そうとして、キッチンの窓を全部開けたわ。二週間くらい前」

わたしはうなずいた。「これで少なくとも、細工が加えられたのがいつごろか絞りこめる」

「そんなこと、本当に役に立つ？」アリーが尋ねた。

彼女がとても動揺して見えたので、わたしは胸が締めつけられた。アリーみたいに善良な人が、こんなにいくつもひどいことに見舞われるなんておかしい。フェアじゃない。そう思うと、頭にきた。「心配しないで。建築業者に窓の取りかえと、家中の鍵の交換をさせましょ。わたし、金物類については少し知識があるの。入手可能ななかで一番いい鍵を使うよう、わたしが確認する」

「あたしはウォルターから防犯装置について聞いてみるよ」アイダ・ベルが言った。「先月、店に導入したからね。問い合わせ先を教えてくれるよ」

「アリーはグスグス言い、手の甲で鼻をこすった。「あたし、あなたたちがいてくれなかったら、どうしていたかわからない」

突然あることを思いだして、わたしはうめいた。「わたしたち、それほど有能じゃないわ。わたし、あなたのかばんを忘れてきた」

「かまわないわ」アリーが言った。「あした取りにいけばすむことだから。窓に問題があるのを見つけたら、バッグのことなんて忘れて当然よ」

ＦＢＩ捜査官とボブキャットの話をアリーにしたいと思った。彼女が明るい気分になるのは間違いなかったからだ。でも、この話を知っている人がいま以上に増えても、アイダ・ベルとガーティがかまわないと思うだろうか。ちらっと見ると、アイダ・ベルがうなずいた。

わたしはもう黙っていられなかった。「それが理由で忘れたんじゃないの。っていうか、実は忘れたんじゃぜんぜんなくて、取りに戻る危険を冒せなかったのよ」

アリーはわたしの顔をまじまじと見てから、アイダ・ベルとガーティを見た。ふたりは早くもにやついていた。「ああ、もう。あなたたち、何したの?」

わたしは無駄な努力に終わったフロイドの家への侵入と、湿地を逃走した話を始めた。アリーは最初からにやついていたが、懐中電灯とボブキャットの場面になると、激しくヒイヒイと笑いだしたため、顔が真っ赤になって全身が震えはじめた。

「ああ、信じられない」わたしが話し終えると、彼女は言った。「一部始終を見られるんだったら、百万ドル払ってもいい」

「そのあとカーターが来てね」わたしは捜査官ふたりがどうなったかと、カーターが帰り際に言ったひと言をアリーに教えた。

「奇妙な一日に最高の締めくくりじゃない」彼女はそう言って立ちあがった。「あたしはもうくたくた。あしたはランチと午後のシフトなの。ふだんのあたしだったら絶対にしないけど、あしたは朝寝坊する」にやりと笑った。「ま、たぶん七時ぐらいまでだけど」

わたしたちに手を振って、アリーは二階へとあがっていった。アイダ・ベルが立ちあがって伸びをした。ガーティも立ちあがろうとしたものの、椅子に倒れこんでしまった。

「膝が」と彼女は叫んだ。「背中が。足首が」

わたしは早くも腿に筋肉痛を感じつつ、ソファから立ちあがり、ガーティに手を貸して椅子から立たせた。「全員、熱いお風呂に入るように」

アイダ・ベルがうなずいた。「みんな、きょうの影響があした出るよ」

「あしたですって？」ガーティがぼやいた。「あたしはもう出てるわよ」

「あんたはあした昏睡状態だね」アイダ・ベルがガーティと一緒に出ていきながら言った。

わたしはドアを閉め、鍵をかけながら、きょう起きたことすべてとそれが持つ意味を考えた。いまごちゃ混ぜになっている情報のなかに、答えがあるのはわかっている。頭のなかでひらめきが走る瞬間があるのだけれど、つかまえるよりも先に、現れたのと同じくらいのすばやさで消えていってしまう。

ひと晩ぐっすり眠ったら、そのひらめきがもっと強力になってくれるよう祈ろう。シンプルでぐっすり眠るなんてことができればだけど。

第19章

翌朝、わたしが目覚めたとき、アリーはまだ眠っていた。前夜のうちにわたしはシャワーを浴びて、さらにこれ以上ないほど長くお風呂につかっていたので、Tシャツにショートパンツ、そしてテニスシューズという格好になると静かに家を出た。アリーが朝寝坊できるよう祈りながら。きのうのデートにはなんとかうまく隠して出かけたけれど、彼女の目の下には隈ができている。消耗しきってしまわないうちに、もっと休む必要がある。

アリーに書き置きとジープのキーを残して出かけた。ダウンタウンで時間がかかって、彼女を職場へ送っていく時間までに戻ってこられないといけないから。表に出ると、脚と背中をほぐすためにストレッチをした。思っていたより腿の筋肉痛はひどくなかったので、ジョギングに出た。近所を走り、公園を通りすぎたところで、好奇心が抑えられなくなり、いつものコースを変更してアリーの家のほうへ向かった。

茶色のセダンはいなくなっていて、ＦＢＩが残っている気配はなかった。今夜もまた捜査官が配置されるのだろうか。それともフロイドの家には犯人が取りに戻ってくるものなど何もないと、判断が下されただろうか。わたしたちは二階を調べられなかった。でもどのみち何か役立つものが見つかった可能性は低い。ＦＢＩの乱暴な捜索ぶりを考えればなおのこと。

わたしは大きくまわって引き返し、公園の外周を走ってからメインストリートへと向かった。八時に近くなっていたし、おなかがあまりさりげなくない合図を送ってきていた。起きてから一時間がたち、エクササイズもしているのに、エネルギー源をいっさい与えられてませんと。

フランシーンの店では朝の常連客がすでにテーブルに着いており、わたしは自家製ビスケットの香りに泣きそうになりながら、いつもの隅の席に座った。ディクシーと呼ばれている年長のウェイトレスが、コーヒーを持ってきてくれた。

「運動してきたとこだねえ？」わたしが初めて聞くほど強烈な南部訛りで、彼女は訊いた。

「ほぼ一時間」わたしは答えた。

ディクシーはやれやれと首を横に振った。「それじゃあ、飢え死にしかけてるねえ。何にする?」

「うーん」わたしはしばし考えこんだ。本当に食べたいものを注文したら、いましてきたすばらしいエクササイズがすべて無駄になってしまう。でも、朝食にまずいものを食べたら、それはそれで、いまエクササイズしてきたことの意味がなくなってしまう。

「チキンフライドステーキと卵にする」悩んだ末に答えた。

「パンケーキつける?」

「きょうはやめておく」これなら合理的な妥協案のはずだ。

わたしは椅子の背にもたれ、コーヒーを飲みながら店内を見まわした。不動産業者の姿は見えない。とうとうあきらめて、どこかよそに物件をさがしにいったのだろうか。そもそもシンフルは商業用物件を見つけるには向いていない場所に思える。とはいえ、わたしに何がわかるだろう?

ディクシーが朝食を運んできてくれたときには、おなかが空くあまり、ある程度行儀よくチキンフライドステーキにかぶりつくのが精いっぱいだった。ステーキ、卵、そしてハッシュブラウンを一気に平らげ、途中で休んだのはコーヒーを飲むときと息をするときだけだった。最後のひと口を食べ終えたちょうどそのとき、カーターが店に入ってきた。

彼はすぐにわたしを見つけ、こちらに向かって歩いてきた。「食べ終わったところか?」テーブルの横に来ると、尋ねた。

「もう少しで、お皿を舐めてる恥ずかしい姿を見られるところだった」

彼はほほえんだが、それは無理に作った表情だった。何かがおかしい。わたしは彼のまわりに目を走らせた。「FBIに尾行されてるわけじゃ？」

カーターは首を横に振った。「今朝連絡があって、よそで仕事ができたから、こっちにはそのうち連絡するそうだ。食べ終わったんなら、保安官事務所まで一緒に来てくれないか」

「わたしを留置場に入れるつもりじゃないわよね」

「もちろん違う。だが、あんたと話す必要があって、誰にも聞かれたくないんだ」

わたしはポケットからお金を出してテーブルに置き、彼についてカフェを出ると通りを渡って保安官事務所に入った。ブロー保安官助手にうなずきかけて前を通りすぎ、そのあとカーターのオフィスに行くのだろうと思っていたら、彼は裏口に通じる部屋に入り、そして表に出た。

わたしも裏口から外に出ると、いったい何がどうなっているのだろうと思いながら、裏手の狭いポーチの階段をおりた。カーターはポーチの端まで歩いていき、建物の裏の壁を指し示した。

「ポーチの手すりの焼け焦げたところが見えるか？」

わたしはもう一歩近づき、雨風にさらされて古ぼけた手すりに三十センチほど変色している場所を見つけた。「ええ。でも、いったいどうして――」

貨物列車がぶつかってきたような衝撃を受け、わたしは勢いよく彼を振り向いた。

「保安官事務所に火をつけようとした人間がいたの？」

カーターはうなずいた。

「でも、そんなの正気じゃない！」

「ああ、だからといって事実じゃなくなることもない」

わたしは衝撃を抑えこめずにポーチの手すりに目を戻した。「こんなに小さな被害で済んだのはどうして？」

「きのうの夜は管理関係の書類仕事を、マートルと一緒に片づけていたんだ。あるファイルをしあげるのに必要な資料があって、おれのオフィスに取りにいったとき、裏から物音が聞こえた。裏口から外に出たときには建物の横が炎に包まれていた。ポーチから飛びおりるとホースをつかんで、なんとか消すことができた。火がポーチや二階の壁板まで広がる前に」

「放火犯の姿は見た？」

「いや。おれが出てくる音が聞こえて逃げたんだろう」

わたしは建物をあらためてよく見た。「横が炎に包まれてたって言ったけど……レンガがってこと？」保安官事務所の一階はレンガでできている。二階の壁と狭いポーチだけが木造だ。

「そうだ。間抜けだろう？　犯人は壁にガソリンをぶちまけて火をつけたようだ。しかし建物を焼き払いたいなら、どうしてそんなことをする？」

わたしはかぶりを振った。「ポーチにガソリンをまくわよね、その上の壁じゃなく」壁を見つめ、眉を寄せた。理屈に合わないし、意味がなく思える。レンガを燃やせると考えるなんて、大ばかだけだ。

そう考えた瞬間、脳裏にひらめきが走り、わたしは今度はそれを逃さなかった。最初は説得力に欠けるし、ばかばかしく思えたけれど、徐々につじつまが合う気がしてきた。ばか。ガソリンをまいた位置が高すぎ。わたしはカーターのほうを向いて言った。「放火犯が誰かわかった」

「冗談だろう」

わたしはかぶりを振った。「グリルで自分の家を燃やしたって人の話、してくれたわよね？　あれは誰？」

「ビリー・ヴィンセントだ」

わたしは脈が速くなった。「バックショット・ビリーね。彼はポーチにガソリンをまくつもりだったのよ。でも狙いをはずすのが得意だから。〈スワンプ・バー〉へ行った晩、わたし、ビリーにバケツいっぱいの水を顔にかけられた。バーテンダーはビリーに、狙いが高すぎだって怒鳴ってたけど、それはいつものことらしかったわ。ここと同じ」

カーターはわたしをまじまじと見つめた。どう考えたらいいかわからないのだ。「ビリーが放火犯だって言うのか」

「そう」

「アリーの家を焼き払う理由は？　保安官事務所は？」

「わからない。でも、でたらめに見えても実際は違うはず。ビリーは自分で決めて何かするタイプには見えなかった。誰かが後ろで糸を引いてるのよ」

カーターはやれやれと首を振った。「それじゃ証拠にならない」

「問題ないと思うわ。あなたが問いつめたら、知りたいことをビリーは全部話すんじゃないかしら」

カーターは保安官事務所の壁をもう一度見つめてからわたしに目を戻した。「それじゃ、ビリーと話しにいくのがよさそうだな」

カーターが二、三本電話をかけると、ビリーは不運な事故で家が燃えてから小屋住まいをしていることがわかった。そこでわたしたちは桟橋へ行き、十分ほどボートに乗って、ビリーが住む小屋のそばの岸に着いた。平底のくたびれたボートが杭に舫《もや》ってあり、その向こうに建っているのは掘っ立て小屋と呼ぶのが精いっぱいの代物だった。

わたしはカーターの肩を叩き、ポーチを指差した。プラスチックのバケツとガソリンの缶が階段の横に置かれている。ひらめいた瞬間から、ビリーが放火犯であるのは間違いないとわかっていた。でもボートを着けるよりも先に確証が見つかって、わたしは嬉しかった。

ポーチの階段をあがりながら、カーターはバケツとガソリンの缶を見おろし、かぶりを振った。彼がドア代わりのベニヤ板をノックすると、なかから動く音が聞こえてきた。まもなくドアがぱっと開いたかと思うと、ぼんやりした目つきのビリーがこちらをじっと見た。

「なんだよ?」二、三度まばたきをしてから、彼はわたしをまじまじと見た。「おい、あんた、最優秀オッパイじゃないか」

「そうよ」わたしは答えた。「覚えていてくれたなんて嬉しいわ」

カーターがいかめしい顔でわたしを見た。ビリーが留置場に入れられたら、誰かにフロイドがわたしを追って〈スワンプ・バー〉から飛びだしていった話をするかもしれない。そうしたらFBIの耳に入る可能性が大いにある。

「あんたと話がしたい」カーターが言った。「公的な立場でだ」

ビリーがぼんやりした顔でカーターを見た。

「つまり、保安官助手としていくつか質問をしたいってこと」わたしは説明した。「あなたは真実を話す必要があるって意味よ」

ビリーが目を丸くした。「おお、いいとも！」

カーターはバケツとガソリンの缶を指差した。「あんたがやった放火について話してもらおうか」

わたしはどうなると予想していただろう。ビリーが裏口から逃げだして、わたしたちが湿地まで追いかけることになるとか。単純にビリーが何もかも否定するとか。五歳児しか信じないようなばかげた作り話をするとか。

でも、返ってきたのは、わたしが想像もしなかった反応だった。

彼はにやりと笑った。「何が知りたいんだい？」

カーターは目をしばたたいた。「それじゃ、放火したことを認めるのか？」

「もちろんだ。おれの新しい仕事だからな。ちょうどいいときに決まってよ。新しいボートとピックアップが入り用だったんだが、保険会社からの小切手じゃ、両方は無理でさ」

「火事で支払われた保険金ということか？」カーターが尋ねた。

ビリーはうなずいた。「ああ。それじゃあ足りなくてな。古くて小さかったしさ、保険会社のやつは、家がハソ……ハソ……」

「破損状態だったって？」わたしは言ってみた。

「そう、それだ！」

意外でもなんでもなかった。小屋とボートが彼の維持管理の基準を示しているとするなら、家はいまにも崩れ落ちそうだったはずだ。

「放火は新しい仕事だと言ったな」カーターがさらに訊いた。「放火をすると、誰かが金を払ってくれたのか？」

ビリーが戸惑った顔になった。「金が払われなきゃ、そいつは仕事じゃないだろ」

「アリーの家に火をつけたら、誰から金が払われたんだ？」カーターが訊いた。

ビリーはうつむいて足を引きずるように動かした。「あいつはさ、事故だったんだよ。住所はちゃんと見といたつもりだったんだが、番地を間違えちまってさ、ときどきやるみたいに」

ピースがひとつひとつはまっていき、わたしは脈が速くなった——下手くそな放火、フロイドのアリバイ、キッチンカウンターに出してあった住宅所有者保険。「放火するはずだったのはフロイドの家だったのね、アリーの家じゃなく」

ビリーはばつの悪そうな顔でわたしたちを見あげた。「ああ。フロイドはどうしてもあの夜にやんなきゃだめだって言ったんだ。でもやつはニューオーリンズでなんかの未払いの切符を精算しなきゃなんなくて、そのせいでぶちこまれるだろうってことで、そこでおれに代わりを頼んできたわけよ」

カーターは目をすがめてビリーを見た。「フロイドが自分の家に放火してくれと、いきなり頼んできたのか？」

「いんや、そういうわけじゃねえ。おれたち〈スワンプ・バー〉でだべってたのさ。フロイドは大金を大急ぎでつかまなきゃなんねえって言った。しばらく前に家を売ろうとしたんだとさ、妙な訛りの風変わりな男によ。でもそいつが、両方の家が売りに出ないとだめだって言ったんだと」

「風変わりな男って不動産業者じゃなかった？」尋ねながらも、答えはすでにわかっていた。地元住人が〝妙な訛り〟と考える人間は、シンフルではわたし以外にひとりしかいない。

「ああ、確かそんなんだったな。ギョーシャとかなんとかってフロイドが言ってた」

「フロイドは金が必要だったのか？」カーターが先を促した。

ビリーはうなずいた。「だからおれはやつに、家を焼いちまったせいで大金の小切手が手に入ったって話をしたわけよ」

「そうしたらフロイドが、家を焼き払ってくれたら金を払うと言ったわけか？」

「そうさ。ひょっとすると、やつはブタ箱にいるかもしれねえからって」

わたしはカーターをちらっと見た。ひょっとするとなんて、よく言うわ。フロイドは火事が起きたとき、完璧なアリバイがあるように仕組んだのだ。それが計画どおりに運ばなかったというだけ。

「間違った家に火をつけてしまったってことがわかると、フロイドはどうした？」わたしは訊いた。

「かんかんになって怒ったよ。おらあ、その場で絞め殺されるんじゃないかと思った。フロイドはあれが金を手に入れる最後のチャンスだった、手に入れなけりゃ殺されるって言ってさ。そのあと、おれが間抜けなせいで、悪魔と取引しなけりゃならなくなったって言ってたな、このごたごたから抜けだすために」

カーターとわたしは顔を見合わせた。「ＦＢＩ」ふたりで同時に言った。

すべてつじつまが合う。フロイドが金を借りていた相手は、アイダ・ベルが言ったように、損切りすることにしたか、フロイドを見せしめにしようと決めた。ＦＢＩはフロイドに金を貸した人間について立件しようとしていて、面倒から抜けだすための取引をフロイドに提示した。

「つまり、フロイドが借金していた相手が、フロイドとＦＢＩの取引について知ったってわけね」わたしは言った。

カーターがうなずいた。「ＦＢＩはフロイド殺しの犯人を知っていると思うと、最初から言っただろう。どうやらおれが正しかったようだ」ビリーに目を戻す。「保安官事務所についてはどうだ？　どうしてあの建物を燃やそうとした？」

「おれが家を間違えたってフロイドがわめいたとき、バーに例の風変わりなやつがいてよ。保安官事務所の建物を買いたいって男を知ってるって言いだしたんだ。で、保安官事務所が元消防署の建物に引っ越す金ができれば、みんながゴキゲンになるって」

「その男は金を払ってあんたに放火させたのか？」カーターが訊いた。

「そういうわけでもねえ。いやさ、何かあって保安官事務所が引っ越すことになれば、自分が建物を買えるって言ってよ。でもって、もしそうなったら、おれの懐にいくらか入るってわけさ」

カーターをちらりと見ると、彼もわたしと同じことを考えているのがわかった。ビリーの放火計画の背後にあの不動産業者がいるのは間違いないが、金のやりとりがないため、彼を起訴するのはむずかしいだろう。

「いったいどこの何者だ、その男は？」カーターが訊いた。

「不動産業者」わたしは答えた。「このあいだダウンタウンでちょっと話をしたけど、なんだか妙な感じだったから、検索してみたの。商業用物件が専門ってことだった。アリーによると、お母さんが施設へ移ったあと、彼女の家を買いたいと言ってきたんですって。でもアリーは売る気がなかった」

「わからないな」とカーター。「なぜあの家を？」

「わたしも最初はわからなかったんだけど、いまはわかった気がする。ビリーの話だと、フロイドは家を売ろうとしたものの、相手が二軒ともじゃなきゃだめだと言った。その後、その男は保安官事務所を引っ越しさせることができれば、あの建物を買うことができると考えた。男があの建物を欲しいと思ったのは、あなたがいまの場所から移りたくないと思うのと同じ理由から――バイユーへのアクセスのよさじゃないかしら」

「顧客が水運へのアクセスを求めているってことか？」

わたしはうなずいた。「あの男の顧客リストに載っていたのはほとんどが輸入や輸送関係の会社だった。シンフル・バイユーは最終的にはメキシコ湾に流れこむ、そうでしょ？」

カーターが納得した表情になった。「それにシンフルの地所はニューオーリンズに比べてずっと安い」

「そのとおり。マージの家を売りたいって言ってみたんだけど、あの男は住民がもっと少なくて、でも便利な場所じゃないとって。保安官事務所はメインストリートの商店や何かからちょっと離れた場所にあって、文句なしにちがいないわ」

「なんてこった」カーターが言った。

わたしはうなずいた。「これで何もかもつじつまが合う。残るはひとつだけ……」

「不審者のことだな」カーターが先を引き受けて言った。ビリーを見る。「あんた、ミズ……あー、オッパイの家のまわりを夜遅く、うろついたか？」

ビリーが目を丸くした。「まさか。おらあ、こん人の名前も知らねえ。住んでるところなんてなおさらだ。それに、ご婦人のまわりをこそこそ嗅ぎまわったりなんてしねえよ。そんな野郎には、母ちゃんが育てなかった」

「なるほど」わたしは言った。「道徳を重んじる男ってわけね」

カーターがため息をついた。「正直に話してくれたのは感謝するが、ビリー、あんたを保安官事務所まで連れていって逮捕しなけりゃならない」

「なんだって？　どうして？　おれは何も間違ったことはしちゃいねえぞ！」ビリーは心底ショックを受けていた。

「あんたはたったいま、ふたつの建物に放火したことを認めた」カーターが言った。

「でも、おれんちに火をつけたとき、保険会社は言ったよ、掛金を払ってれば、小切手が手に入るって。おれ、問題ないと思ったんだ」

カーターが目をつぶったので、ふたつの選択肢を比較検討しているのではないかという気がした。ビリーを逮捕するか、孫子《まごこ》の代のことまで考えて、いまここで撃ち殺すか。

「自分の家を焼いたときはわざとじゃなかっただろう」彼は説明した。「だから、大丈夫だったんだ。しかし建物をわざと焼き払うのは違法だ。それは放火だ」

「でも、フロイドは放火なんてこた、ひとっ言も言わなかったぞ」

「言わなかっただろうな」カーターが言った。「だからといって事実は変わらない。あんたを逮捕する必要がある。あんたは弁護士を保安官事務所に呼ぶこともできるし、おれが公選弁護人事務所に連絡して人をよこしてもらうって手もある」

すっかり打ちひしがれたビリーが小屋から出てきて、とぼとぼとポーチの階段をおりた。カーターがバケツとガソリンの缶をつかむと、わたしたちはビリーのあとを追って歩きだした。

「すべては」とカーターが言った。「フロイドがなんの役にも立たない小悪党で、ビリーが大ばかだったからとはな」

「すべてじゃないわ」わたしは言った。「ビリーは不審者じゃないし、あれはわたしたちが最初に考えていたよりも深刻な問題よ」

カーターが立ちどまってわたしを見た。「どういう意味だ？」

きのうアリーの家を調べたことと、細工のされた窓について彼に話した。カーターが心配しているのはラジオかテレビで放送したみたいにひしひしと伝わってきた。彼は空いているほうの手で髪をかきあげ、フーッと息を吐きだした。「それはのぞき見の範囲を超えている。ストーカー行為だ」

「わたしもそう思った」

カーターは保安官事務所のボートに乗りこもうとしているビリーを見てから、わたしに目を戻した。「まずあいつを逮捕する時間をくれ。それから一緒に、不審者についてわかっていることをひとつずつ確認したいんだが。つき合ってもらえるか？」

「もちろん」

カーターはふたたびボートに向かって歩きだし、わたしは後ろからついていった。数日前、わたしはシンフルでこれ以上驚かされることはないだろうと確信していた。
それは間違いだった。

第20章

カーターが逮捕のための書類を完成させるのに四十五分かかり、公選弁護人事務所との電話に三十分、そしてバンシー（アイルランドやスコットランドに伝わる妖精で、死者が出ることをすさまじい泣き声をあげて予告すると言われる）のような声で泣きわめくビリーをなだめるのに一時間がかかった。すすり泣きでおさまっている時間はそう長くないと思われたので、カーターからフランシーンの店へ遅いランチを食べにいこうと言われたときは、嬉しいなんてものではなかった。満席になっていたとしても、店のほうが保安官事務所より静かなはずだ。

それにこの二時間というもの、わたしは放火犯がつかまったことをアリーに話したくてうずうずしていた。それだけは、彼女が心配事のリストからはずせるから。でもカーターが、これは直接会って伝えたほうがいい、それにもろもろ考えると、この話がシンフル中に広まるより先にビリーを逮捕してしまうほうが望ましいと言い張った。待っているあいだずっと、わたしはネットサーフィンをしながら、二、三分ごとに時計に目をやっていた。

「公選弁護人と電話をしているあいだにＦＢＩからメールが来た」保安官事務所を出ながら、

カーターが言った。「フロイドを殺した犯人がつかまったそうだ」

「誰だったの？」

「ヒバート一家のひとりだ。名前はマーコ・セイビエン」

「あの男！　ビリーが言ってた、バーでフロイドをさがしていた変な男だわ。あいつがわたしの靴を持っていったのね」わたしは眉をひそめた。「わたし、面倒なことになると思う？」

「ならないな。犯人は留置場へ搬送される途中に何者かに撃たれた。駐車場を歩いていたときだ――マーコはＦＢＩ捜査官ふたりに挟まれていたそうだが」

「信じられない！」

「ひどいヘマに聞こえるが、ＦＢＩはこの件を追わないいんじゃないかな。追っても意味がない」

「驚いた」

道を渡っているとき、ガーティの年季の入ったキャデラックがカフェの前の駐車スペースにとまり、ガーティとアイダ・ベルがおりてきた。こちらに気がつくと手を振ってきたので、わたしたちはふたりのところへ歩いていった。

「放火犯をつかまえたわ」いいニュースをこれ以上黙っていられなくて、わたしは言った。

「それにＦＢＩがフロイド殺しの犯人をつかまえたの」

「なんだって？」

「誰だったの？」

ふたりが同時に言った。

わたしはにやりとして、カーターとふたりでまずマーコの件を、続いて保安官事務所が放火され、狙いのはずし方から飛躍した推論をしたところ、結局それが正しかったことを話した。わたしたちが話し終えると、アイダ・ベルとガーティはやれやれと首を振った。

「ビリーはいつか面倒なことになるって、昔からわかってたわ」ガーティが言った。「昔っから人に騙されやすくて」

アイダ・ベルがうなずいた。「フロイドとその不動産業のやつは、間違いなくかわいそうなビリーを利用したね。運がよけりゃ、陪審はビリーの頭の鈍さを見て、手加減を加えてくれるだろう」

「前科もないし」カーターが言った。「きっと誰かがビリーの、あー、知性面での欠点について証言してくれるはずだ。執行猶予になる可能性がある。あとはアリーの保険会社が検事にどれくらい圧力をかけるかで変わってくる」

「アリーはほっとしてるでしょうねえ」とガーティ。

「彼女はまだ知らないの」わたしは言った。「いま彼女に伝えにいって、ついでにお昼を食べてこようとしてたところ」

「あたしたちもお昼を食べにきたの」ガーティが言った。「ご一緒してもいいかしら?」

アイダ・ベルがガーティの脇腹をつつくと、ガーティがむっとした顔になった。「おふたりさんはふたりっきりで話したいことがあるはずだよ」アイダ・ベルはそう言ってガーティをにらんだ。

ガーティはいったんはにらみ返したものの、すぐに目を大きく見開いた。「あら、そうね。いまのは忘れて。あなたたちはふたりでお昼を食べてちょうだい」

わたしはかぶりを振った。「実を言うと、カーターにアリーの家の窓の話をしたから、不審者に関してわかっていることをこれからひとつひとつチェックしてみるつもりなの。お昼を食べながらストーカーの話をするのが嫌じゃなければ、ふたりに力になってもらえるんじゃないかしら」

「嫌じゃないよ、もちろん」アイダ・ベルが答えた。「アリーの力になれるなら、あたしたちはなんだってやる」

「ハッハ！」カーターが笑った。「そうだよなあ。農家のフランクから、例のバイク乗りを早く突きとめろってせっつかれてるんですけどね。ニワトリ小屋の修理の請求書を送りたいってことで。その件でおれの力にはなってもらえないですよね？」

アイダ・ベルが肩をすくめた。「手がかりがないからねえ」

カーターはやれやれと首を振り、わたしたちはそろってカフェのなかへ入った。ランチで混む時間は終わっていたが、席はまだ半分ほどが埋まっていた。奥の隅に、ほかの客からテーブルひとつは離れている四人がけのテーブルが見つかった。まもなく、フランシーンが飲みものの注文を取りに厨房から出てきた。

「アリーはどこ？」わたしは訊いた。

「ちょっと抜けなきゃならない用事ができちゃってね」フランシーンは答えた。「保険査定員から、アリーの家のなかに入る必要があるって電話があって。ランチで混む時間はほぼ終わってたんで、アリーが戻ってくるまで、あたしがカバーできると思ってさ」

ガーティが困惑した表情を浮かべた。「アリーの車が表に駐車されたままなのを見た気がするけど。教会に寄贈品の箱をいくつか持ってきたから、それをおろしてるときに」

フランシーンがうなずいた。「エンジンがかからなくってね。あの新顔のかわいい消防士さんが見てくれたんだけど、たぶんバッテリーを交換する必要があるって。消防士さんがアリーを家まで送ってってくれた。みんなアイスティーでいい?」

全員がうなずくとフランシーンは厨房へと戻っていった。「あーあ」がっかりして、わたしは言った。「アリーに話すのは保険査定員の用件が済むまでお預けみたいね」

アイダ・ベルがうなずいた。「それで、不審者の話だけど……」

わたしたちは不審者について議論しはじめ、フランシーンが食事の注文を取りにきたときだけ話すのをやめた。わたしは知っている事実をすべて述べた。もちろん、岩塩弾絡みの不運な出来事は除いて。あの一件は秘密のまま墓場まで持っていく。カーターはカーターで握っているごくわずかな情報をつけ足し、そのあと全員がつぎつぎと考えを述べていった。

ランチが運ばれてきたときには、考えられる可能性はひとつ残らず出つくしていたものの、不審者が誰かという答えにはほんの少しも近づけていなかった。残念なのは、ひと握りの人を除いて、不審者はシンフルにいる誰でもありうるということ。そこにはあの感じの悪い不動産業者も含まれているけれど、彼の携帯電話は都合よく留守電にまわるようになっていた。

「ビリーだったかもしれないわね」ガーティが言った。

「ビリーはわたしがどこに住んでいるか知らないって言ってた。それは本当だと思う」大ばかなのは確かだけれど、彼は女性に対してストーカー行為をするタイプには見えない。もちろん、頭がよくないから、本人はストーカー行為と思っていない可能性はある。わたしはかぶりを振った。

「ビリーにはストーカーって雰囲気がまったくない」

「フロイドはどう?」ガーティが訊いた。「あの男はあらゆる種類のよくない雰囲気を漂わせてたわよ」

「確かに」わたしは答えた。「フロイドを除外する理由はひとつもない」

「あいつなら、アリーの家に近づくのはひどく簡単だった」とアイダ・ベル。

カーターがうなずいた。「金を手に入れようと必死になっていたわけだし、窓に細工したのはフロイドと考えると、一番説得力がある。誰もいないときに、現金か貴金属を盗めると考えたのかもしれない。もしかしたら、窓に細工をして、あとで火災に関する保安官事務所の報告書や保険書類を見に戻ってこようとしたってこともある。実際、あいつはアリーの家の裏庭で殺された。フロイドを殺したのはあいつが金を借りていた相手だってことで、疑いの余地はない。しかし、あいつがアリーの家の敷地にいたのには何か理由があったはずだ」

わたしは眉を寄せた。「あなたの言うとおりだとは思う。でも、まだ何か見落としてる気がする」

「フロイドが殺されてから、不審者は目撃されてないでしょ」ガーティが指摘した。

「そう。それは確か」あらゆる事実がそろってフロイドを指している。ほかのどんな可能性よりもつじつまが合う。でもフロイドが死んでしまったいま、確証は得られないし、そのことが引っかかった。「ちょっと待って。フロイドが不審者であるわけないわ。だって不審者がわたしの家に初めて現れた晩、フロイドは留置場にいたんだから」

ガーティががっかりした顔になった。「そうだったわ」

「結局、ビリーだったのかもしれないよ」アイダ・ベルが言った。「間違った家に火をつけちまったとわかると、ビリーはアリーをつけてあんたの家まで行って、フロイドのために情報を得ようとしたのかもしれない。あるいは、アリーの無事を確かめようとしたとか。あいつはそういうことをするぐらい、ばかたれだからね」

「その可能性はあるわね」わたしは賛成した。「ビリーは火事のあと、わたしの家のまわりをこそこそうろついていたのかもしれない。アリーとわたしが火事の話をしているのが聞こえてこないかと思って。もしかしたら、最初の晩はビリーで、そのあとはフロイドだったのかも」

「一番単純な説明がたいていは正しいからね」とアイダ・ベル。

「単純かどうかはわからないが」カーターが言った。「論理的と言うには一番近いかな。ビリーともう一度話してみる必要がありそうだ」

わたしはうなずいた。いまの説明なら基本的な事実とすべてつじつまが合う。でもわたしはこの結論にまだ釈然としないところがあった。

ドアの上のベルが鳴り、アイダ・ベルやガーティと同年代の女性が入ってきて店内を見まわした。アイダ・ベルがガーティを突っつき、ドアのほうを頭で指してから、手を振った。

「コーラ」大きな声で呼ぶ。

女性はきょろきょろしてからアイダ・ベルを見つけ、笑顔になった。彼女がわたしたちのテーブルまで歩いてくると、アイダ・ベルとガーティが立ちあがってハグし、手短に紹介をした。カーターが急いで立ちあがった。

「椅子を持ってきましょう」

「あら、いいのよ」コーラが言った。「友達とお昼を食べるために来たから」

「あなた、ヴァージニア州に引っ越したんだったわよね、娘さんのそばで暮らすために」ガーティが言った。

コーラはうなずいた。「十年ほど前にね。でもスタンリーがニューオーリンズで開かれるあの嫌な釣り大会に出場してるの。あたしがいいって言うと毎年のように戻ってきてるのよ、あれのために。とにかく、今年はあたしも夫と一緒にこっちへ来て、昔の友達を訪ねてみようかしらって考えたの」

アイダ・ベルがうなずいた。「エディス・レジャーとはいまも連絡を取ってるかい？」

「去年、彼女のいとこと話をしたわ。ヒューストンの高齢者施設にいるんだけど、認知症が進んで、誰も覚えていないそうよ」

「そりゃあ残念だねえ」アイダ・ベルが言った。

「怖いわ」とコーラ。「そんな状態になる前に、神さまがあたしをお召しくださるといいけど」

「彼女の孫息子がいまこの町に住んでるのよ」ガーティが言った。「エディスも喜んだはずなのにねえ」

コーラが眉をひそめた。「デイヴィッドのこと？」

「ええ」とガーティ。「エディスは孫息子ひとりだけだったわよね？」

「あたしが知るかぎりは。でも、あなた勘違いしてるんじゃないかしら。デイヴィッドは軍に入ってるのよ。いまはフィリピンにいるわ」

アイダ・ベルが険しい顔つきになった。「除隊になったのかもしれないよ。まだ越してきて間もないんだ」

コーラはますます困惑した顔になった。「絶対にありえないわ。デイヴィッドは先週結婚したばかり。うちの孫娘が結婚式に出たのよ。帰国して式を挙げるのにぎりぎりの休暇しか取れなかったって話だったわ。新郎新婦は翌朝、基地へ戻るためにこっちを発ったそうよ」

「彼は彼女の好きなものをすべて知っていた」頭から一気に血が引くのを感じて、わたしははじかれたように立ちあがった。「デイヴィッド、っていうか本当の名前がなんにしろ、あいつが不審者だわ」

アイダ・ベルの腕をつかむ。「あいつは彼女の好きなレストランやベーカリーを知ってた。チューリップの花束を持ってきた」

「ああ、なんてこったい」アイダ・ベルが言った。

ガーティが青ざめた。「ああ、たいへん！　アリーは二度目のデートを断った」

「それにいま彼女はあの男と一緒にいる」わたしは言った。「バッテリーがあがったのは仕組まれたのよ。電話も絶対に保険査定員からじゃない」

カーターはすぐ通信係に電話してデイヴィッドとアリーの広域手配を命じた。コーラはわたしたちが話していることの恐ろしさを理解したらしく、凍りついたように動けなくなった。

「やつがどこにアリーを連れていくつもりか、わかるか？」カーターが訊いた。

偽のデイヴィッドと交わした言葉を、わたしはひとつ残さず思いだそうとした。「ガレージの二階の部屋を借りてるって言ってた、牧師の家の」

カーターは首を横に振った。「そこは最初にさがされるとわかってるはずだ。確認のためブロー保安官助手を向かわせるが、あそこではないだろう」

「わかった」わたしは答え、ストーカーのように思考しようとした。「あの男がアリーをどうするつもりか考えないと」

「女を誘拐した男の計画はたいていひとつだ」アイダ・ベルが険しい声で言った。

「町から離れようとするんじゃない？」とガーティ。

「かもしれない」アイダ・ベルは言った。「だが、シンフルからニューオーリンズまでは長い道のりだし、途中、隠れる場所があんまりない」

「湿地に入れば話は別だ」カーターが指摘した。

「でも、あいつは本物のデイヴィッドじゃない」わたしは言った。「だから、シンフルや周辺についてよく知らないかもしれない」

ガーティがうなずいた。「それじゃ、自分が知っている場所へ連れていくわね」

「たとえばアリーの家」わたしは言った。「フロイドが死んだいま、何かおかしなことがあっても誰にも目撃される心配がない」

「そのうえ保険絡みの作り話がある」とアイダ・ベル。「誰もアリーをさがそうとしない、何時間も」

わたしは携帯電話を取りだしてアリーにかけたが、すぐ留守番電話につながってしまった。カーターを見た。「アリーの家へ行かないと。わたしたちを置いていくなんて絶対に言わないで。どのみちついていくから」

「行こう」カーターが言うと、わたしたちは全員カフェから走りでた。唖然としているコーラをあとに残して。

第21章

カーターはメインストリートを抜け、アリーの家の近所まで猛スピードで走らせた。「彼女の家の前に着けるわけにはいかない」彼は言った。「あいつが見張っていて、おれを見たらアリーを殺すかもしれない」

「フロイドの家を通りすぎたところに駐車して」わたしは言った。「道は湿地のほうへ曲がってるから、あいつにはどこの窓からもこの車が見えなくなる」

カーターはカーブをゆっくり曲がって大きな生け垣の前に車をとめ、わたしたちの顔を見た。「ここまで来ることは許したが、三人とも車内に残ってくれ。何かあったら責任が取れない」

「でもあたしたち、力になれるわ」ガーティが反論した。

カーターは首を横に振った。「邪魔になるだけだ。頼むからここにいてほしい。そしても し何か見えたり聞こえたりしたら、掩護を要請してくれ」

彼は車から飛びだし、フロイドの家の庭と湿地を隔てる生け垣に隠れて走っていった。カーターの姿が見えなくなると、わたしは振り返った。「あたし、拳銃を持ってないの」

アイダ・ベルが目を見開いた。「冗談だろう」

「今朝はジョギングをしてたから必要になると思わなくて。途中で家に帰ってないの」

「言い訳にならないわね」ガーティが言った。「でもあたしが一挺貸せるはず」いつも必ず持ち歩いている巨大なハンドバッグに手を入れると、四五口径のコルト・ガバメント（一九一一年から一九八五年までアメリカ軍の制式拳銃として用いられた）を引っぱりだした。

「驚いた」わたしは拳銃を受けとりながら言った。「威力ハンパないやつじゃない」

ガーティはもう一度バッグに手を入れてグロックを取りだした。「かまわなければ、あたしは軽いほうを使わせてもらうわ」

「そこにはまだほかにも銃が入ってるの？」

ガーティは首を横に振った。「あとは催涙スプレー《メース》と狩猟用ナイフ、それにプルーンひと袋だけ」

彼女がいつも背中が痛いと言っているのも不思議じゃない。「アイダ・ベルは？」

アイダ・ベルは9ミリ口径をウェストバンドから抜き、初弾を撃てる状態にした。「あたしたちは湿地に入って、家の裏から近づいたほうがいいと思う」と彼女は言った。

わたしがうなずくと、三人とも車から飛びだし、湿地へと走った。

「あのボブキャット、近くにいるかしら」ガーティが言った。

わたしも同じことを考えていた。「昼間は寝ていてくれることを期待しましょ」

ほんの二、三分で、わたしたちはアリーの家の裏に着いた。「ここからどうする？」ガーティが訊いた。「庭には物置と茂みがちょっとあるだけよ」

アイダ・ベルがかぶりを振った。「隠れるのは無理だね。裏窓から外を見たら、すぐに見つかるよ」

ふたりの言うとおりではあるけれど、何か手はないかと、わたしは裏庭に目を走らせた。そのときだ。フロイドの家が建っているのとは反対側に、木が数本並んでいるのが目にとまった。「思いついたことがある」わたしは木を指した。あのうちの一本を利用して塀を越え、キッチンの横にある細工された窓へ近づけばいい。

「あたしたちはどうすればいい？」アイダ・ベルが尋ねた。

「フロイドの家へ侵入して二階へあがって。アリーの家のなかをのぞけないか、やってみて。もしアリーたちのいる場所がわかったら、携帯へＳＭＳを送ってちょうだい。向こうに見られないよう気をつけて」

ふたりはうなずき、すばやく遠ざかっていった。わたしは湿地をさらに前進し、茂みに隠れて鉄柵の横を通った。板塀のところまで行くともう少し走り、拳銃をスポーツブラに突っこんでから、ジャンプしてイトスギにしがみついた。急いで登りながら、窓より上に達するまで木の裏側から出ないように気をつける。

携帯電話が振動したので、片手で木にしがみつきながらメッセージを読んだ。

アリーの部屋のカーテン越しに人影が見える。

携帯電話をポケットに戻し、木の反対側へ移動しようとしたそのとき、下で何か動く音が聞こえた。見おろすと、カーターが前庭の塀を乗り越え、体を窓よりも低くしながら家の横を進んでいた。キッチンの細工された窓まで来ると、それを押しあげ、ほんのわずかな音も立てずにするりとなかに入った。

おみごと。

でも、カーターのすぐれたスキルをロマンチックに褒めたたえている時間はない。それに彼に続いて窓から侵入すれば、ふたりとも一階で同じ位置につくことになる。わたしたちに必要なのは異なる角度からの掩護だ。携帯を取りだし、アイダ・ベルにSMSを送った。

寝室が見通せる位置にいて。デイヴィッドを撃てるときは撃って。

二秒ほどして、返信があった。

わかった。

わたしはもうふた枝分ほど登ってから、幹の反対側へまわり、屋根の上へと伸びている大きな枝の先まで走った。枝からぶらさがり、屋根に足が触れてから、音もなく枝からおりると、アリーの部屋とは廊下の反対の端にあるバスルームの上の角まで滑っていった。

家の横に身を乗りだし、排水管に手を伸ばした。頑丈そうだったので、身をひるがえして排水管を伝い、バスルームの窓の横までおりた。ガラスを指で叩くとにやりとした。よくあるプラスチック製の磨りガラスだ。鍵を取りだして窓枠に差しこみ、すっと滑らせるとガラス板の片側が緩んだ。下に指を入れ、もろい金属の枠からガラス板をそっくりはずす。それを下の茂みに落とし、脚をひらりとまわして窓のなかに入れた。勢いよく落ちるのを避けるため、窓枠の上をつかんでから静かに浴槽のなかへ滑りおりた。主寝室へと忍びこんだところで、携帯電話が振動した。

おみごと。アリーの部屋に人影ふたつ、変わりなし。

わたしは返信した。

カーターが家のどこかにいる。撃つとき注意して。

廊下をのぞくと、階段の下で動く影が見えた。カーターだ。廊下へ出たら、彼と鉢合わせすることになり、あとでどうやって家のなかへ入ったか説明しなければならなくなる。体操を習っていたと言えばいい。それは確かだけれど、なんとなくそれだけでは、いまわたしがやったことの言い訳には足りない気がした。

　そのとき、わたしはガーティとアリーがクロゼットの妙な点について話していたのを思いだした。すばやくクロゼットまで移動し、ドアをそっと開けた。反対側から光が差していないから、ドアは閉まっているとわかった。するりとクロゼットに入り、スポーツブラに突っこんでいた拳銃を抜く。床がきしらないよう祈りつつ、なかをじりじりと進む。

　反対側のドアまで行くと、状況がつかめればと耳を押し当てた。

「何もかもおまえが悪いんだ」ストーカーが言った。「おまえはおれを好きになるだけでよかったのに、おれを振った。おれなんか相手にしてられないってわけだろ？」

「違う」アリーが言った。彼女のひび割れた声を聞いて、わたしの脈拍が急上昇した。あいつをつかまえたら、二度と息ができないようにしてやる。

「それならどうして次のデートを断った？　おれは何もかもおまえの気に入るようにした。おまえの好きな花、おまえの好きなレストラン。どこが足りなかったって言うんだよ」

「言ったでしょう。気がかりなことがいっぱいあって。いまは恋愛に気持ちが向かないのよ」

「みんなそう言うんだよ。おまえら雌犬《ビッチ》はみんな一緒だ。男がすべてを捨てておまえについてきたら、ちゃんとありがたがるか？　いいや。そんなやつ、どうでもいいって邪険にするのさ。いいか、おれはどうでもいい人間じゃない！」

「もちろんよ、あなたはどうでもいい人じゃない」アリーは言った。

「嘘をつくな。おまえは隣のクズ男とよろしくやってただろう」

「いいえ。絶対にそんなことない」

「嘘つけ！　おまえに会いにきたんじゃなきゃ、どうしてあいつが夜遅く、おまえん家《ち》の裏庭にいたんだ？　だけど、おれは目にもの見せてやった。あいつの頭を木材でぶん殴ってな。思いきり殴って、やつを殺してやった」

パズルの残ったピースがはまり、全体像が明らかになった。ガーティがフロイドの家の塀を倒したとき、あいつはわたしたちに向かって、まわりをこそこそうろつきやがって、へどが出るとわめいた。きっと、デイヴィッドがこそこそうろついているのを前に見たことがあったのだろう。アリーの家の敷地に侵入し、窓に細工をしたのはデイヴィッドだ。フロイドはデイヴィッドを見つけ、金輪際うろつかれることのないよう排除するために、アリーの家の裏庭に入った。デイヴィッドはフロイドを殺したと思ったが、実際はマーコの仕事をやりやすくしてやっただけだった。

「すべてはおまえのためにやった」デイヴィッドが言った。「でも、おまえは感謝したか？　いいや、しなかった！」

彼が怒り狂うのを聞いて、わたしは暗い気持ちになった。デイヴィッドを説得するという選択肢はもうない。この男は明らかに正気を失っている。把手に手をかけ、ゆっくりまわしてドアをほんのわずかに開けてから、室内をのぞける隙間ができるまで少しずつ押していった。偽のデイヴィッドがこちらに背中を向けていたのでほっとした。アリーはベッドに座らされて彼と向き合っている。手はスカーフで縛られ、体の正面にある。

わたしは歯を食いしばり、ドア越しにデイヴィッドを撃ち殺してやりたいという衝動と闘った。弾が彼を貫通し、アリーに当たってしまう危険がある。わずかに身を乗りだしてドレッサーの鏡を見ると、脈が一気に速くなった。デイヴィッドはアリーを拳銃で狙っていた。彼がわめいている内容からして、時間はあまり残されていない。デイヴィッドは完全に常軌を逸しているし、正気に戻るとは思えない。カーターは二階までは来ていなくとも、階段を半分はのぼっているはずだ。運悪く、ストーカーからは寝室の出入り口がよく見える。カーターには男が室内のどこにいるか見当のつけようがないから、彼もわたしと同じく分が悪い。

となると、できることはひとつ。しかしそれもリスクが高い。

わたしは携帯電話を取りだし、ＳＭＳを送った。

行く。できるだけ掩護して。

すぐに返信が来た。

やっちまいな!

携帯電話をポケットに戻し、もう少しだけドアを開けた――ぎりぎり片手を出せる幅まで。次にその手をあげて、アリーの注意を惹こうとした。彼女はデイヴィッドの顔を見つめていたが、わたしの手が彼の肩より少し上まであがると、目をみはった。わたしは指を一本立てて振り、アリーがメッセージを理解してくれるよう期待した。彼女は視線をほんの少しさげ、縛られた手をあげて目をぬぐったが、そのときに指で鼻をちょんと叩いた。

わたしは出入り口を指差してから、指を三本立てた。アリーはほとんどわからないほど小さくうなずいた。わたしは指を一本、二本折ったあと、深呼吸をし、最後の一本を折ると同時に力いっぱいクロゼットのドアを勢いよく開け、ストーカーの背中にぶつけた。ドアが開くやいなや、アリーは部屋から飛びだした。ぶつかった衝撃が激しかったせいで、わたしはその場に膝をつき、拳銃が手から離れた。ストーカーはバランスを立てなおすと、わめきながらアリーを追った。

わたしはクロゼットの床からすばやく立ちあがったが、部屋を飛びだすよりも先に銃声が三発連続してとどろき、そのあと大きなドサッという音が聞こえた。

「ああ、ありがとう、カーター！」アリーが叫ぶのが聞こえたが、そのあとはすすり泣く声だけになった。

安堵するあまり、わたしはまた床に膝をつきそうになったが、喜びを噛みしめている時間はなかった。決断しなければ。寝室から出ていったら、そもそもここへどうやって入ったか、もっともらしい説明が必要になる。バスルームの窓からこっそり外へ出て、なかへは足を踏み入れなかったふりもできるけれど、わたしの果たした役割を秘密にするよう、アリーに伝える術《すべ》がない。

携帯電話が振動した。

偽装を用意した。主寝室の窓に梯子。

わたしはにやりと笑い、クロゼットのドアを押しあけた。よくできたなと驚いたけれど、アイダ・ベルとガーティはわたしが家のなかへ入り、狂人に近づいた方法として無理のない、それにばかげてもいない言い訳を整えてくれた。わたしは部屋から飛びだして階段を駆けおり、途中でストーカーのぐったりした体の横を通った。

アリーの手からスカーフをほどいていたカーターが、驚いて見あげた。「いったいどうして？　どうやって二階へあがった？」

「主寝室の窓から入ったの。助っ人がいたほうがいいかもしれないと思って。でも、ひとりですべて片づけられたみたいね」

アリーがけげんな顔でわたしを見てから、合点のいった表情になり、ウィンクした。彼女がどう考えたのかはわからない。わたしがカーターの男としての誇りを守ろうとしていると考えたのか、真実を知られたら、こっぴどく叱られるのは必至なので自分を守ろうとしていると考えたのか。なんだっていい。詳しいことが表に出ないかぎり、細かく調べられずに済んでわたしは安全だ。

「殺されていたかもしれないんだぞ」カーターはそう言いながら、アリーの手首からスカーフを取った。「それに、その拳銃はどこで手に入れた？」

「これはガーティがバッグに入れていたうちの一挺」

カーターはうんざりした顔でわたしを見た。「バッグに入れていたうちの一挺、非常に聞きたくない情報だ」

わたしは笑ってアリーを引き寄せ、ぎゅっとハグした。「無事で本当によかった。デイヴィッドがストーカーだって気がついたときは……その、本物のデイヴィッドじゃないけど。でも、わたしの気持ちわかるでしょ？」

アリーはわたしをきつく抱きしめ、耳元でささやいた。「ありがとう」

わたしは彼女を放し、鼻をグスグス言わせながら、泣いてはならないと心のなかで自分に禁じた。ややあって、アイダ・ベルとガーティが玄関のドアを叩きはじめ、カーターがふたりをなかに入れにいった。ふたりともアリーに駆け寄るとぎゅっと抱きしめ、一部始終に感嘆し、カーターの射撃の腕前を褒めた。

アリーが戸惑った顔でわたしのほうを向いた。「さっき、彼は本物のデイヴィッドじゃないって言ったわよね。どういう意味？」

「何者かはわからないけど」アイダ・ベルが言った。「あいつはデイヴィッド・レジャージゃなかったんだ。本物のデイヴィッドを知ってる人と、あたしたちが町でばったり会ってね、すぐに矛盾が浮かびあがったんだよ。そうしたらフォーチュンが思いだしたわけさ、あの男があんたにチューリップを持ってきたことや、あんたの気に入りのレストランに連れていったことや……」

　カーターがうなずいた。「あいつはしばらく前からあんたをつけまわしていたはずだ」

「でもどうしてデイヴィッドの名前を使ったの？」アリーが訊いた。「どうしてシンフルにゆかりのある人間のふりをしたの？」

「推測だけど」わたしは言った。「あいつは本物のデイヴィッドをどこかで知っていたんじゃないかしら。デイヴィッドの子ども時代や身内について、細かいことをいくつも正確に知っていたから。親類がしばらく前からここには住んでいないってことまで」

　アイダ・ベルがうなずいた。「元住人の血縁者と名乗ったおかげで、あいつは町の人間にすぐ信用された。あんたも含めてね。あたしたちはみんな、あの男をエディス・レジャーの孫息子として見た。だから、問題ないだろうって」

「なんてひどい話」アリーが言った。「女性を脅して自分に従わせようとするだけで最低なのに、それを他人の名前でやろうとするなんて、さらに下劣だわ」

「あの男の正体がわかったら」カーターが言った。「間違いなく、ストーカー行為は今回が初めてではないと判明するだろう」

　アリーがうなずいた。「本人がそんなようなことを言ってた。おまえら雌犬《ビッチ》はみんな、おれのことを好きにならないって。ねえ、この家を焼き払おうとしたのも、あの男だと思う？」

「いいえ。でも放火犯はもう留置場にいる」わたしは言った。「それにフロイドを殺した犯人はＦＢＩがつかまえた」

「なんですって？　誰だったの？」

「長い話になるから」わたしは言った。「それにこれは熱いシャワーを浴びたあとビールを飲みながら話すのがベスト。いまあなたが知るべきなのは、すべて終わったってことだけよ」

アリーはにっこりすると、わたしをもう一度ハグした。彼女の肩越しに、アイダ・ベルとガーティがそろって親指を立てるのが見えた。

わたしはまた鼻をグスグス言わせた。

エピローグ

翌日は、変なこと続きだった一週間の締めくくりとして最高の日になった。暑さがひと休みしてくれて、気温が三十度を切った。湿度も少し低くなり、バイユーから気持ちいいそよ風が吹いてきて、外で過ごすのに完璧な天気だった。

アリーとわたしは一日のスタートに、ローンチェアを出してきてバイユーの岸に座り、コーヒーを飲みながらノンストップで一連の出来事について話し合った。あれほどたくさんのことがほんの五日間のうちに起きたなんて、信じられない。

カーターが偽デイヴィッドの指紋を照会してみたところ、あの男の正体がわかった。本名はマイケル・フラー。本人がわたしに話したとおり、レイクチャールズ出身だった。でも、真実はそこまで。マイケルは海軍に所属していたことがあり、デイヴィッド・レジャーと同じ部隊にいた。カーターが本物のデイヴィッドに連絡し、何があったか説明すると、デイヴィッドは、アリーに危害を加える目的で自分の身元が利用されたと知り、愕然とした。カーターが彼から聞いたところによると、マイケルとは兵舎が同じだったが、信用したことは一度もなかったという。上辺は人当たりがいいものの、つねに何か変だと感じたそうだ。詳細は知らないが、マイケルは一年ほど前に不名誉除隊になり、噂では女子の士官候補生にハラスメント行為をしたらしいとのことだった。その噂は本当だったにちがいない。

デイヴィッドが兵舎仲間に写真のアルバムを見せたとき、マイケルはシンフルに魅了され、よくデイヴィッドに町のことを訊いてくるようになったという。写真の一枚はシンフルのティーンエイジャーのひとりが、デイヴィッドが訪れられなかった夏に撮り、送ってくれたものだった。写真の裏には写っているティーンエイジャー数人の名前と〝こっちはすごく楽しかったよ〟というメッセージが記されていた。その写真にアリーの名前があったことを、デイヴィッドは思いだした。カーターと話しているあいだに、デイヴィッドがアルバムを出してみると、その写真がなくなっていることがわかった。思うに、マイケルはその写真を自分のものにし、そこから執着を深めていったのだろう。彼はアリーがニューオーリンズにいることを突きとめ、彼女の気に入りの場所を知るためにしばらくのあいだ彼女をつけまわしていたにちがいない。

アリーがシンフルに戻ったときは、彼女が自分の手の届かないところへ行ってしまったと大いに慌てたはずだ。何しろ、小さな町でよそ者の男はやたらと目立ってしまう。そこでデイヴィッドを騙《かた》ることを思いつき、計画を実行に移した。本物のデイヴィッドは町にゆかりのある人間だから、自分はすぐに受けいれられると考えたのだろう。

まったく倒錯と狂気の世界だ。ＣＩＡの仕事で、わたしがいかれた悪人たちを相手にしてきたのは確かだ——アーマドはその最たる例。でも、そういう相手が今回ほど身近な人間だったことはなかったし、仕事を離れた人間関係では絶対になかった。自分がひどく汚れたように感じられ、その嫌な感じはたとえ百回シャワーを浴びても洗い流せそうになかった。あの男とデートに出かけたアリーが、どんな気持ちでいるかは想像もできない。でも彼女が、自分でも理由がはっきりわからないながら、あの男に惹かれなかったことはこれで納得がいく。わたしたちの潜在意識は、意識がとらえなかったものもしっかりつかまえているのだろう。

午前の中ごろ、アリーはニューオーリンズで建築業者と会うために出かけていった。保険査定員がキッチンを全損と判断したので、アリーは新しい機器を選びにいったのだ。わたしも一緒に行こうと言ったのだが、これはひとりでやる必要がある、自分はひとりでできるとふたたび自信を持つために、というのがアリーの考え方だった。オーヴン選びに彼女がすごくわくわくしていたので、それがわたしにも伝染しそうになった。もう少しで。でも自分が料理にどれくらいの努力をそそぐかを思いだし、それは一時的な興奮で終わった。

家の片づけを少しだけしてから、午後は本を一冊持って外のハンモックへ向かった。マーリンもついてきたかと思うと、わたしのおなかに乗り、引き潮の波音よりも大きくゴロゴロと喉を鳴らした。わたしは彼の頭を撫でながら、おまえは本当にいい子だと褒めてやった。何しろ、ボブキャットに懐中電灯を使って逃げる思いつきはマーリンのおかげでひらめいたのだし、それに関しては永遠に感謝しなければ。マーリンは〝何をいまさら〟という顔でわたしを見てから、すとんと眠りに落ちた。

こちらもあまり時間を置かず彼に続いた。

夕方、ボートの音で目が覚めたが、その日バイユーを通っていったほかの船と違い、そのボートはスピードを落としたかと思うと、うちの裏庭の岸に底をこすらせてとまるのが聞こえた。アリーは出かけているし、アイダ・ベルとガーティは現在ボートなしの状態だから、バイユーを通ってわたしを訪ねてくる人物はひとりしかいない。片目を開けると、思ったとおり、カーターがボートからおりるところだった。

わたしは両目を開けて手を振った。

「その猫をおれに投げつけるつもりじゃないだろうな」カーターが言った。

「あなたね、わたしを責める正当な理由があることならいくつもそろってるでしょ。実際にやってないいくつかは忘れてちょうだい」

カーターがにやりとした。「全部ひとくくりにしとくほうが簡単なんでね」

わたしはマーリンをおなかからおろし、上半身を起こした。「そうなの?」

カーターはうなずいた。「そうすれば、あんまり頭を悩ませる必要がない。するとほかのことをする時間ができる。たとえばボートに乗るとか。あんたも一緒に乗りたいんじゃないかと思ったんだ。もちろん、寝るので忙しいって言うんなら話は別だ」

「あのね、今週はちゃんと眠れなかったから、その分を取り戻そうとしてただけよ」

「わかる。おれは今朝、この世が終わったかと思ったよ。目が覚めて時計を見たら、午前十時だったから。あんなに寝坊したのは高校時代以来だ」彼は手を差しだした。「で、ボートに乗る件だが」

「わたし、ショートパンツなんだけど」彼の手を取り、引っぱられるがままハンモックからおりた。

カーターはわたしをぐっと引き寄せた。「そのままで完璧だ。靴を履くだけでいいから、出かけよう」

いいんじゃないの？　ハンモックで寝ていた髪、ノーメイクでも、火傷しそうなほどセクシーな男が完璧と言ってくれるなら、反論するのはばかというもの。彼と手をつないだまま、サンダルを履いてからボートまで歩いた。カーターはわたしを乗せてからボートを押しだすと、自分も飛びのった。

彼は適度な速さでボートを進め、バイユーに出ていたほかのボートに手を振った。きょうのシンフル住民は、ひとり残らずボートに乗っているか庭に出ているかのどちらかに見えた。わたしはシートの背にもたれて目を閉じ、顔を撫でるそよ風と夕日のコンビネーションを楽しんだ。バイユーが湾に流れこむところまで来ると、カーターがボートを右に向けた。Uターンして、わたしの家へ戻るのだろうと思っていたのだけれど。

「どこへ行くの？」わたしは尋ねた。

「驚かせようと思ってな」

ボートは湾の片側に浮かぶ小さな島に近づいていった。カーターは傾斜した岸にボートをつけると、わたしにおりるよう手ぶりで示した。「あんたに見せたいものがあるんだ。きっと気に入るんじゃないかと思う」

カーターが手を差しのべたので、わたしはボートからおり、彼と一緒に土手をあがると、イトスギの木立のあいだを通る小道を歩きだした。認めよう。カーターと手をつないで、その小道を歩いていると、脈がちょっと速くなった。
二、三分して木立を抜けた瞬間、わたしの脈拍が暴走した。そこは丈の低い草に覆われた狭い開豁地《かいかつち》で、湾から三メートルほどの高さにあり、島の突端の展望台のような場所だった。真正面に夕日が沈もうとしていて、水面をオレンジ色に輝かせている。
開豁地の真ん中にはテーブルがひとつと椅子が二脚置かれていた。どちらの席にも銀のふたがのった皿が用意され、テーブルの横にはワインクーラーに入れてシャンパンが冷やされている。テーブルから漂ってくる香りに唾が湧き、わたしは目の前の光景をただ見つめることしかできなかった。

「全部わたしのためにあなたが？」

「おれたちのためにだ。前回は間違ってた気がする。あんたはニューオーリンズの、人がいっぱいいるレストランよりもこっちのほうが好きかもしれないと思ってな」

わたしはうなずいた。「すごくいいにおい。あなたがわたしのために料理をしてくれるなんて」

「あー、いちおう分別があるんで、今夜をおれ自身の料理で台なしにするのは避けた。でも、完璧な食事を用意したぞ」

「アリーね。彼女、オーヴンを選びにいく必要なんてなかったんでしょ？」

「なかった。午後はずっとおれの家で料理をしてくれながら、ちゃんとした調理器具がひとつもないってぼやいてた」

温かくてくすぐったいような気持ちに包まれて、わたしは笑顔になった。アリーがわくわくしていたのは、カーターとわたしのために料理を用意することになっていたからだったのだ。最高にすばらしい気分。こんなに手間のかかったことをわくわくしながらやってくれるほど、わたしを思ってくれている人がいるなんて。

カーターがワインクーラーからシャンパンを出し、それぞれのグラスに注いだ。「何が待ってるかわからないけど、将来に乾杯だ」と彼は言った。

完璧。わたしはカーターとグラスを合わせ、ひと口飲んでグラスを置くと、彼がハンモックへ向かって歩いてくるのを見たときからしたいと思っていたことをした――彼の体に腕をまわして、おたがいが気絶しそうになるほど激しいキス。

彼にぴったりと体を寄せながら、わたしに考えられたのは、この時間が永遠に続いてほしいということだけだった。

解説

♪ａｋｉｒａ

おかえりフォーチュン！　また会えてうれしいよ!!　アイダ・ベルもガーティも元気だった？

一作目『ワニの町へ来たスパイ』、二作目『ミスコン女王が殺された』、三作目『生きるか死ぬかの町長選挙』で三人組のとりこになった読者の皆々様、ついに待望の四作目『ハートに火をつけないで』が登場だ！　何かに惹かれて本書で初めて〈ワニ町〉シリーズを手に取ったあなたも、その直感は間違っていない。タフで正義感が強い湿地三人組《スワンプ・チーム・スリー》が織りなす、抱腹絶倒、だけど胸アツ、ドーパミン大放出間違いなしの痛快ミステリシリーズに、沼落ちならぬバイユー（濁った川）落ちの覚悟を持って臨んでいただきたい。

まずはこれまでの経緯をざっとおさらいしよう。ＣＩＡの凄腕秘密工作員レディングは、潜入捜査の遂行中に敵の超危険人物を怒らせてしまい、命を狙われることに。しかもあろうことかＣＩＡ局内の誰かが敵と通じていることが判明。証人保護プログラムが使えないため、極秘で長官の姪サンディ＝スーの身元を借り、編みもの好きの司書で元ミスコン女王というレディングにとってありえない設定でルイジアナの小さな町シンフルに隠れ住むはめになる。

銃火器片手に世界をまたにかけて凶悪犯罪者の暗殺に関わってきた自分が、南部の平凡で退屈な暮らしに耐えられるだろうか……と思ったのも束の間、着いたとたんにイケメン保安官助手カーターに職務質問されるわ、さらには住まいの裏手のバイユーから人骨が見つかるわとトラブルが続出。あげくの果てに、別名シルバー・マフィアと呼ばれている地元の婦人会〈シンフル・レディース・ソサエティ〉の名物コンビ、アイダ・ベルとガーティから見込まれて、ローカルなもめごとから冷酷な殺人事件の捜査にまで手を貸すことになり、息つくひまもないほど大忙しでスリリングな日々が始まるのだった。

サンディ＝スーという甘ったるい偽名に耐えられず、レディングは仲間内のあだ名〈ソルジャー・オブ・フォーチュン（傭兵）〉から思いついたフォーチュンで通すことにしたが、いつどこから襲いかかってくるかわからない未知の脅威（本シリーズの場合、それは動物を意味する）、身体能力を著《いちじる》しく制限するコスプレ（同様に、それはタイトなミニスカートやハイヒールを着用することを指す）といった困難の連続に、凄腕アサシンとしてのフォーチュンのアイデンティティは崩壊寸前。だが一緒に命がけで事件を解決してアイダ・ベルとガーティの意外な過去を知り、自分の正体も明かしたことで無敵（？）のチームが結成された。人口と町の規模から考えても、こと殺人事件発生率においてはミス・マープルが住むセント・メアリ・ミードといい勝負のシンフル。保安官助手カーターの目をかいくぐりながら、町の平和を守るため、三人組は今日も捨て身の作戦に出る！

本書はシンフル滞在三週間目のフォーチュンが、前作のラストでついにカーターのディナーの誘いに応じた翌朝から始まる。アイダ・ベルとガーティは初デート成功のために朝からフォーチュンの家に乗りこんで脱毛ワックスの猛攻撃をかけていた。大騒ぎのすえ、なんとか本番までには落ちついて、晴れて初デートへ。身バレの危険とカーターに対する複雑な思いで心臓が破裂しそうなフォーチュンだったが、ディナーの店に向かう途中、大切な同年代の友人アリーの家が火事になったと知らせがはいる。デートを中止し現場に向かうと、幸いなことにアリーは無事だったが、火事の原因は放火だったことがわかる。アリーの命を狙った犯行なのか？　だとしたら動機は？　一刻も早く犯人を捕まえてアリーを安心させるべく、フォーチュンとアイダ・ベルとガーティの三人は独自の捜査を始めたのだが……。

本シリーズの大きな読みどころのひとつは、フォーチュンの心の変化だ。以前は任務のことだけ考えていればよかったのが、シンフルに来て今まで経験したことのない感情が生まれた。初めて大切にしたいと思うひとたちができて、友人として頼りにされることの誇らしさに嬉しいとまどいを覚えるのだ。しかし特殊な事情のせいで、ひとと親しくなる喜びとその相手を裏切らなければならない罪悪感の板ばさみとなったフォーチュンの辛さが痛いほど伝わってくる。

そしてもちろん、カーターとの関係がどうなるかも気になるところだ。誰もが認める掛値なしのイケメン。アメフトの花形選手から海兵隊を経て正義の法執行官へ。しかも頭脳明晰というシンフルいちのモテ男なのだが、フォーチュンたち三人組の怪しい行動を察知したときの警告には「女は危険な真似をしないでおとなしく引っ込んでろ」という微妙なニュアンスが感じられてちょっと癪《しゃく》にさわる。それは彼女たちの正体を知らず、心配しているからこその態度なのだが、関係が深まるうちにカーターの意識がどう変わっていくのか、ぜひ本書で確かめてほしい。

〈ワニ町〉シリーズが多くの読者の支持を得ている理由はいくつも思いつくが、そのひとつは一方的な価値観の呪縛から解き放ってくれるからではないだろうか。英語で Act your age という言い回しがある。本来は「年相応の分別を持て」という意味だが「若者みたいな趣味は捨てろ」とか「もう若くないんだからそんな服装はやめろ」などと揶揄《やゆ》で使われることも多い。だが怪我をしたり他人を傷つけたりしないのであれば、いくつになってもやりたいことをやればいい。このシリーズは、年齢に関係なく、お互いを気づかいあい信頼できる友だちが大切だとも教えてくれるのだ。

さて、罪深い町シンフルで、ある意味最も大きな罪とも言えるのが魅惑のローカルフードの数々だ。フランシーンのカフェで供される多幸感最大レベルのメニューの数々は、うっとりするほど粉ものパラダイス。それにバターやクリームをふんだんに使い、たっぷりの油で揚げるあれやこれやは、ダイエットの大敵とわかっていても想像しただけでお腹が鳴りそうだ。そのカロリーときたら、飛んだり落ちたり走ったりと大忙しのフォーチュンでさえ、シンフルに着いて最初の五日間で体重が一キロ増えたという威力。そのショックから立ち直れないまま、本書ではスイーツの魔術師アリーを自宅のキッチンに招き入れる事になるのだ。百戦錬磨の殺し屋フォーチュンのミッション歴においても、過去最大レベルの難関といえよう。あの焼きたてのマフィンの食べ方はぜひ参考にしようと思う。

著者ジャナ・デリオンはNYタイムズベストセラーリストの常連作家。本書の舞台となっているルイジアナ州の地図にも載らない小さな町で生まれ、家の近くでは当然のようにワニを見かけていたという。作家になる前は企業のCFOを勤めており、現在はテキサス州ダラスで可愛いシェトランド・シープ・ドッグを思いきり甘やかしているそうだ。二〇一二年に刊行された『ワニの町へ来たスパイ』は大好評を博し、巻を重ねるごとに多くのファンを獲得。今年の春にはなんとシリーズ二十作目が刊行された。〈ワニ町〉シリーズのほかにも、記憶を失った私立探偵シェイ・アーチャーが主人公のサスペンスシリーズをはじめ、パラノーマル・ロマンスやコージーミステリを多数発表している。ウェブメディアNEW POP LITに載った二〇一五年のインタビューによると、デリオンは主人公が突然場違いの状況に置かれるというテーマに興味があるという。例として挙げていた二〇〇一年のアメリカ映画『デンジャラス・ビューティー』はFBI捜査官が爆弾魔を追ってミスコンに潜入する話なのだが、サンドラ・ブロック扮する主人公は捜査能力はあるが身だしなみに気をつかわない大雑把な性格という設定で、結集したプロたちの手で完璧な女性に仕立てあげられ捜査に臨む。だいぶ前の作品なのでいくつかの点で問題はあるが、華麗なる変身とガールズトークは楽しいし、フォーチュンとの共通点を探してみるのも一興だろう。

ところでシンフルの町ウェブサイト（http://sinfullouisiana.com/）をご存じだろうか。シンフルの町もキャラクターたちも一人歩きするようになったことだし、と著者公認で作られたようで、ウォルターやフランシーンの店の紹介などが載っており、アイダ・ベルとガーティのサイン入りの〈シンフル・レディース・ソサエティ〉の会員証も発行できる。住民紹介コーナーにはカーターの写真（？）があるのだが、筆者の想像していたカーターとは全く違っていて、〝たくましくてセクシーで、信じられないほどハンサム（アリー談）〟とはこういう人を指すのか！　と素直にびっくりしたのだった。気になるかたはぜひサイトを訪れて、ご自分の理想のカーターと比べてほしい。

最後に、毎回ひそかに楽しみなのがガーティの推しバナである。二作目ではエルモア・レナードの短編を元にした連続ドラマ『JUSTIFIED　俺の正義』の主人公レイラン・ギヴンズの魅力について熱く語っていて、「そうかー、ガーティにはティモシー・オリファント

(最近では映画『ワンス・アポン・ア・タイム・イン・ハリウッド』でレオナルド・ディカプリオが出演する西部劇の主役俳優を演じていた)みたいなタイプがセクシーなのか、ふむふむ」なんてニヤニヤしていたら、三作目ではジョニー・デップを推していた。そして本書ではちょっと懐かしいあの俳優が! あの人がセクシーかどうかはさておいて、推しがいて楽しいのは万国共通、元気の源。今後どんな推しが登場するのか興味津々である。

訳者紹介　津田塾大学学芸学部英文学科卒業。英米文学翻訳家。主な訳書にスローン「ペナンブラ氏の24時間書店」「ロイスと歌うパン種」、デリオン「ワニの町へ来たスパイ」「ミスコン女王が殺された」、ジーノ「ジョージと秘密のメリッサ」など。

検印
廃止

ハートに火をつけないで

2021年9月30日　初版

著者　ジャナ・デリオン

訳者　島《しま》村《むら》浩《ひろ》子《こ》

発行所　（株）東京創元社
代表者　渋谷健太郎

162-0814/東京都新宿区新小川町1-5
電話　03・3268・8231-営業部
03・3268・8204-編集部
URL　http://www.tsogen.co.jp
DTP　キャップス
理想社・本間製本

乱丁・落丁本は、ご面倒ですが小社までご送付ください。送料小社負担にてお取替えいたします。

ISBN978-4-488-19607-3　C0197